莆桃美酒夜光杯欲饮琵琶马上催醉卧沙场君莫笑古来征战几人回

宗從事

孔門高弟善撣琵對賓客者凉州琴又問其既散拾其已遺運寸毫而使邊塵不飛功亦善哉

唐王翰凉州詞

理兵兄正腕 己亥冬 王強書

《凉州词》，王翰作，王强书（"莆桃"即"葡萄"）

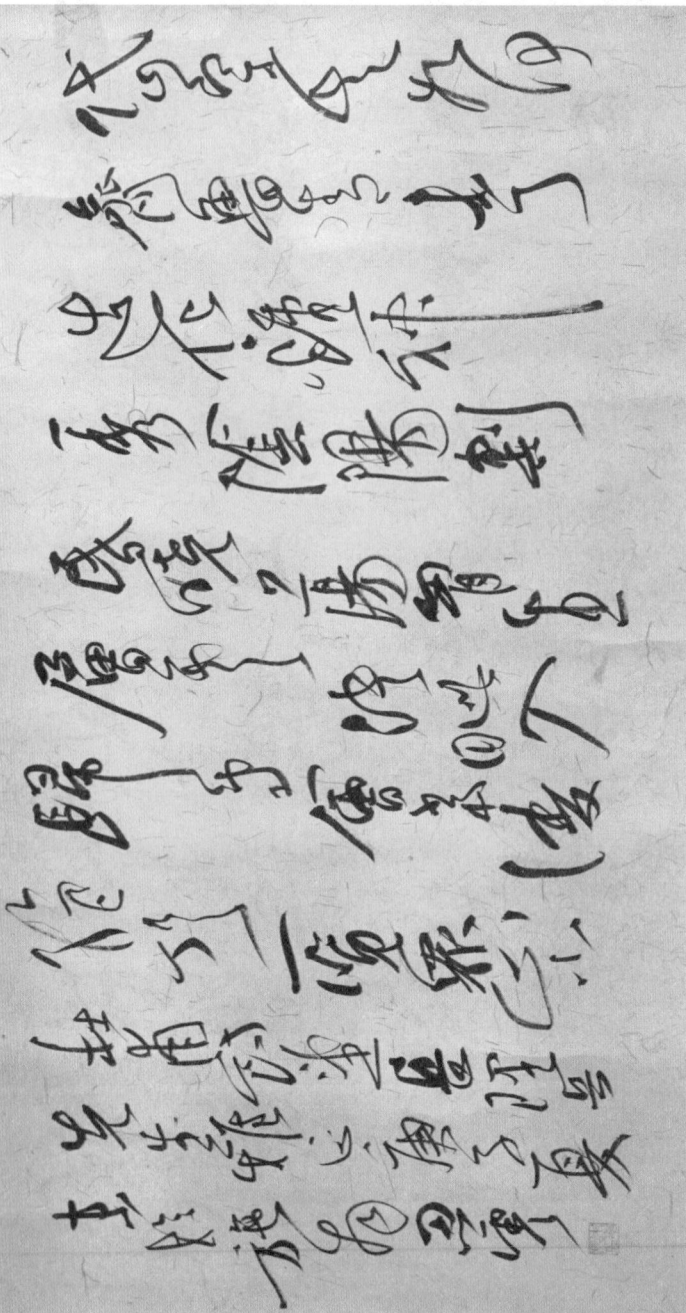

《望岳》，杜甫作，朱恩虎书

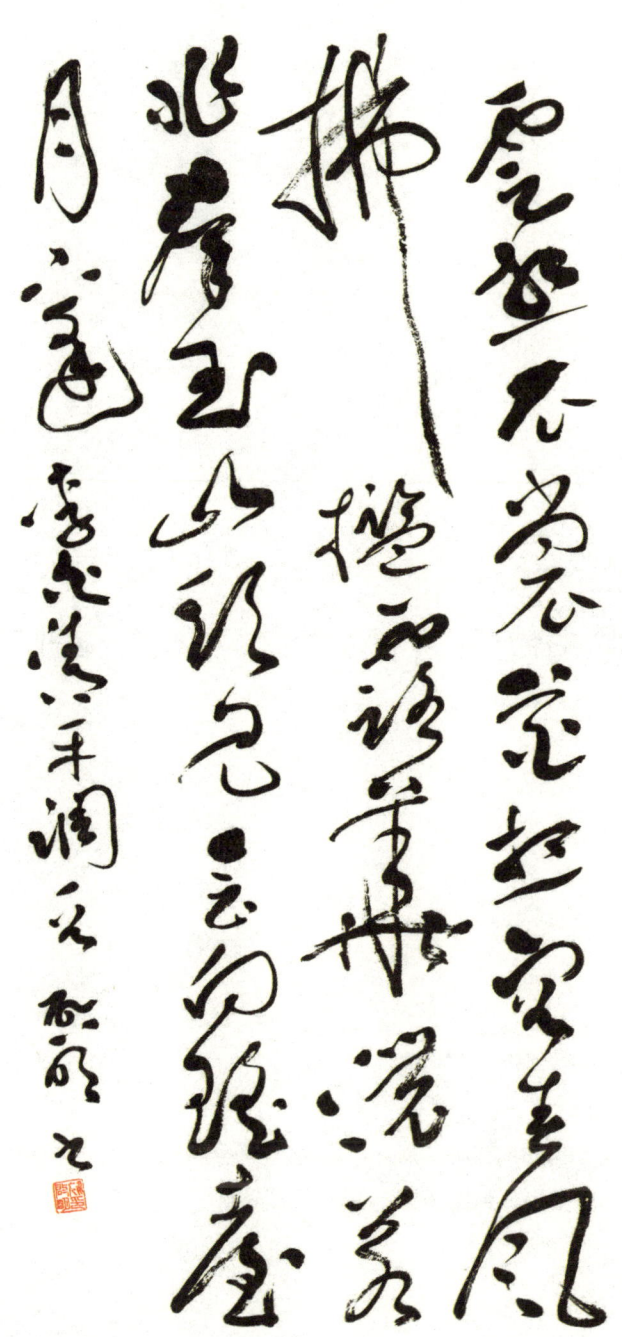

《清平调》,李白作,姚启明书

寻找的,就寻见;叩门的,就给他开门。

黄理兵 ◎ 著

唐诗的真相

重庆出版集团
重庆出版社

图书在版编目(CIP)数据

唐诗的真相/黄理兵著.—重庆:重庆出版社,2020.7(2020.11重印)

ISBN 978-7-229-15024-2

Ⅰ.①唐… Ⅱ.①黄… Ⅲ.①唐诗—鉴赏 Ⅳ.①I207.22

中国版本图书馆CIP数据核字(2020)第068683号

唐诗的真相
TANGSHI DE ZHENXIANG
黄理兵 著

责任编辑:周北川
责任校对:刘 艳
绘　　画:簪 霓
装帧设计:百虫广告

重庆出版集团
重庆出版社 出版

重庆市南岸区南滨路162号1幢　邮编:400061　http://www.cqph.com
重庆一诺印务有限公司印刷
重庆出版集团图书发行有限公司发行
E-MAIL:fxchu@cqph.com　邮购电话:023-61520646
全国新华书店经销

开本:710mm×1000mm　1/16　印张:20.25　字数:262千
2020年7月第1版　2020年11月第2次印刷
ISBN 978-7-229-15024-2
定价:49.00元

如有印装质量问题,请向本集团图书发行有限公司调换:023-61520678

版权所有　侵权必究

名 家 推 荐

张一清　《百家讲坛》主讲人　中国社会科学院研究员

　　爱好中国古典诗词的人不少,像黄理兵一样读的人不多。雅俗共赏的诗句,他琢磨出了另一种意思;脍炙人口的篇章,他品味出了全新的味道。爱好中国古典诗词的人,不妨读一读这本书。

梁晓声　当代著名作家、学者

　　文学不应该也不可能自囿于某一种理念,对文学作品的理解和欣赏更应是如此。我的同事黄理兵副教授以自己的视角去探寻唐诗的真相,写成了这本有趣的书,为赏读唐诗提供了一种新的可能。本书值得一读!

戴建业　华中师范大学教授、博士生导师

　　理兵是在华中师大文学院读的本科和研究生,由于他主攻语言学,所以当年接触不多。但这本《唐诗的真相》却给我很好的印象,令我欣喜。一个语言学博士,解读唐诗已是专业水平,写成了这么一本内容颇有见地、风格亦庄亦谐的著作,那一定是因为真爱!

韩经太　北京语言大学教授、博士生导师

　　人人都道唐诗好,究竟好在哪里?于是揭秘"唐诗的真相",而这需要别具慧眼的解读者。读《唐诗的真相》,你会发现,作者黄理兵就是这样一位慧眼相识的诗界知音!

师 友 鼓 励

桂青山　北京师范大学教授

一、在健康的人文基础上，不限于前人，审视、质疑、批判乃至颠覆前人的学术研究，恰恰是人文学者应有的素养与品格。君如是，赞佩！

二、任何时代文化，应是多元共存、彼此促进、互动融合的有机整体。凡皈依一尊、顶礼膜拜、强制服从的社会文化，尽管可能一时喧嚣，终因违反人性、压抑自由而灰飞烟灭。君的研究，独立不群、别开生面并确有见地，可称当代唐诗感悟与认知的烁烁一元。对唐诗的学术解读，乃至对"历来如此"传承文化的开拓与冲脱，从形而上的文化层面、弥足珍贵！

三、具体对十数首唐诗的学术评说与专业剖析，体现出君深厚扎实的学养与认真琢磨的态度，文学、语言学、民俗学，及至哲学、社会学……在实据考证、训诂钻研、人文觉悟、历史把握中，纵横捭阖、融为一体，对读者有切实的启发、引领，令人耳目一新、兴味盎然，大有新秋清爽，襟怀开朗之愉悦。

四、作为"一家之言"，望坚持不懈，继续拓展，当可大成。而对千年来已成定式的旧有解读与感悟，也不必"势同水火"，百花齐放、共存共荣，各抒己见，见仁见智罢。

"一花一世界，一树一菩提"，可矣。

史杰鹏　文学博士，东京大学访问学者（笔名梁惠王）

我读了之后，深感语言学的教授就是不一样，涉及到细节的问题很严谨，比如为什么考察一首诗的平仄，他会搜索所有的《全唐诗》，来验证流行说法的对错。有很多诗歌的解读，虽然我不一定都赞同，但还是很有启发性，有很多的新意，拓宽了我的眼界。

诗歌批评：在多元解读中寻觅真相

（代序）

谭邦和

一位在北京语言大学长期从事语言学研究并奔走世界各地从事对外汉语教学的语言学博士，突然向学界和读者献出一部唐诗鉴赏集，而且书名叫《唐诗的真相》，起初这是有些令人惊讶的，心里或许有些嘀咕，唐诗哪来什么真相？进入书稿，作者的文字如行云流水，畅快顺达，谐趣迭出，读完有十分舒爽之感，我忽然冒出一个念头：千年唐诗，遇到了一位新的解人。

一

我早就知道理兵在写唐诗鉴赏的文章，初起的时候就读过几篇，觉得很有味道，因而鼓励他写下去。起初我只是认为他虽然主业是语言学，但文学修养也很好，可以玩一玩诗歌鉴赏。而当他结集成书后命名《唐诗的真相》，我就有些惊讶了，因为这触动了我关于诗歌理论、诗歌鉴赏与批评的一些基本认知，我知道，这里有值得研究的理论问题了，这个鉴赏集可能就不只是在无数唐诗鉴赏的著作里增加一本新书，而是有自己鲜明的理论追求了。

为什么说这个书名触动了一个理论问题呢？因为在我的感觉里，探求"诗歌的真相"是与目前流行的批评理念不太相同的路数。20世纪80

年代的中国,随着社会的改革开放,学术复苏,诗歌研究领域也风起云涌,欧美等国的诗歌批评理论和方法迅速涌入中国,极大地冲击和深刻地影响了包括唐诗鉴赏批评在内的中国古典诗歌研究,思维的角度拓展到文化学、哲学、心理学、现象学、系统论、语言学、阐释学等各种认知领域,鉴赏与批评的方法则有心理分析批评、神话原型批评、结构主义批评、解构主义批评、英美新批评、俄国形式主义、英国瑞恰兹的语义学派、法国A.J.格雷马斯的符号学、意大利弗·梅雷加利的接受理论、英国维特根斯坦的神秘主义等等,不尽列举,而由此形成的基本学术理念广泛而深入地认识了文学文本的多义性与接受过程的复杂性,因而提倡多元解读,反对定于一论。在这种情况下,诗歌解读,见仁见智,似乎已经没有"真相"了。有些理论甚至主张剥夺创作者的解释权,例如意大利批评家弗·梅雷加利就认为,作为作者产品的文本与作为被接受了的文本的作品,两者是不同的。文本是固定不变的,作品却是变动的。在他看来,文本属于作者,但作品则属于接受者。未经阅读的只是"文本",经过阅读的才是"作品"。在接受美学那里,作者和读者共同创造了"作品",而此时,"读者"也成了"作者"。这些理论,甚至可以到自然科学的理论库藏里找到支撑,例如物理学。经典的物理学理论认为物理世界有其确定不变的客观性质,可以进行准确的测量。但是20世纪20年代由玻尔和海森堡发展起来的量子理论不再这样认为,在海森堡看来,我们所观察到的并不是自然本身,而是用我们提问方法所揭示的自然。在量子物理学中,物理学家不再是完全客观的观察者,而是进入了他所观察的物理世界,并且以他的观察方式影响了物体本身的性质,当他调整改进了自己的观察或实验方式的时候,物体的性质似乎也随之发生了变化。量子物理学家们因此认识了粒子世界的测不准关系和测不准原理,认识到物体并不具有唯一的性质,而是一个测不准的世界。量子理论给了文学研究者一个非常重要的提醒，启发我们反省自己的文学理念。从这个角度看过去，文学世界不也是一个测不准的量子丛林吗？

二

主体论的文学观念也为诗歌文本多元解读理论提供了学术基础，其阐释方向，大概可以包括诗歌创作的对象世界、诗歌文本的创作主体和诗歌作品的接受主体三个视角。

首先，诗歌所欲潜入的对象世界是人的生活（包括精神生活）和人的社会，这是一个结构层次和运转状态无比复杂的对象世界，人所组成的社会复杂无比，单个的人作为精神主体，其心灵之广袤与深邃，也几乎可以称为一个内宇宙。一首诗歌，要想在描述人的心灵与生活并表现社会方面做到精确周延、单纯唯一，根本没有可能。

其次，诗歌文本的创造者诗人自己也是人，作为精神主体的人的全部复杂性都必然反映于诗人自身，而且每个人都是一个绝不会与别人重复的独特存在，诗人的出身、经历、社会地位、知识结构、能力专长、文化皈依、人品修养、性格志趣、审美好恶、艺术追求等等，都会作用于他欲描述的对象世界，影响他对社会生活的认识与评价，制约他的情感态度，决定他对诗歌题材的选择、诗歌意象的提炼，直至诗歌技巧的运用。如果说量子理论认定物理学家尚不能成为真正客观的观察者，怎么能够要求诗人非常纯粹地"客观"反映生活，不同诗人对同一对象的描述和认识又怎能不出现差异？

第三，诗歌文本的读者、欣赏者、评论家也是人，也同样有着作为精神主体的人的全部复杂性以及人与人之间的差异性和独特性，其各自的知识差异、性格差异、兴趣差异、社会背景的差异、阅读目的的差异，等等，自然也会导致对作品意义内涵理解的差异，对同一作品做出不同的审美评价。鲁迅先生注意到不同读者对于《红楼梦》这同一部作品却有不同发现："单是命意，就因读者的眼光而有种种：经学家看见《易》，道学家看见淫，才子看见缠绵，革命家看见排满，流言家看见宫闱秘事。"如果把别有用心排除在外，这种情况在诗歌欣赏领域也是一种十分普遍的现象。现代批评理论进一步抬高了读者的主体地位，认为读者不再只是被动接受作品，读者是创造者，作者则不过提供了一个意义尚未完全确定的文本。每个诗歌作品都是在读者的解读欣赏中才真正完成，而作品的"意义"也是在解读中才得以实现。

三

为诗歌鉴赏批评多元解读提供理论支持的还有语言悖论现象的存在。语言悖论是一个古老的哲学命题，也一直深刻地影响着中外文学理论。老子说"大音希声，大象无形"，启示我们认识到达于极致的深刻思想和美好音象，不可能找到完美的表达工具和具体的承载物。无独有偶，柏拉图的《斐德若篇》记载，苏格拉底与斐德若讨论修辞学时，突然讲起一段传闻：埃及有个古老的神叫图提，他发明了数学、几何、天文、地理，最重要的是他发明了文字。有一天图提来见埃及法老，献上他的发明，在讲到文字的时候，图提特别强调其非凡功能。出人意料的是，法老反复斟酌，别的都收下，唯独谢绝了文字，而理由竟然是他认为文字只是一些支离破碎、死气沉沉的记号，不可能传达生机勃勃的活的经验，只是真实界的形似，而非真实界本身。他据此推论，文字看来可以教人获得许多知识，似乎变得无所不知，实际上却一无所知。这个故事讲的应该也是文字作为承载工具的局限,法老认为它不能胜任"真相"的完美的传达。

现代语言学和语言哲学进一步研究了语言作为表达工具的内在矛盾,认为语言既是人类表达思想的工具,而在更深的层次上,语言又是表达的障碍。诗歌作为语言的艺术,必然在这方面遭遇尴尬,因而考验诗人们的语言智慧。诗歌创作过程从某个角度看,就是一个语言选择的过程,但选择的对面是放弃。当你选择了一个语汇、一个比喻、一个意象,一种修辞手段,一种表达方式,一种诗歌体裁,同时就意味着你在别的可能性上的放弃,也就意味着作品意义的某些损失,进而意味着作品对作者真实意愿的某个方向的违逆甚至背叛,而你所做的选择又未必是最准确的。从这个角度来讨论诗歌创作,我们可能只好承认语言作为表达工具的局限,承认语言并不能帮助诗人实现最真实、最准确、最完美的表达。陶渊明的名作《饮酒》(其五):

> 结庐在人境,而无车马喧。
> 问君何能尔?心远地自偏。
> 采菊东篱下,悠然见南山。
> 山气日夕佳,飞鸟相与还。
> 此中有真意,欲辨已忘言。

这首诗描写了诗人归隐田园的人生意趣,但他认为这种意趣是只可意会,不可言说的,所谓妙不可言也,末尾两句明确地表示放弃了对这种妙趣的言说,"有真意",但无语言,从而留下了一个巨大的审美空白,召唤读者用自己的人生经验和审美思维去想象填充。马致远的散曲《双调·落梅风》描写了类似的情况:

云笼月，风弄铁，两般儿助人凄切。剔银灯欲将心事写，长吁气一声吹灭。

　　"欲将心事写"说明"有"，"一声吹灭"则是放弃表达。有心事，无语言。假设这是一位月夜思亲的女子，她显然意识到了千头万绪的"凄切"之情，但千言万语也难以表达。难到什么程度了？难到只能吹灭银灯，放弃书写。

　　这时我们可能会想起维特根斯坦的一段名言："对于不可说的东西，我们必须保持沉默。"在维特根斯坦看来，存在着一个不可言说的领域，对这个领域的东西只能显示而不能用语言描述。（《逻辑哲学论》）

　　语言并不甘心承认自己的无能，元曲似乎表现了这种挣扎。散曲中的套曲以曲牌连套和曲牌正格中加衬字的方法，极大地拓展了自己的表达空间，但不要以为关汉卿《一枝花·不伏老》那样的套曲，可以穷形尽相地描写自己"铜豌豆"的性格，《窦娥冤》那样的唱词可以用无数罪名把天地鬼神骂得狗血淋头，似乎就体现了语言无边无际的表达能力。其实这恰恰说明语言并不能轻易完成表达的任务，只好极尽铺排，用了一大串的形容，才把"铜豌豆"说得比较有质感了，用了一大堆的罪名，才稍觉发泄了对于老天爷不为人间主持公道的愤怒。这种酣畅淋漓的赋体铺排，与那些以比兴手法交给读者自己去领会的方式，其实都是在提醒我们认识语言在表达复杂思想感情方面的局限性。

四

　　中国古代诗歌的批评鉴赏理论，与西方现当代的各种流派相比，也许更早地认识了诗歌美学的这种特性。从先秦到明清,中国古代诗歌史积累了汗牛充栋的优秀作品,而中国古代诗歌批评史也形成了一系列非常精彩的理论命题。早在2100多年前的汉代,董仲舒的《春秋繁露·精华》就引述了看来当时早已流行的观点:"《诗》无达诂,《易》无达占,《春秋》无达辞。"实际上说的就是语言并不能完成毫无歧义的表达,对语言文本的解读因而也就不可能有完全一致的不可更易的标准解释,《诗》《易》《春秋》这些经典文本都逃不出这个规律。"诗无达诂"起初是在讨论一个先秦时代的具体的诗歌总集,但这个命题的意义早已超越时代和具体文本,具有了广泛而超越时代也超越文体的理论意义。"诗无达诂"可以有三个理解层次:首先,是指"诗三百篇"即《诗经》,没有绝对准确唯一的标准解读;第二,打开书名号,指所有的诗歌文本,所有的诗,都不可能有唯一的标准解读;第三,诗还可以代指所有的文学作品和文学样式,"诗无达诂"因而已经成为诗学与文艺理论的重要原则。也就因了这个缘故,几千年前的诗歌文本与文学经典,才可能常读常新,代有解人,永无定论,被后人不断挖掘出新的意义。

对于诗歌批评与文学文本解读的这种现象和规律,历代著名作家和批评家不断表达着相似的认知。苏东坡说:"文章如金玉,各有定价。……至其品目高下,盖付之众口,决非一夫所能抑扬。"(《答毛滂书》)认为文章的高下绝非某一人可以论定不移。宋代学人陈善亦云:"文章似无定论,殆是由人所见为高下耳。"(《扪虱新话》)宋代文论家吴子良曰:"知文之难,甚于为文之难。"(《荆溪林下偶谈》)认为文本解读甚至难于文本写作。明代布衣诗人谢榛看来体会也深,故主张:"诗有可解、不可解、不必解,若水月镜花,勿泥其迹可也。"(《四溟诗话》)清代著名诗评家沈德潜则曰:"古人之言包含无尽,后人读之,随其性情浅深高下,各有会心。"(《唐诗别裁·凡例》)可见中国古代的鉴赏批评理论向来反对穿凿拘泥，主张不求定解，鼓励各有会心，而这应该是在认识和把握了文学作品特别是诗歌文本的本质特征以后所做的明智的选择。中国古代诗歌创作追求意境、意象，讲究意内言外，其实相当程度上就是在用非常聪明的办法克服言意之间的矛盾，突破语言作为表达工具的局限，进而成为中国古典诗歌的独特美学追求。

五

古今中外的诗歌批评理论都注意到了诗歌文体的特殊性，诗歌结构的开放性，诗歌语言的多义性，诗歌接受过程的复杂性，因而不约而同地提倡诗歌文本的多元解读。既然"诗无达诂"，自然应该鼓励多元解读。但是20世纪中叶至80年代以前的几十年时间，中国本土的文学理论处于一元的思维空间，文学研究方法也是比较单一直线，有时甚至是非常绝对的。因此，随着80年代以后社会改革开放的步伐，文学批评多元解读理论的觉醒和接受美学的引进极大地开拓了诗歌文本的解读空间，鼓舞了读者，也解放了批评家。这无疑是具有进步意义的。多元理论在学术研究的各个领域，无疑都是具有拓展意义和开放功能的进步观念。但多元理论有它的禁忌和局限吗？多元理论有自己的终极追求吗？多元理论在实践中会碰到什么问题？

说到这里，突然想起一个据说是奥斯卡最佳的讽刺短剧，叫《不一样的数学》：数学老师威尔斯太太纠正小孩丹尼2+2=22的计算错误，循循善诱地告诉孩子正确的答案是2+2=4。但孩子任性不肯接受，并回家告诉家长。孩子父母认为应该保护孩子的思维自由，居然选择支持，并赶到学校斥责老师，说孩子是对的，"就像德国纳粹那样对"，孩子母亲甚至还动手打了老师，并投诉到校长那里。而校长为了息事宁人，要求威尔斯太太道歉，当然被拒绝。事情后来弄到家长们集体闹事并起诉老师侵犯了孩子们自由思考的权利，影响孩子们成长。董事会为此召见威尔斯太太，要求她对正确答案持开放态度，放弃极端主义观点，但威尔斯太太坚持认为这里只有一个正确答案。于是董事会为了保护生源，决定开除这位坚持学术诚实的教师，因为"这所学校减你等于明天"。结局令人玩味，当校长面对媒体宣布解雇决定时，告诉学校将履行财务义务，发给上月工资2000和这月工资2000，一共4000，威尔斯太太急中生智，说："错了！应该是22000！"

是啊，不是2+2=22吗！我在想，按照这个相加等于并排摆放的计算逻辑，其实应该是20002000！

诗与数学当然是非常不同的领域，但也有些东西本质上是相通的。这个讽刺短剧启发我们认识一个规律，并非任何事物都有多个答案，更不是任何答案都能够成立或者应该容忍，多元理论应该是有理论边界的。多元理论具有开放的胸怀、宽容的品格，而其目标与追求，是在开放宽容的学术环境中找到正确的答案和美好的事物，并不是随意接受和容纳一切哪怕是明显荒谬的东西，若然，答案世界岂不成了垃圾场，因而必然有比较、选择、淘汰和否定。人类生活的许多事实证明，没有原则和底线的多元理论，往往被滥用，可能成为别有用心之人的庇护所甚至某些罪行的辩护词。多元理论的边界在哪里？我想，这个边界只能是客观存在的事实真相与人类达成共识的思维逻辑，其基本规则只能是尊重事实，服从逻辑。这个规则我们在提倡诗歌多元解读理论的时候同样应该遵守。而从这个角度来认识诗歌研究与诗歌文本解读，多元解读理论的目的是在于创造一个比较宽松自由的思想空间和学术环境，鼓励读者和批评家以相关事实为前提，在合逻辑的想象与形象思维中寻觅诗歌文本所隐含的意义真相。

六

其实任何事情都应该有自己的真相，诗歌不会例外。在排除简单机械操作与武断定论或者恶意歪曲之类情形后，诗歌文本的解读者，诗歌研究的学人，也应该以探求真相为责任。诗歌鉴赏集的读者是希望研究者给他们提供真相的。

诗歌文本解读对真相的探讨，我认为有两个大的层面。第一个层面是诗人及其身世、时代与创作过程，这个层面的真相必须尊重事实，依据文献，研究者的工作主要是史学的而不是诗学的。第二个层面是作品意义的探究和美感的阐释，这时研究者的主要工作是诗学的了，但与第一层面的史学必须保持某种逻辑的联系。

在第一个层面，真相应该是客观存在，有时甚至是唯一的。面对一个诗歌文本，首先必须认定作者是谁，这里容不下"多元"吧？由于时代久远，文献史料中可能出现某些作品作者失传或误为他人的现象，学者们在研究中可能会有不同的推论，在证据不足或者证据不力的情况下，几种说法可能因相持不下而暂时只好并存，但在这里，"真相"最终只有一个，哪怕目前还不能确认和公认。唐诗鉴赏中这样的情况也是不少的，研究者碰到了也必须面对，只要有机会就要把那些作者尚不能确认的问题加以解决。有一种批评理论认为作品完全可以离开作者进行解读，其实绝对真空地理解作品是不可能的，即令作者不知为谁，一首诗的解读实际上也是被置于某个比较可信而具体的历史时空才能进行的，哪怕稍微宽泛一些。

中国文学批评的重要传统之一就叫做知人论世，而且这个传统一直占据着中国文学批评的主流的位置。《孟子·万章下》云："颂其诗，读其书，不知其人，可乎？是以论其世也。"就是这个传统的理论源头。按照这个理论，诗歌解读，首先应该了解作者，以及作者所处的时代，以把握作者的生存境遇和创作心态，这样才能比较准确地理解诗歌的真意。理兵在这方面是下了很扎实的功夫的。例如他重解贺知章的名篇《回乡偶书》，通过相关事实的分析，得出结论：人生得意的贺知章荣归故里，离开京城的时候皇帝设宴并亲率群臣饯行，到家后亲朋故旧纷纷携儿带女地前来看望，根本没有什么老年归乡人不识的悲凉，过去那种望文生义的解读应该是错了。这就是"真相"。

第二个层面的"真相"就不太容易把握了，因为作为语言的艺术作品，诗歌文本的意义是丰富而复杂的。这方面，《孟子·万章上》云："故说诗者，不以文害辞，不以辞害志；以意逆志，是为得之。"同是孟子，他又引领了中国诗歌批评的另一个传统，叫做"以意逆志"。孟子这段话的一般解释是，"说诗者不要拘泥于个别字句的表面意义，而应当根据全篇去分析作品的内容，去体会作者的意图，这样才能得到诗歌的本义。"（王运熙《中国文学批评史（上）》）这里的"意"被释为读者所体会到的作品的意义，并据以推想作者通过语言所欲表达的内容。清吴淇《六朝选诗定论·缘起》云："志者古人之心事，以意为舆，载志而游，或有方，或无方，意之所到，即志之所在，故以古人之意求古人之志，乃就诗论诗，犹之以人治人也。"

解构主义批评与中国传统批评理论的"以意逆志"似乎有着某种精神相通，也主张通过体会作者的意图而找到诗歌文本的意义"真相"。著名日内瓦学派批评家乔治·布莱所坚持的"认同批评"认为，"阅读的特殊之处在于它给人以接近他人思想的独一无二的机会"；在他看来，批评必须在阅读的基础上产生，而阅读就是进入另一个人的内心深处，批评则"必须将自己基本界定为意识接纳意识（对意识的理

解）"，批评家是特殊的读者，"其典型特征就是习惯于认同与自己思想不同的思想"。（布莱《马赛尔·雷蒙的批评思想》）

J. 希利斯·米勒《重申结构主义》一书在阐释布莱的批评理论时说："批评家不仅不该退出作者的思维，他还要用自己的语言深化诗人的语言，也就是说更加准确地界定它，这样就可以延续那种语言，通过建立诗人也许从来没有明确说明的理想和含义来使它得到延续。"他还说，"当批评家尽力做到与作者一致时，文章就完成了"。评论家竭力体会了自己的大脑被诗歌文本的创造者的意识所占据的那种状态，从而完成了对批评对象的认知，也就是完成了一次"我思"进入"他者"的过程。通读《唐诗的真相》，我们能够不断地体会到研究者在"知人论世"的基础上"以意逆志"，以"我思"进入"他者"的沉潜揣摩与追逐。他真的找到了很多"真相"。

七

多元解读在实践过程中必然表现为个性解读。这本《唐诗的真相》作为一部新的唐诗解读著作，鲜明地表现了作者的思维品质与个人风格。我粗略阅读的感受是，从学术方略上，作者有宏观的理论追求和比较高远的学术立意，那就是在当前古诗特别是唐诗鉴赏比较泛滥的潮流中，凸显自己的学术品格，不是滥竽充数地再凑一种类似读物出来，而是以严肃严谨的态度，广泛深入地搜集新旧文献史料，在文本解读的过程中合逻辑地展开想象，把形象思维与逻辑思维结合起来，负责任地对这些许多人解读过的作品提出自己新的看法，做出新的阐释。所以，他打出了"真相"的旗帜。在古典诗词走红当代，人人都来充当导师，粗制滥造充斥于书市网络的乱象中，"真相"二字是有理论光辉和引领意义的。

虽然有很严肃的学术追求，也始终保持严谨的态度，但在具体写法上，他力求轻松幽默，风趣相随，引人入胜。理兵在日常生活中是一位非常富有耐心的人，所以他的文字也善意满满，绝不耳提面命，总是循循善诱，因而写成了一本好读的书。值得特别提到的是，作为语言学家，他对诗作涉及语言学、语言学史乃至方言学方面的内容，往往有独到的发现和解析，这是一般专治文学的古诗鉴赏者往往忽略或者知识不足的。

理兵自己也经常写作旧体诗，因而对律诗绝句的平仄比较敏感，所以经常利用律绝的平仄规则来判断读音以理解诗意。例如韩愈《早春呈水部张十八员外》"绝胜烟柳满皇都"中的"胜"，做动词表"战胜，超过"，做形容词表"佳，美好"，过去的解读者两种都有，而理兵认为应该做动词解，因为这个绝句平起首句入韵，则此句平仄应该是平平仄仄仄平平。理兵分析说："韩愈生长在河阳（今河南省孟州市），离洛阳很近，他的发音是比较标准的共同语。韩愈写诗，格律还是掌握得比较好的，因此，诗中这个'胜'应该是平声，没有出律。在唐代，'胜'有平仄两种读音，表示'战胜，超过'的动词'胜'是平仄都有。如王建《和元郎中从八月十二至十五夜玩月五首（之三）》里面是平声，《田侍郎归镇（之一）》里面是仄声。因此，把韩愈诗中的'胜'理解成'战胜，超过'，是没有问题的。把'胜'理解成'美好'义的形容词，是否也能说通呢？不，不能。就我们粗略检索的结果，'美好'义的'胜'，在唐诗中都是仄声。""胜"还有一个义项是"胜任，能承担"，那能否理解成"能承担"呢？理兵审慎但又并非妥协地说"不是绝对不可能，不过我在古代汉语语料库里面没有找到这样的'胜'跟在'绝'后面的用例。为了谨慎起见，我不能提出这种主张。"一个字的把握，有理有据有节，我想应该是能帮到读者的。

受命作序，写到结尾，想起了明代诗文流派起伏更替中的一种现象。明初宋濂、刘基、高启，雄深雅健，俨然开国气象。立朝既稳，文禁渐严，台阁体雍容闲雅，歌功颂德，无病呻吟，文坛生气渐无。于是茶陵派稍有振作之后，前七子举出"文必秦汉，诗必盛唐"的旗帜，以复古扫荡颓风。后七子继起，拟古更严，"文必西汉"。复古风盛，转为拟古，泥于古人而不能拔。虽归有光出，立唐宋派，效法八家，稍觉平易，而复古阴云遮蔽文坛近百年，直至公安三袁出来，才云雾一扫，打开了性灵的天空。但三袁文人习性，信心信口，不拘格套，而公安派末流作家底蕴不足，效法三袁，演为轻率，浅薄俚俗，如中道所言"百花开而棘刺之花亦开，泉水流而粪壤之水亦流"，文坛又被不学和浅薄所害。乃有竟陵钟、谭出焉，编选《诗归》，"引古人之精神，以接后人之心目"，继续张扬"性灵"，但补上一个"厚"字，以革公安派末流浅俗之弊。灵且厚，作为一种文艺观念，遂无偏颇。竟陵派诗论显然没有公安派的冲击力，但作为一种比较公允的观念与方法论，却有长久的理论价值。

　　回顾反思明代诗文流派的演变，是为了得到一个启示，也是一个教训，就是任何一种理论或方法都不能走极端，一走极端，就有流弊，必待纠正，而矫枉过正，又须矫枉。以最近四十多年的诗歌研究与古诗鉴赏来说，80年代大倡多元解读，无疑具有进步意义，不如是不足以开出文学批评的新天地，但时代平稳发展以后，发现多元解读必须严守逻辑边界，因为多元理论渐渐成为一些人粗制滥造甚至哗众取宠、胡说八道的理由。就是这个缘故，让我看到了《唐诗的真相》的理论意义。"灵"好，加个"厚"字更好。乱象有时是必须的，但"真相"才是我们更加长远的追求。

2020年5月于武汉水云居

目 录

诗歌批评：在多元解读中寻觅真相（代序） 谭邦和 / 001

第一编　真相的花朵

千年不识好儿童——贺知章《回乡偶书（之一）》/ 003

葡萄美酒醒何处——王翰《凉州词（之一）》/ 011

堂堂正正咏早春——韩愈《早春呈水部张十八员外（之一）》/ 017

神秘青年泪沾巾——王勃《送杜少府之任蜀州》/ 023

扬州奇缘刘白会——刘禹锡《酬乐天扬州初逢席上见赠》/ 031

杜甫假装在登山——杜甫《望岳》/ 041

卫八处士交响曲——杜甫《赠卫八处士》/ 046

莫非北方有佳人——李商隐《夜雨寄北》/ 055

王维王维你送谁——王维《送别》/ 065

我们是否懂王维——王维《酬张少府》/ 067

人人都爱黄鹤楼——崔颢《黄鹤楼》/ 073

荆州也能见海月——张九龄《望月怀远》/ 077

唐朝小资喝小酒——白居易《问刘十九》/ 083

加州旅馆品杜牧——杜牧《旅宿》/ 086

莫待无花空折枝——杜秋娘《金缕衣》/ 091

李贺就是文森特——李贺《雁门太守行》/ 100

敌人跑了追不追——卢纶《塞下曲（之三）》/ 106

宰相慧眼识佳句——王湾《次北固山下》/ 111

民间爱情长干行——李白《长干行（之一）》/ 120

一个和尚找茶喝——皎然《寻陆鸿渐不遇》/ 125

不良少年从军记——李颀《古意》/ 127

忍见贾岛双泪流——贾岛《题诗后》/ 131

鄙视一下孟东野——孟郊《列女操》/ 134

小心驶得万年船——高适《送李少府贬峡中王少府贬长沙》/ 138

清明时节好尴尬——杜牧《清明》/ 141

美人赠我金错刀——王昌龄《送柴侍御》/152

第二编　真相的花枝

青桩少意象——老家水鸟的出神入化 / 165

乌鸦有诗篇——乌鸦与人的千丝万缕 / 173

隐士出悖论——关于归隐的口是心非 / 186

诗人写战争——战争经验的虚虚实实 / 193

白话入诗句——唐诗之中的直言粗语 / 203

野炊引话题——关于野炊的大俗大雅 / 207

元宵读诗词——诗人笔下的上元佳节 / 212

外族作唐诗——新罗诗人的艺术人生 / 217

第三编　真相的花束

侠客不行（上）——李白崇尚什么样的人 / 227

侠客不行（中）——元稹、温庭筠怎么写侠客 / 2233

侠客不行（下）——从贾岛的剑客到史蒂文森的化身博士 / 240

射虎射雕看李广（上）——李广的性格和命运 / 246

射虎射雕看李广（中）——射雕和射石的闲言碎语 / 251

射虎射雕看李广（下）——李广的终局和诗人的态度 / 261

你所不知道的张祜（上）——从《何满子》到唐诗中的数量对举 / 269

你所不知道的张祜（中）——白衣卿相的自我炒作 / 278

你所不知道的张祜（下）——对仕途理想的蹩脚追求 / 283

主要参考文献 / 289

后　记 / 291

重印后记 / 294

唐诗的真相

揭开文字的面纱
叩问诗人的心灵

第一编
真相的花朵

千年不识好儿童

贺知章《回乡偶书（之一）》

贺知章是在哪里跟儿童相见？他的心情怎么样？

我们很可能错了。

有的唐诗，明白如话，似乎用不着解释，谁都能读懂。而实际情况不一定如此。

比如贺知章的《回乡偶书》二首七言绝句之一：

少小离家老大回，
乡音无改鬓毛衰。
儿童相见不相识，
笑问客从何处来。

有人告诉我们，这个"衰"不能读"shuāi"（衰弱，衰老），而是要读"cuī"，意思是"疏落，减少"。其他部分看起来不用多解释了。多数人都把诗的内容想象成一个画面感很强的故事：一位老者（作者贺知章）回到阔别几十年的故乡，他还说着地道的家乡话，可是鬓角的毛发已经很稀少了。在村口，他遇到几个儿童，向他们问路。孩子们当然都

不认识他，他们嘻嘻笑着问他道：客人您是从哪里来的呀？听到孩子们把自己当成客人，贺知章心里有些悲凉。

我以前就是这么理解的。

最近我对这种理解产生了怀疑。我仔细地揣摩字句，想象诗中所写的情景，又查阅了相关资料，发现这首诗应该有另外一种解读。

第一句"少小离家老大回"涉及一些背景材料，先介绍一下。贺知章公元659年生于越州永兴（现在的杭州市萧山区），早年移居山阴（现在的绍兴市）。永兴、山阴同属越州，两地方言差别不大，不过贺知章的"乡音"应该是山阴话。他最晚是在695年36岁时到了首都长安，因为这一年他相继考中了进士、状元，然后当了官。根据诗中所写，他似乎在此之前更年轻的时候就离开了家乡，但是我们没有查到相应的资料。从那年之后，贺知章一直在长安为官。直到744年，有一阵他忽然精神恍惚，体力不济，觉得干不动了，于是向皇上请求回家去当道士。唐玄宗知道他这么大年纪了是要叶落归根，爽快地答应了他。然后，玄宗还举行了一个隆重的仪式，率文武百官为他饯行，还专门为他写了诗，用"岂不惜贤达，其如高尚心"等语表示惜别和褒扬（《送贺知章归四明》）。这么说来，他这次回老家属于衣锦还乡，自是风光无限。他回到山阴，住在五云门外道士庄的千秋观，其实就是他们家的宅子改的。安顿下来之后，他写了《回乡偶书》二首。当年他就去世了，享年86岁（虚岁）——这没有什么遗憾的，在唐朝能够活到这个岁数，简直是个奇迹了。

第二句中的"乡音无改"是说自己的家乡话还很纯正。我们应该知道，口音是否纯正，自己根本没有发言权。口音要是变得不纯正了，自己是听不出来的。要是能听出来，不就分分钟自己纠正过来了吗？所以，在我看来，"乡音无改"这四个字，是贺知章跟老家亲戚朋友见了面之后，大家当面夸奖他时说出来的。贺知章携家带口、荣归故里，家乡的官吏、宗亲、故旧想必会远道相迎，根本不可能出现他一个人孤零零到村头向几个小孩子问路的场景——就算问路也不应该问小孩子，贺知章活了八十多岁还不懂这个道理吗——只能是热热闹闹地抵达，亲亲热热地会面，一片欢乐祥和的气氛。贺知章在外学习工作几十年，跟五湖四海、南腔北调的各路人等打交道，他可能会有意识地操共同语（汉语从先秦开始就有共同语了），或者受到各地同学、同事、朋友的影响，无意识地在他的方言之中混杂了外地口音。不过回到家乡之后，按照人之常情，他一定会尽量跟大家说家乡话。大家多半也会夸他乡音无改，以证明他没有忘本。可实际情况却是，一个人少小离家，长期在外地谋生，乍回老家，他的家乡话肯定不那么地道了，老家人是听得出来的。所以，"乡音无改"并不是一个客观、公允、准确的评价，而是家乡亲友当他的面恭维他时说的客套话。这话听着暖心，贺知章可以因此而自得，但是我们后世读者不可完全相信。

　　正因为是在这种场合，大家也会仔细端详他，然后谈论一下他的外貌。这时候依然要拣好听的说，比如"气色好，看上去哪像耄耋老人"（耄耋：màodié，八九十岁的人）。实际上，贺知章的外貌跟青少年时期离开家乡时相比，变化一定是相当巨大的，翩翩风度早已被龙钟的老态取代。但没人会说得那么直接，那样太不识趣了。这是在社交场合，大家不可能当着他的面实事求是地总结这几十年的岁月对他的外貌所造成的巨大影响，只能避重就轻地说说鬓角的毛发。其实鬓毛多点儿少点儿跟岁月没什么关系，有的人年纪轻轻就没多少鬓毛，而关羽的鬓毛是越年长越浓密。如果真的想表达"岁月不饶人"这个意思，人们大致会说：哎呀呀头发全白了，牙齿掉光了，口眼㖞（wāi）斜，皮肤皱褶，腰背佝偻，步履蹒跚，等等等等。考虑到这是写诗，那也应该写"面如灰""目光呆""顶毛颓"之类，而不是轻飘飘不得要领的一个"鬓毛衰"。所以，诗句中的"鬓毛衰"，应该是记录大家对他相貌变化的善意品评，而不是贺知章本人揽镜自视、顾影自怜。

第三、四句"儿童相见不相识，笑问客从何处来"顺理成章的解释是：亲朋故旧纷纷赶来与贺知章见面，有的人是带着小儿孙来的；成人寒暄过后，有的人就会把带来的儿童从身后拽出来向贺知章请安，告诉孩子"这是你的太姥爷、表姑爷爷、舅曾祖父"之类；这孩子呢，按大人教的称呼恭恭敬敬地向贺知章行礼、问安，然后他还自由发挥了一下，面带笑容地问了一句：请问贵客，您老是从什么地方来的呀？

我之所以提出这种解释，还有一个很重要的根据，那就是对于"相见"的理解。按照老的解释，贺知章是走到村口见到了几个（或者一个）小孩子。实际上，这种"见到"，并不等于诗中所写的"相见"。"见到"是无计划的事件，是不期而遇。而"相见"是当事双方都主动参与的一种正式的社交活动。《礼记·王制》说："六礼：冠、昏、丧、祭、乡、相见。"这里的"冠"即成人礼，"昏"即婚礼，"乡"包括乡饮酒和乡射。在古代，"相见"是与婚礼、丧葬礼、祭祀等同样重要的一种礼仪活动。相见的双方根据地位的不同，需要行各种不同的礼节，如趋、拜、拱手、作揖、唱喏（rě）、鞠躬、长跪等等，还需要相互寒暄，问候对方家人。

当然，随着社会的发展，相见的礼俗形式有所变化，"相见"一词的意思也越来越宽泛。在唐朝，这个词有时候也可以表示"看见、遇到"这个意思，比如薛能的诗歌《丁巳上元日放三雉》："无心期尔报，相见莫惊飞。"这两句是诗人对放生的三只野鸡说："我并没有期待你们的报答，只是希望你们以后见到我了不要惊恐飞走。"但是这样的例子极少（而且这个"相见"也可以解释成正式见面），我们大致考察了一下隋唐五代的语料，发现多数情况下，"相见"并不表示"看见、遇到"，而是表示"互相见面"，尽管见面时礼节不一定有《礼记》时代的"相见"那么复杂。例如李白的《送贺宾客归越》（"贺宾客"就是贺知章，"归越"就是这次回山阴）：

  镜湖流水漾清波，
  狂客归舟逸兴多。
  山阴道士如相见，
  应写黄庭换白鹅。

王维的《崔九弟欲往南山马上口号与别》：

  城隅一分手，几日还相见。
  山中有桂花，莫待花如霰。

杜荀鹤的《观棋》：

  对面不相见，用心同用兵。
  ……

上例最能说明问题——下围棋的两个人对面坐着，他们不可能没有遇到对方，而只是省略了那些见面的礼节，直接在棋盘上捉对厮杀。

再如王定保的《唐摭言》：

  昔辟阳侯欲与朱建相知，建不与相见。……

《敦煌变文集》卷八《搜神记》：

女郎是谁家之女，姓何字谁，何时更来相见？……

根据上面的分析，《回乡偶书》诗中写的这个亲友家的小孩子是一个非常可爱的儿童（也不排除是好几个，为了方便，我们按一个来说）。这表现在两方面：一方面，他虽然年幼，却既有教养又聪明。有教养指的是，他彬彬有礼，举止得体，大人教的那些与尊长相见的固定礼节他都顺利完成了。聪明指的是，除了固定的礼节，他还知道与贺知章拉家常，问他是从哪里来的。另一方面，他毕竟是个孩子，又有一些孩子独有的天真烂漫。他从来没见过贺知章，记不住大人对他的介绍，搞不清那么复杂的亲戚关系，不知道贺知章并非来走亲戚的客人，而是本地人叶落归根。他也听不懂大人们说"乡音无改"表明这位"客人"就是本地人，"鬓毛衰"表明他离开家乡很多年了，所以他提出的"客从何处来"这个问题的预设不成立，在当下的语境中并不是一个值得鼓励的好问题。他提出这个问题之后，大人们一阵错愕，随即又忍俊不禁。贺知章在跟大家一起笑过之后，自然会对这个孩子连声夸赞。

可惜，这么多年来，我们只把注意力放在老年回乡的贺知章身上，而没有注意到贺知章在写自己回乡见闻的时候，以充满爱怜的笔墨，描写了这么一个资质非凡的小小少年。

读到这里，可能会有朋友提出疑问：照你这么一解释，诗中流露的那种久客伤老、反主为宾的微妙情绪哪去了？那种悲凉的美感哪里去了？

我的回答是：那种东西本来就没有。《回乡偶书》跟汉乐府民歌《十五从军征》不一样，自号"四明狂客"、嗜酒如命的贺知章是一个乐观旷达、心里充满阳光的人瑞。他在人生最成功的顶峰荣归故里，看到的、听到的都是他喜欢看到、喜欢听到的，《回乡偶书》里面只有开心和满足，根本就没有任何悲凉。

葡萄美酒醒何处

王翰《凉州词（之一）》

出征时刻你竟然喝酒？不听军令还敢喝酒？

那个姓王名翰、字子羽的人活得很嚣张，他是盛唐时代的一个顽主。

从小，就跟贾宝玉一样，过着锦衣玉食的生活。成年后，依然生活优裕，并且几十年如一日地纵情声色，欢歌宴饮。让我们平凡大众想不通的是，除了生活条件好，王翰还智商过人，才华横溢，连杜甫都很佩服他。和历史上很多才华横溢的人一样，跟随他的才华一起咕嘟咕嘟往外奔涌、四处流淌的，还有很多傲慢、轻狂、我行我素。他那副器宇轩昂、颐指气使的派头伤害了很多人。

嚣张一世，付出的代价就是几乎被后世遗忘。历史上关于他的记录不多，我们查不到他的准确生卒年。他写过不少作品，本来有诗文十卷，可是到宋朝就散佚殆尽，清朝编的《全唐诗》只搜罗到他的14首诗歌。

这么说来，老天爷还算是基本公平的。

不过话说回来，这个差点被人遗忘的诗人，就凭一首《凉州词》，就在历史上留下了他不朽的名字。本来他写了两首，但是脍炙人口的就是这一首，据说是盛唐排名第一的七言绝句。

葡萄美酒夜光杯，
欲饮琵琶马上催。
醉卧沙场君莫笑，
古来征战几人回？

这首诗，对每个人都有感染力。无论你是一个乐观主义者，悲观主义者，还是逻辑实证主义者，都能从中找到打动你的字眼，诗句，甚或整首诗的全部内容。

也正因此，千百年来大家争论不休。这28个汉字我们都很熟悉，诗中的意象都很鲜明，描绘的场景很有画面感，最后一个反问句的实际意思也清清楚楚，可是人们对这首诗却有各种不同的理解。这就未免让普通读者抱怨：你们这些解诗的人纯粹是吃饱了撑的！为什么不肯统一思想，偏要简单问题复杂化，偏要自由主义泛滥？

其实，这也是没办法。因为，这首诗的确可以有几种理解，多数人只知其中一种，不知道还有其他的可能。

争论的焦点是"欲饮琵琶马上催"一句，尤其是其中的"催"字。多数人持第一类观点，认为这是"催促"的意思，也就是将士们葡萄酒还没开始喝呢，就听到了琵琶声，原来这声音是催促大家：喝什么喝，别喝了，赶紧抄家伙，上马，出征！"七月派"诗人绿原（1922—2009年）就是按这种理解来翻译的：

酒，酒，葡萄酒！
杯，杯，夜光杯！
杯酒酒香让人饮个醉！

饮呀饮个醉！

管他马上琵琶狂拨把人催，

要催你尽催，

想醉我就醉。

醉了醉了我且枕戈睡，

醉卧沙场谁解其中味？

古来征夫战士几个活着回？

读起来很像一首歌词，如果由刘德华来唱肯定很不错。

对《凉州词》的第一类理解存在一些漏洞。一是，琵琶是一种娱乐性的乐器，跟鼓、角、钲（zhēng，就是"鸣金收兵"的那个"金"）不一样，从来不用于军队发号施令。琵琶属于弦乐器，要经常调弦，不够方便快捷；音量不大，在战场广阔喧闹的环境中不容易听清；它的材质也很难经受行军作战抢夺摔打这样的严酷考验。因此，基本上不可能用弹奏琵琶的方式来传布军令。二是，如果马上琵琶真的代表催发、催战的军令，须知"军令如山"，所有的军人必须毫不犹豫、不打折扣地坚决执行，没有任何商量的余地。将军怎么可能容忍你这个老兵油子喝酒耍赖，推三阻四？三是，退一万步说，就算军情没那么紧急，将军网开一面，让你先喝些酒壮壮胆再出发，结果你却把自己灌醉了，还公然用"古来征战几人回"作为喝醉的理由，这岂不是怯战畏敌、临阵脱逃、无理取闹、动摇军心？其结果肯定是把你当场斩首，以肃军纪，以祭战旗。那时候就不是"君莫笑"的问题了，而是让你哭都哭不出来！

另一些人想到一个办法来堵这些漏洞，他们持第二类观点。他们中一部分人的办法是，把"催"解释成"侑（yòu）"，助兴的意思。那么，马上响起琵琶声就不是催战友踏征程了，而是用音乐为将士们的欢饮伴奏。另一部分人说"催"依然是催促的意思，不过不是催发、催战，而是催酒——敦促大家喝快点儿，喝多点儿，喝爽点儿。弹琵琶催人喝酒，历史上的确有这种事，唐朝周昙的《六朝门·简文帝》一诗中就这样写道："曲项琵琶催酒处，不图为乐向谁云。"韩翃《赠张千牛》诗中用管乐器催酒："急管昼催平乐酒，春衣夜宿杜陵花。"宋朝黄庭坚《南乡子·诸将说封侯》中催酒就不用乐器了："催酒莫迟留。"我们老家有一句俗话叫做"催九（酒）不催十（食）"，可见催酒至今还被认为是天经地义，只是一般不用乐器，而是用话语来催，俗称"劝酒"。

　　持第二类观点的这两拨人，总的意思是一样的，就是琵琶声是让大家喝好、喝够，而不是停饮、出征。这个说法，有一定的道理，但也遭到了批评，说是诗歌第二句又出漏洞了。批评者的意思是，喝得这么高兴，弹弹琵琶是可以理解的，但也犯不着骑在马背上弹啊，平时喝酒哪用得着如此麻烦，那明明是策马行军的节奏。这个批评我觉得不成立。农耕民族自然认为，喝酒的时候爬上马背去演奏乐器过于麻烦，直接在平地上坐着就能演奏嘛。他们不知道，对于马背上的民族来说，跨上马背就跟跨过门槛一样轻巧，人家压根不觉得麻烦。别说在马背上弹琵琶，就是在骆驼背上也没问题啊！国家博物馆藏有一个唐代的陶俑，叫做三彩陶釉骆驼载乐俑，骆驼背上驮着的是一支小乐队，最前面的那位就弹着琵琶。几位乐师吹拉弹唱，很明显是在给观众表演节目。《凉州词》里写的边防军人喝酒时，请几个西域乐师骑着马表演助兴，是合情合理的。另外，军队也可能接受驻地的文化，军队文工团员们自己也可能学会了弹奏马上琵琶。

　　相比而言，第二类观点的漏洞要小一些，所以现在接受它的人越来越多。

　　但是在我看来，按照这类观点来解释，对于诗歌第四句就不太好处理了。前面三句说的都是开怀畅饮，这里突然冒出一句"古来征战几人回"——敢情战士们喝的是赴死之前的上路酒、断头酒啊！如此突兀的一句不祥之言，与豪迈欢乐的前三句根本就无法匹配。

另外，两类观点都忽略了一个问题：军队中生活艰苦，官兵们有饭吃、有水喝都很难得，葡萄酒、夜光杯这么高的待遇，不是通常能够享受的，而喝到醉卧沙场的程度，也不是军人的常态。诗人写的这一场欢饮，一定有一个特别的理由。这个理由是什么？诗中没有直言，但我们读诗的时候不能不追究和推测。第一类观点的问题在于，在临战之前随意给大家提供这些奢侈品，却不给机会让人认真享受，一来暴殄天物，二来这很像是对战士们的无端戏弄和羞辱，简直是在无事找事。第二类观点呢，对这场高档酒局也没提供说得过去的理由，第四句貌似说明了军人不易，九死一生，可是这个道理自古皆然，哪能解释一场具体的宴饮？

对此，我有解释。在我看来，这首诗本来是一气贯通的，全部字句的意义环环相扣，葡萄酒、夜光杯、马上琵琶都有它充足的理由，"醉卧"和"征战"有着必然的因果联系。

真相就是：诗中所写，是一场高规格的庆功宴。

葡萄酒在汉代传入中土，当时价格很昂贵。唐代有所普及，李白《对酒》、王绩《过酒家五首（之三）》都写到了葡萄酒。但是中原的葡萄酒制作技术还不过关，真正的好酒产自西域，依然很珍贵。夜光杯是玉石制作的酒杯，壁薄，能透光，夜晚斟满了酒在月光或灯火下熠熠生辉。这个档次已经相当高了，主人还嫌不够，还安排了乐师骑马弹奏琵琶，以助酒兴。这场酒宴在什么地方举行？就在部队的宿营地——沙场，也就是平沙旷野。条件简陋，但是方便、大气，适合将士们大规模折腾。喝到什么程度？有人喝醉了，躺在地上不肯起来，其他人指着他哈哈大笑。喝醉的这一位不服气,嘴里嘟囔着:你们,别这么笑话我,我容易吗我,自古以来,有几个人能像我这样,打完仗还好胳膊好腿儿地活着回来啊?

所以,这是异常重要、异常艰辛的一场战斗结束之后,隆重举行的一场酒宴。部队将军拿出了最好的美酒、酒具,配备了军乐队,大张旗鼓地搞了这场活动。其目的,一为庆祝,二为表彰,三为压惊、安抚。战士们很享受这次机会,他们彻底放开了,喝得酣畅淋漓。他们心里五味杂陈,既有意外生还的庆幸和后怕,又有苦战得胜的兴奋和自豪,还有对这次劳军狂欢活动的惊喜和感激。

唐朝的顽主王翰爱喝酒,神经比较大条。但他喝酒是有理由、有逻辑的,他写诗的时候头脑也很清楚。我们读者如果醉了醉卧沙场者的酒,又晕了战斗幸存者的血,对《凉州词》的解读就会出现各种难以自圆之说。这么去读《凉州词》,我们会弄不清它到底是勇战、颂战,还是畏战、反战,我们只会懵里懵懂地觉得这首诗写得好,却又说不透它好在哪里。这其实也是王翰为自己的嚣张付出的一个小小的代价。

我的这个解释,有点不合群,但并非耸人听闻。实际上在我之前早就有人提出过类似的看法。比如中国社会科学院文学研究所编《唐诗选》(人民文学出版社2009年版)说:"本篇以豪放的情调写军中生活。大意说正在见酒想喝,军中已安排宴饮;醉卧沙场,也并不可笑,因为打了仗能够回来,即属难得,还不值得饮酒庆祝吗?这是战罢回营,设酒作乐的情景。"再如王俊鸣《读书要讲理——王翰〈凉州词〉通解及其他》(《中学语文教学》2014年第7期):"全诗写边塞将士的一次盛宴,描摹了守边将士开怀痛饮、尽情酣醉的场面……这不是一次普通的饮宴,倒很像一次热烈的庆功会。"

这么看来,我的解说应该能得到更多人的支持。

堂堂正正咏早春

韩愈《早春呈水部张十八员外（之一）》

前面的诗句太美了，后面的怎么办？最后一句到底该怎么解释？

公元823年，那是一个春天。

说是春天，其实还有点早，不如说"早春"。那一天，韩愈给张籍写了两首诗。按说算是私信，此后却被读者传诵了一千多年。不知是韩愈还是张籍公开的，不过那时候大家写了诗或者得到了别人的赠诗都喜欢晒，就跟现在的微信朋友圈一样，因此也不算泄露个人隐私。

韩愈（768—824年）字退之，他是著名的"古文运动"领袖、"唐宋八大家"的首要人物。韩愈是诗人张籍的贵人。张籍30岁之前一直默默无闻，直到30岁出头认识了韩愈，在韩愈的奖掖扶持之下，才开始转运。张比韩年长一两岁，但他虚心向比自己出道早、文才高的韩愈学习，所以很多人把他看成韩愈的大弟子。例如，清朝赵翼《瓯北诗话》就说："游韩门者，张籍、李翱、皇甫湜、贾岛、侯喜、刘师命、张彻、张署等，昌黎皆以后辈待之。"

不过从他们几十年交往的油腻程度来看，他俩更应该被看成一对年龄相仿、志趣相投的好友，而不是严格意义上的师生。张籍甚至还以诤友的身份向韩愈提出过尖锐批评，让他不要赌博，不要过于贪财，韩愈欣然接受了他的批评，改掉了很多坏习惯。如果是学生和老师，恐怕不会出现这种局面。在贾岛心目中，二人的地位是平等的，贾岛的诗《携新文诣张籍韩愈途中成》能看出这一点："袖有新成诗，欲见张韩老。"

韩愈赠给张籍这两首诗，题目叫《早春呈水部张十八员外》。成为名作的只有第一首，可见名作并非唾手易得。诗曰：

> 天街小雨润如酥，
> 草色遥看近却无。
> 最是一年春好处，
> 绝胜烟柳满皇都。

开头的"天街"和结尾与之相呼应的"皇都"都表明，这是在当年的首都长安。

天空中下着细细的雨，韩愈没有遮盖，徒步走在长安的街道。他很喜欢这种感觉，雨丝沾在他55岁的脸上、手上，奶油一般滋润柔腻，相当于免费享受了一次皮肤保养，整个人陡然变年轻了。

当时的长安是全世界最繁华的地方，一个国际化的大都市。卢照邻在《长安古意》中是这么描写的："长安大道连狭斜，青牛白马七香车。玉辇纵横过主第，金鞭络绎向侯家。""南陌北堂连北里，五剧三条控三市。"但是我怀疑卢照邻夸张的尺度稍微大了一点。因为根据韩愈这首诗，长安的街道两旁，远近都能看到空地，空地上长满了野草和柳树。当然，我们也可以认为唐朝的长安是一座生态城市，绿化搞得好，而不是卢照邻写的那样，只有街道和房屋。

奶油一般的细雨也滋润着草地。往远处看，地上已经微微泛绿，韩愈明白那是他喜欢的"草色"。可是走近了再往地上一看，刚刚看到的

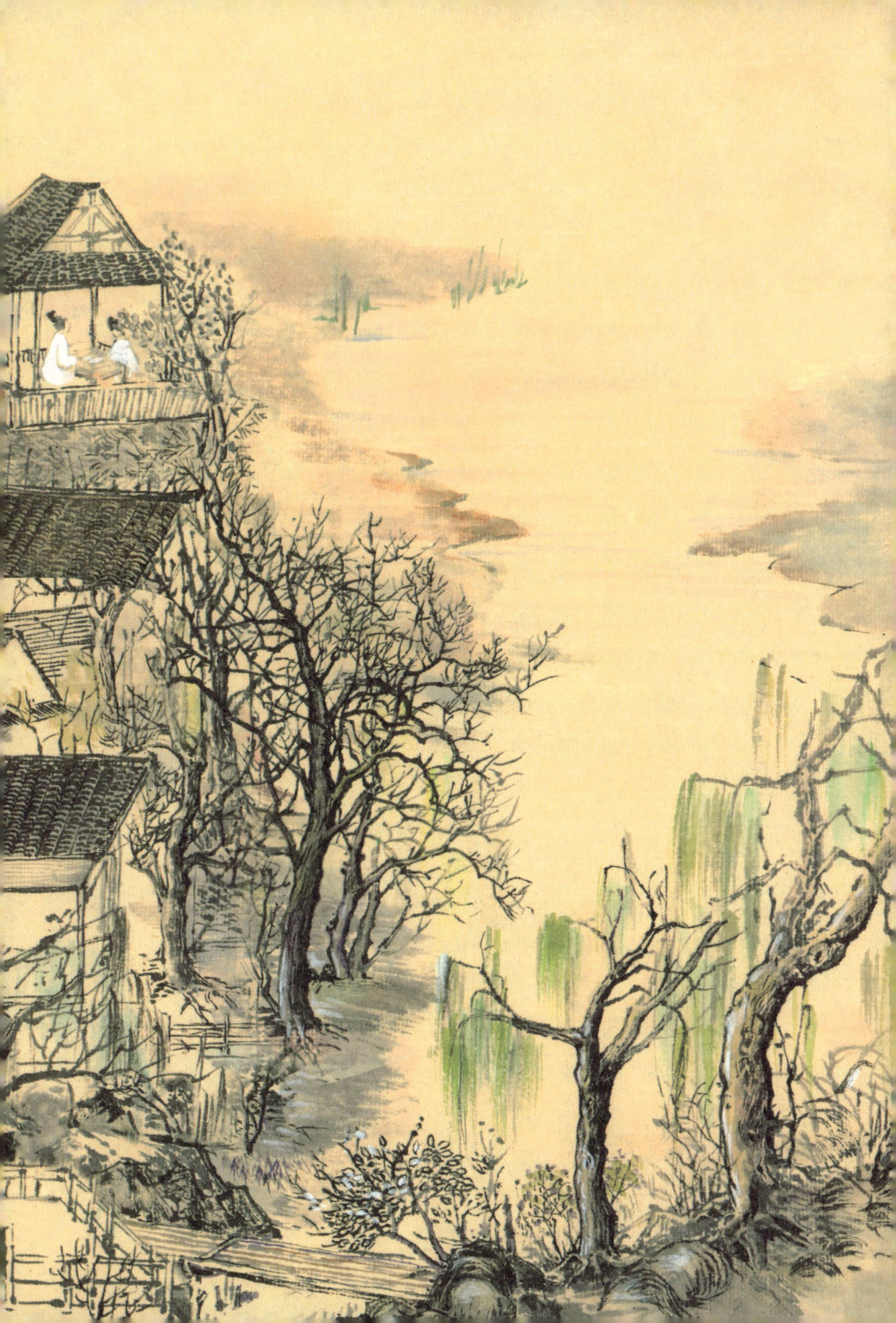

那一抹绿色又不见了。为什么呢？当然是视线角度的问题。看近处是俯视，看到的草地面积很小，单位视野面积内没几棵草，每一棵草也只能看到顶上的一点芽尖。看远处几乎是平视，能够把很大面积的草地都收到视野中来，而且每一棵小草都是植株的侧面入眼，比芽尖的贡献大多了。

前头的这两句，观察敏锐，抓住了早春特有的天气、景物特点，还流露出作者对大自然的由衷喜爱和亲近，成了名篇中的名句。

写绝句，前两句写得太好，后两句就很难突破了，怎么破？韩愈有办法，他的三四句不再写他看到了什么，而是轻巧一转，通过比较来给早春定性。这有点像歌曲中的转调。但是比较、定性又往往抽象、枯燥，怎么解决呢？韩愈的解决办法是，把比较的参照物也写得富有诗情画意，而定性部分则用人们熟知的、接受度最高的副词"最"和形容词"好"。

第三句"最是一年春好处"是说：春天是一年里最漂亮的时候，早春则是春天最漂亮的时候。这里的"处"解作"时候"，江蓝生、曹广顺《唐五代语言词典》和王瑛《诗词曲语辞例释》中都有相关的解释。

要解释第四句"绝胜烟柳满皇都"，需要先弄明白"胜"的意思。学者们对于这个"胜"有两种理解，一种是动词，"战胜，超过"。另一种是形容词，"佳，美好"。两种说法都有一定的道理。我支持第一种，并且提出新理由来支持它。

我的新理由涉及近体诗的平仄问题。

韩愈这首诗是绝句，平起，首句入韵。其平仄格式应该是：

平平仄仄仄平平，
仄仄平平仄仄平。
仄仄平平平仄仄，
平平仄仄仄平平。

其中每句第1字，以及第1、3、4句的第3字是可平可仄。对照韩愈原诗，我们发现，"看""胜"二字位置应该是平声。是不是韩愈"出律"了？

先说"看"字。表示"观看"的"看"在唐诗中是可平可仄，作平声的例子多一些，韩愈用得没问题。皎然、元稹两人的作品中是平仄两种都有，很有意思。不过皎然、元稹作诗，平仄上常常不合常规，我估计这跟他们的出身和经历有关。皎然是湖州人，没有做过官，很少外出游历，中年出家当了和尚之后，基本待在南方，他对唐代汉语共同语语音的掌握很可能不尽准确。元稹的母亲是鲜卑人，他的汉语也可能并不纯正。

再说"胜"字。

韩愈生长在河阳（今河南省孟州市），离洛阳很近，他的发音是比较标准的共同语。韩愈写诗，格律还是掌握得比较好的，因此，诗中这个"胜"应该是平声，没有出律。

在唐代，"胜"有平仄两种读音，表示"战胜，超过"的动词"胜"是平仄都有。如王建《和元郎中从八月十二至十五夜玩月五首（之三）》里面是平声，《田侍郎归镇（之一）》里面是仄声。因此，把韩愈诗中的"胜"理解成"战胜，超过"，是没有问题的。

按这种理解，第四句的意思是：早春的景象完全超过了暮春时节，虽然那时候也很美：氤氲的水汽笼罩着满城柳树的绿荫。我查到现在西安的气候，公历四月，常有连阴天出现，"烟柳满皇都"说的大概是这种现象。

把"胜"理解成"美好"义的形容词，是否也能说通呢？不，不能。就我们粗略检索的结果，"美好"义的"胜"，在唐诗中都是仄声。比如韩愈的《奉和仆射裴相公感恩言志》：

文武功成后，居为百辟师。
林园穷胜事，钟鼓乐清时。
摆落遗高论，雕镌出小诗。
自然无不可，范蠡尔其谁。

动词"胜"还有"能承担"的意思，这时候是平声（我小时候，这个意思还读shēng，从《现代汉语词典》第5版开始改成了shèng）。我作了个初步的调查，发现李商隐、司空图、张祜、张籍等很多人的作品中都用过这个"胜"，都是平声。韩愈本人也用过，也是平声。比如《题木居士二首（之二）》：

为神讵（jù，岂）比沟中断，
遇赏还同爨（cuàn，灶）下馀。
朽蠹不胜刀锯力，
匠人虽巧欲何如。

那么，"绝胜烟柳满皇都"中的平声"胜"能否理解成"能承担"呢？不是绝对不可能，不过我在古代汉语语料库里面没有找到这样的"胜"跟在"绝"后面的用例。为了谨慎起见，我不能提出这种主张。

这首诗把长安早春的景象写得这么美，应该能触动所有读者，当然也包括张籍。韩愈犹嫌不足，在第二首中干脆把话挑明了，直接让张籍不要以工作忙为借口，错过这么美好的春光。张籍读了之后，到底跟没跟韩愈出去？我们留待以后再说吧。

神秘青年泪沾巾

王勃《送杜少府之任蜀州》

王勃为什么让朋友别哭？他自己在做什么？

初唐著名诗人王勃，字子安，出生于650年，只活了二十多岁，于677年去世。也有人说他死于676年，还有人说是675年。我对持后两种说法的学者有点看法：可怜的王勃本来阳寿就不长，你们还这么七折八扣，实在太狠心了！所以我宁肯取677年，结论是王勃活了27周岁（28虚岁）。

王勃是一个神秘的人物，有很多不可思议的地方。

首先，他是个神童，却没活到中年，死得很奇怪。也可以这么说吧：他来到这个世界，就是为了让人们惊叹和敬佩；他离开人间，勾起了人们无限的疑惑和惋惜。在一般人说话都还不太利索的年龄，6岁的王勃已经开始写文章了。到了9岁，他开展了文科科研工作，写出了研究颜师古《汉书注》的专著。10岁通习六经，14岁时被人作为著名的神童而举荐当上了公务员。12岁到14岁期间，他还学过医。还好，中国病人从来只服老中医，不信什么医学神童，所以嘴上无毛的王勃没有机会"乱下虎狼药"。说起神童，历史上有好些神童寿命都不长，比如李贺7岁开始写诗，却没写满20年，他26岁就死了。李贺主要是诗写得太专注、太辛苦，没有做到德智体美劳全面发展。而王勃除了学习好，还很调皮贪玩，如果不出意外，他恐怕能活蹦乱跳地活到退休。可是偏偏出了意外——他去交趾（在今越南北部）看望父亲，回来时坐的船遇到风浪，王勃掉到了海里。掉到海里倒不要紧，他被人捞了上来。俗话说："大难不死，必有后福。"可是这句俗话在王勃身上不适用，适用的是另一句俗话："是福不是祸，是祸躲不脱。"船上的伙伴们只捞上来王勃的人，却没捞上来他的魂。这一次落海呛水吓破了他的胆，不久之后，他很不体面地死了，临死前的表现就像恐水症（狂犬病）发作。

其次，他的诗文写得非常漂亮，生活经历却很荒诞。王勃一生最伟大的成就，是去看望父亲的途中即兴创作的《滕王阁序》。这篇文章内容、形式都令人叹为观止，我们不由得怀疑它真的是一个跟我们一样吃饭、喝水、打嗝、放屁的智人（Homo sapiens）写出来的么？难道文章的作者不应该是天上的一位神仙吗？可是看了王勃的生平事迹，我们又发现他的人生过得一塌糊涂，甚至还不如我们这些普通智人。他年纪轻轻刚刚参加工作，就被站队，成了沛王李贤的人。为了让李贤开心，他写了一篇无厘头的搞笑文章《檄英王鸡文》，煞有介事地代表沛王讨伐一只凶悍的战斗鸡，鸡的主人是沛王的兄弟，英王李哲（就是后来的唐中宗李显）。这件事本来是一个玩笑，没想到传到了二王的父亲、唐高宗李治的耳朵里。高宗很生气，后果很严重。因为高宗的爹李世民就是跟他的哥哥、弟弟互相讨伐，搞出了臭名昭著的"玄武门之变"，王勃偏偏提起了他们老李家烧不开的这一壶。而且，高宗是不知道，他死后，他的皇后武则天篡国当了皇帝，骆宾王为讨伐武则天而写的一篇檄文，题目与此很相似，叫做《讨武曌檄》。他要是知道这个，恐怕会直接气死。话说高宗看到王勃写的那篇檄文，一怒之下把王勃赶出了沛王府。少年得志的王勃尝到了失业的滋味，这是他短暂人生中的第一次挫折。

好在不久之后王勃通过朋友的关系又找了一份工作，当了虢州参军。本来应该是前途一片光明的，可是不久之后他又栽了跟头，而且栽得比上次更惨。事情是这样的：一个叫做曹达的官奴犯了罪，王勃把他藏起来，不多久又杀了他。事情非常蹊跷，可是知情人包括杨炯等人都不愿意多谈论此事，这就更加蹊跷了。按说这位受害人尽管跟其他官奴一样由尚书省登记在册，政府还负责他们的医疗、养老，但毕竟地位低下，史书中为什么郑重其事地记下了他的名字？再说，王勃为什么先是莫名其妙地藏匿他，后来又翻脸把他杀死？莫非王勃对这个男童做了什么不可告人之事，事后又害怕他告发才杀他灭口？

杀人是重罪，事情败露之后王勃被判了死刑。幸亏遇到大赦，王勃免于一死。但是他爹受了连累，被贬到交趾当县令。这也间接导致了王勃后来的渡海溺水，这是王勃一生中第三次低谷，然后就没有然后了。由此可见，是祸真的躲不脱。

第三，《新唐书》里面有王勃的传记，好友杨炯在他身后不久给他的诗文集写了一个篇幅较长的序，详细地介绍了他的出身门第、生平事迹，可是这些材料对于王勃人生道路上的很多重要事件却语焉不详。这就让我们很难对王勃有一个具体、准确的认识，这也多少影响了我们对他的作品的理解。

五言律诗《送杜少府之任蜀州》是王勃的代表作之一，这首诗中就有一些不好理解之处。现在我们来读一下这首诗。

诗题中"杜少府"（一个姓杜的县公安局长）的名字现在无法考证。从诗歌的内容来推测，他多半是王勃的一个朋友，年纪跟他差不多。"蜀州"有的选本中写成"蜀川"，专家们研究来研究去，觉得这两个地名都有些不合理的地方。我们从众，取前一种。

诗曰：

城阙（què）辅三秦，风烟望五津。
与君离别意，同是宦（huàn）游人。
海内存知己，天涯若比邻。
无为在歧路，儿女共沾巾。

这是一首五言律诗。一般的律诗，首联不对仗，颔联、颈联对仗。但是律诗在对仗方面的要求可以有一些变通，这首诗就是首联对仗，颔联反倒不对仗。这且不去管它，我们主要是看内容。

前两句是交代地理背景，有各种解读。

先说第一句。"城阙"即城楼，"三秦"指关中平原。"辅"即护持、拱卫。那么这个城阙到底是哪个城的城楼？一般人说是长安城，"城阙辅三秦"是说首都长安被三秦拱卫。也有人说"城阙"指成都，或者杜少府将要前往的蜀地的城池，这句诗是说成都平原远远地保卫着关中平原。我觉得后一种说法难以成立，成都平原从来没有保卫过关中平原，不是说"天下未乱蜀先乱"吗？无论采用哪一种说法，送别之地都应该是在长安或其附近，这倒没有争议。

再看第二句。"风烟"有的说是风光，有的说是长风和烟雾。"五津"指岷江上的五个著名的渡口，分别是白华津、万里津、江首津、涉头津、江南津。可惜现在的地图上找不到它们了。这句诗表示王勃遥望杜少府即将赴任之地。当然，只能望一个大致的方向，主要是表示对那个地方的想象和惦念。即便没有风烟阻隔视线，人站在长安的城楼上也是看不见五津的。一是距离太远，直线距离都有好几百公里；二是中间还横亘着秦岭山脉，海拔两三千米，而长安、成都的海拔只有四五百米。

"宦游人"指离开家乡在外做官或求官的人。"与君离别意，同是宦游人"两句可以这么理解：我和您都是背井离乡求职从政者的心态，分离是我们的日常，相聚总是那么难得。

"海内存知己，天涯若比邻"这两句是全诗的精华。诗句的意思是：你我这样的知己只要在这世界上存在，哪怕相距天涯之远，却总像隔壁邻居一样，丝毫不觉得疏远、隔膜。换句话说，就是：不要太在意蜀州与三秦离得远，只要我们心意相通，地理空间上的距离根本不是问题。如果拘泥于字面意思，以为王勃是拿隔壁邻居来比喻知己，这种理解是不成立的。自古以来，比邻而居的不一定是志同道合者，基本不可能成为知己。如果本来是好朋友，也不宜把家搬到一起住得太近。那样的话，时间一长，话说完了，必然会互相厌倦。而且没有了隐私，会暴露出很多缺点，以致产生猜嫌，最终很可能反目成仇。

"无为在歧路，儿女共沾巾"的意思是：不要在分手的岔路上，像那些年轻的男孩女孩一样悲伤落泪了吧。以前读到这两句，我还以为王勃这人少年老成，心肠特别硬，觉悟特别高，像个杰出青年一样浑身洋溢着正能量，远远超出他的同龄人。看见好朋友杜少府多情自古伤离别，王勃板着脸呵斥他，让他别哭了。因此，我对王勃还有一些不以为然，认为他太拿大了。现在才明白，其实王勃一点也不拿大，这句话并非他在教训朋友，而是与朋友共勉。"无为在歧路"的隐含主语不是"你"，而是"咱们"。当时，悲伤落泪的除了杜少府，还包括了王勃本人，前面"与君离别意，同是宦游人"已经说明两人的情绪是一致的，哭哭啼啼是大家的共同表现。王勃呢，他哭着哭着，突然觉得这样不妥，应该尽快管理好情绪，然后才找到"海内存知己，天涯若比邻"这么一个理由，来论证大家不应该再哭了。他还补充了一条理由：这么哭有些丢人，跟普通的"儿女"一样。其实他想说的是女孩子才喜欢哭，男孩儿哪能哭天抹泪。

其实王勃也只是在写这首诗的时候才显得这么懂事，这么坚强。他

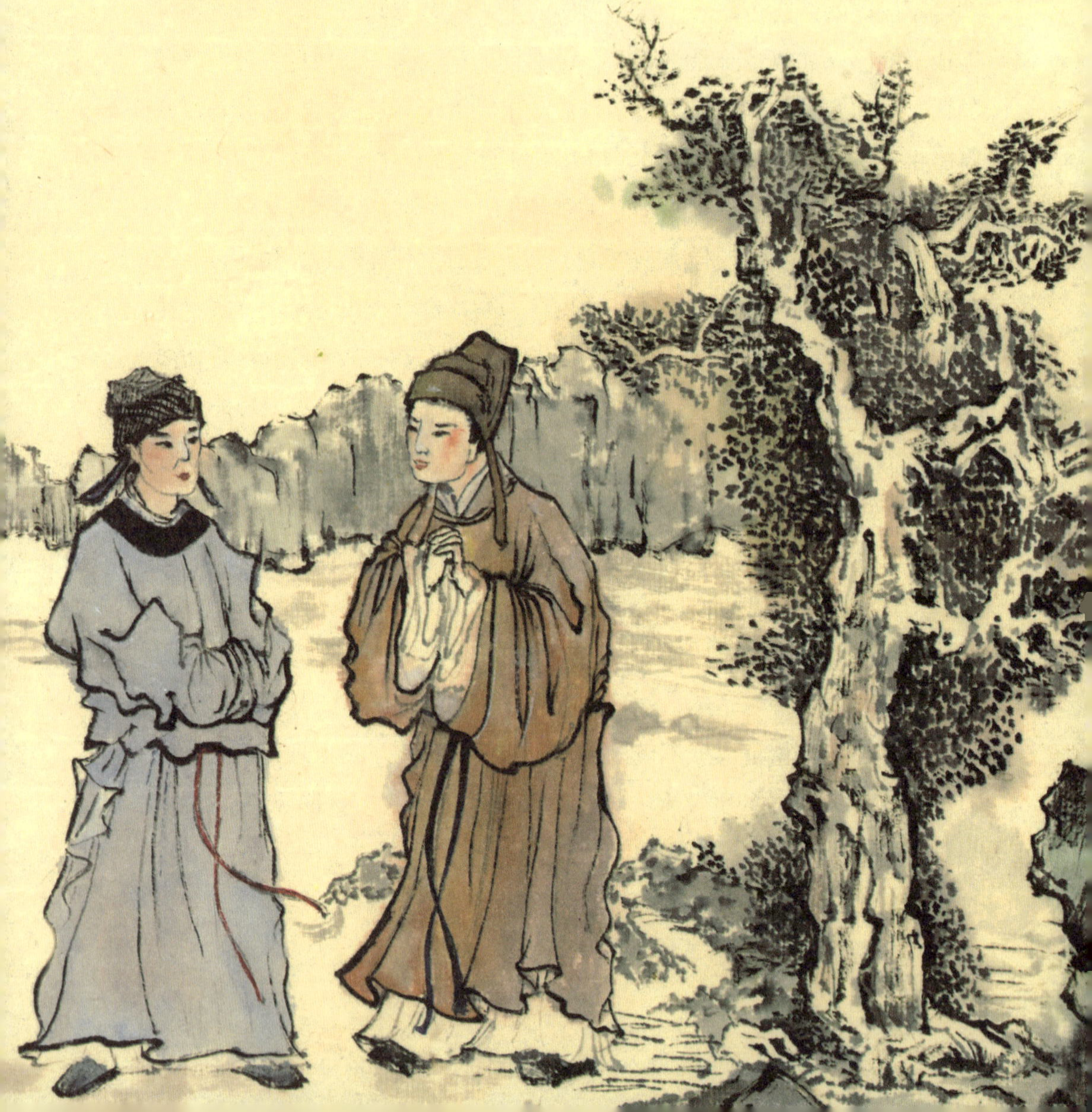

在其他时候可不是这样。你看王勃别的作品，就知道他本人就是洒泪言别的惯犯。比如《重别薛华》："穷途唯有泪，还望独潸（shān）然。"《秋日别王长史》："终知难再奉，怀德自潸然。"

说起来，唐朝的诗人们似乎并不忌讳哭泣。值得注意的是，他们大都是性情中人，哭起来眼泪很多。这就涉及用什么擦眼泪的问题。

根据资料，从先秦开始，中国人就有身上佩"巾"的习惯。佩巾也叫"帨"（shuì）或者"缡"（lí）。佩巾的用途比较广泛，比如洗脸、拭手、擦汗，有时也可以用来示爱或者活动手指、消磨时光。自然，也有人拿它擤鼻涕、擦眼泪。但是在唐朝，人们并非只用佩巾来擦眼泪。像王勃、杜少府这样用佩巾，算是非常讲究的一种。很多时候，人们怎么顺手怎么来。有时他们用衣袖，比徐志摩再别康桥的姿势还要随意：

故园东望路漫漫，
双袖龙钟泪不干。

（岑参《逢入京使》）

有时候把眼泪抹到手上，然后挥手甩掉：

送君之旧国，挥泪独潸然。

（卢照邻《送幽州陈参军赴任寄呈乡曲父老》）

有时候干脆不处理，任凭它往下滴落：

空馀暗尘字，读罢泪仍垂。

（李益《嘉禾寺见亡友王七题壁》）

杜甫有一次哭得稀里哗啦，衣服全都打湿了，我估计他是把身上衣服揪过去扯过来擦了个遍：

剑外忽传收蓟北，
初闻涕泪满衣裳。

（《闻官军收河南河北》）

我老家湖北省恩施市是土家族聚居区，早些年还保持着一些土家族服饰特色。那时候，老人们喜欢在头上包一根头巾，拆开了有一丈多长，裹起来很费时间。这种头巾，不仅可以束发、遮阳、保暖，摘下来还可以替代绳索、绷带等多种工具，比古代的佩巾还要实用。我的外祖父曾经用过这种头巾，不过我没见过他老人家用头巾擦眼泪。其实我是从来没见过他流泪，只知道他擤鼻涕之后会在鞋子后跟上擦擦手指头。

最后补充一点：这首诗前4句是交代和铺垫，是主歌，调子比较平稳，情绪比较低沉、压抑；后4句类似于副歌，它们格调高昂豪迈，能够振作人的精神。整首诗先抑后扬，结构清楚、简明。如果谱成曲来唱，应该能成为一首令人难忘的好歌。

扬州奇缘刘白会

刘禹锡《酬乐天扬州初逢席上见赠》

刘禹锡是为自己"病树""沉舟"而悲观,还是为别人的"千帆""万木"而乐观?有没有第三种解释?

这一天,刘禹锡、白居易终于在一起喝酒了。

不容易啊!为这场酒,他们等了将近二十年。

这是公元826年(唐敬宗宝历二年)冬天,在江南的扬州,灰白头发的刘禹锡见到了跟他同为54岁的白居易。

酒喝干,再斟满,歌唱罢,诗写完,历史翻开新一篇。从那以后,他俩的后半生就跟两股麻绳一样紧紧纠缠,难舍难分。

在那之前,他们各有一位知己——刘禹锡跟小他一岁的柳宗元是死党,人称"刘柳";白居易跟小他七岁的元稹是铁哥们(其间白居易主动翻过脸,很快又和好了),人称"元白"。可是,就在这次扬州相会的前后几年,柳宗元、元稹相继过世,自觉地把舞台留给了二人,从此诗坛开始了"刘白"时代。

他们本来都是路过扬州。这次上岸相聚,可谓相见恨晚。他们在扬州流连忘返,一待就是半个月。第一次见面是喝酒。接下来的日子相约去登栖灵寺塔,以及结伴去不知什么地方看鹦鹉。这还不够,他们还携手去开元寺看枸杞——枸杞不是药用植物吗，怎么就有了观赏价值啊？——他们形影相随，秤不离砣，每看一样东西必定各写一首诗来切磋。

简直像是坠入了"爱河"。

按说，他们俩早就该见面了。都生于772年（大历七年），都是二十多岁进士及第，都曾在长安、洛阳任职、居住，都当过监察御史，而且两人都是大才子，中唐的一流诗人。从出道以来，他们本该有二十多年的时间可以见面的。

但是命运偏偏让他们一再交错。无论是长安还是洛阳，刘在时，白还没来；白来时，刘已离开。他们像织布机上面的两只梭子，当官、遭贬、丁忧、召回、外放、病归，不停地在京都长安、东都洛阳以及京外的朗州、连州、夔州、和州、江州、杭州、苏州等地你来我往地奔忙、穿梭，偏偏一直都没有打照面。

在此之前的公元803年到805年，刘禹锡担任监察御史，在长安上班。白居易803年春到长安参加了一次吏部的考试，考完之后就走了，但804年暮春他又回到长安担任校书郎，一直干到806年。从804年暮春到805年农历九月，这一年多的时间他们都在长安，按说有机会结识。可是那段时间，刘禹锡是王叔文政治集团的红人，积极参与"永贞革新"，对圈子外的人基本不怎么搭理。而此时的白居易是个职场新手，上班就拼命抄抄写写，下了班赶紧回家，偶尔趁闲出去郊游、散心，也是跟一帮同事集体活动，根本没有机会团结在皇上和宰相周围。805年永贞革新失败，刘禹锡被赶出京都，最后去朗州（今湖南常德）当了司马，他们的人生轨迹又错开了。

公元808年，身为监察御史的白居易突然给朗州司马刘禹锡写了一封信，随信附上了他的一百首诗歌作品，希望刘禹锡给他点赞、评论。

白居易这人喜欢发朋友圈、晒作品，我猜他多半是白羊座的。刘禹锡并没有对等赠送自己的作品集，只是给老白回了一首诗，把他狠夸了一通。两人从此成了笔友，一直等着见面的机会。

刘禹锡在朗州一干就是九年多，直到815年二月被召回长安。这时候，白居易在长安，担任太子左赞善大夫。以刘禹锡的性格，在常德憋了将近十年，这次回来，应该有三万场酒局等着他喝。慢慢排下来，两三个月内差不多就该跟白居易喝一回了。可是命运又一次作弄了他：他屁股还没坐热，第二个月就接到任命，去连州担任刺史。这个职位相当于广东连州市的市委书记，级别倒是提了，可是离长安更远了。

我猜测，刘禹锡这次在长安，还是没有跟白居易见面。那么，他这一个多月到底在忙些什么呢？原来是没心没肺地去郊外赏花，顺便跟政治对手掐架。有诗为证：

紫陌（mò，道路）红尘拂面来，

无人不道看花回。

玄都观里桃千树，

尽是刘郎去后栽。

（《元和十年自朗州至京戏赠看花诸君子》）

这首诗很得罪人，因为作者非常露骨地讽刺了正得势的这些当朝权贵：你们得意什么呀，不都是我走了之后才有机会爬上来的吗？

有人说正是刘禹锡的这首诗触怒了当权者，让他再次遭贬。这种说法不太可信。写诗挖苦人的只有刘禹锡一人，而原属王叔文集团的"八司马"，这次至少还有柳宗元等另外四人也是与刘禹锡同时再贬远州刺史。可见无论写诗不写诗，命运是一样的。

不过这首诗让我们见识了刘禹锡的个性。在远离中央的朗州司马任上一干近十年，四十多岁的人了，棱角一点也没磨平，还像个年轻人斗志昂扬，不认输、不低头，简直跟后世的关汉卿一样，端的是蒸不烂、煮不熟、锤不扁、炒不爆、响当当一粒铜豌豆。我高度怀疑刘禹锡是天蝎座的。

在那以后，这种阴错阳差的故事继续上演，直到826年冬天的扬州。

在此之前，刘禹锡先后从连州转到夔州（今重庆奉节）、和州（今安徽马鞍山）担任刺史，现在终于任期结束，他卸任之后坐了船往洛阳方向走。另一边，白居易当了一段时间的苏州刺史，因为身体不好，辞职之后也回洛阳。

可能是凑巧，也可能是他们提前约定，二人终于在扬州会合了。

喝酒自然是免不了的。

白居易本来是北方人，在徐州的符离长大，却有点像个南方的才子。他性格比较内向、温和，有小资情调，喝酒喜欢小口慢慢咂摸，酒量也比较小。这一次，他喝着喝着，就有点醉了。

可是刘禹锡不停地劝酒。刘禹锡这人比较外向、豪放，敢爱敢恨，口无遮拦，控制欲强，让很多人不习惯。可是他也很有才，诗歌、文章都写得很漂亮，白居易对他心服口服。

有些隔代粉丝认为刘禹锡身上有贵族血统，依据就是他曾自称中山靖王刘胜的后人。这句话我们听着很熟悉——《三国演义》中，刘备也是这么说来着。学历史的人听到这句话，往往会呵呵一笑。中山靖王刘胜有一百多个儿子，孙子的数量就更多了，没法统计。结果好尴尬：后世姓刘的，只要他说自己是中山靖王刘胜之后，你就别想推翻他的说法，可是他自己也很难证实。也正因为如此，这种说法，往往成了出身寒微的人用来攀豪附贵的一个法宝。

刘禹锡本来不需要如此攀附，他的气质比刘胜高贵多了，甚至远超汉高祖刘邦。不过，据专家考证，刘禹锡是匈奴的后裔，他攀附一下中山靖王也是不得已。如果承认自己本是胡人后裔，岂不是要像乔峰一样被江湖中人歧视、抵制。

白居易捂着杯子，口齿不清地说："我……实在……不能喝了。"刘禹锡一伸手把他的酒杯抢了过去，与自己的酒杯并排放着，满满斟上，然后举起自己那一杯："我干了，你随意。"一仰脖，喝了。再把酒杯翻过来给白居易看。果然一滴都没有往下滴落。

白居易无法推辞，只好端过酒杯，一口喝干。谁让他也是个喜欢酒的人呢？他回洛阳后，写过7首《何处难忘酒》、7首《不如来饮酒》。

可是白居易只是酒瘾大，酒量并不大，他拼不过刘禹锡。

白居易开始嗨起来了，跟平时判若两人。先是手拿筷子，叮叮当当地敲盘子，然后就着节拍，扯起嗓子唱了一首歌。什么歌？不知道。说不定是刘禹锡的大作《竹枝词》：

> 杨柳青青江水平，
> 闻郎江上唱歌声。
> 东边日出西边雨，
> 道是无晴却有晴。

一曲唱完，白居易扔下筷子，紧紧抓住刘禹锡的手，说起了知心话。主要内容是对后者一生遭际的无限同情。他的舌头大了，说话含混，而且说的都是车轱辘话。

一边说着，一边喊服务员："拿，拿纸笔来！我要写，写诗。我要……写诗。"

因为白居易有才，喝醉了之后真的能写诗，这一点跟李白差不多。不过，白居易这次写的诗跟他清醒时候没法比，水平很一般。诗曰：

> 为我引杯添酒饮，
> 与君把箸击盘歌。
> 诗称国手徒为尔，
> 命压人头不奈何。
> 举眼风光长寂寞，
> 满朝官职独蹉跎。
> 亦知合被才名折，
> 二十三年折太多。

（《醉赠刘二十八使君》）

这首诗的前两句说的是刚才禹锡抢过居易的杯子给他满上、居易敲盘子唱歌。后面六句整个都是为禹锡抱不平：你的诗写得这么好，可是命不好，有什么办法呢？别人都风光体面，老刘你没人搭理；别人都加官进爵，老刘你原地踏步。我们也知道才气太高、名气太大必然会带来一些损失，可是你损失了23年，这也损失得太多了吧？

最后一句"23"这个数字有点问题。刘禹锡从公元805年农历九月被贬离开京城（最初是让他担任连州刺史，半路上又追加处分，改成了朗州司马），到826年冬天刘白见面，满打满算只有22个年头。白居易为什么要写成"二十三年"？有人说，刘禹锡从扬州回到洛阳，然后再赶回长安，另有任用，肯定都是开年之后的事，把这新的一年算上，就是23年了。我对这种算法不以为然，其实根本没那么复杂。刘、白都知道是22年，可是近体诗要讲平仄，如果写"二十二年折太多"，念起来是"仄仄仄平仄仄平",就犯了孤平,这是律诗的大忌。把"二十二"改成"二十三",仄仄平平仄仄平,完美。刘禹锡的和诗中"二十三年弃置身"也是同一个道理。古人写诗不太追求数字的精确性,把22说成23,古人是能接受的。

也幸好只有22年,万一是27年、28年、29年怎么办,难道也要说成23年吗?那倒没必要,说成"二十余年"就行了。

两人一起喝酒聊天,话题却集中在刘禹锡一个人身上。两人都有过被贬谪的经历,白居易为什么不说说自己?他贬为江州司马后,也曾伤心流泪,也曾黯然心碎,《琵琶行》就有这样的记录:"我从去年辞帝京,谪居卧病浔阳城。……同是天涯沦落人,相逢何必曾相识。"

这次呢,白居易压根不提自己的人生挫折,反而对刘禹锡无比怜惜。这不是因为白居易特别体贴、特别仗义,心里只有他人,没有自己(虽然他的确是个暖男),而是因为跟刘禹锡比起来,自己的那点小挫折简直不足挂齿。白居易在江州总共只待了4年,后来又担任忠州刺史一年,很快就回到了首都,最近去杭州、苏州任职都不是贬官,而是正常的调动。刘禹锡比他惨多了。21岁登进士第,春风得意、年轻有为,却在33岁这年挨了处分下放外地,43岁摘帽回到京城,一个月后又戴上新帽子灰溜溜地滚蛋,到现在54岁了才彻底解放。这一生最珍贵、最美好的二十多年时间,他竟然是在常德、连州、奉节、马鞍山这么些"犄角旮旯"的地方度过的。如此奇葩、惨痛的经历,白居易想想都觉得受不了,哪好意思提自己的那点小事。

对于居易的真情,禹锡都懂。他又喝了一杯酒,然后接过纸笔,写了一首诗作为酬答:

巴山楚水凄凉地,

二十三年弃置身。
怀旧空吟闻笛赋,
到乡翻似烂柯人。
沉舟侧畔千帆过,
病树前头万木春。
今日听君歌一曲,
暂凭杯酒长精神。

(《酬乐天扬州初逢席上见赠》)

  诗中把自己待过的这四个地方统称为"巴山楚水"。现在,它们全是山清水秀的好地方,而在唐代,却都是贫困落后的边远地区,刘禹锡说它们是"凄凉地",没什么问题。第3句用了西晋向秀的一个典故(山阳闻笛):有一天向秀经过被司马昭杀害的好朋友嵇康、吕安的故居,听到邻人吹笛,不禁悲从中来,于是写了一篇《思旧赋》来寄托哀思。禹锡用这个典故,大概是想起了自己的好友柳宗元吧?第4句涉及一个传说:王质进山砍柴,碰到两个小孩儿下棋,他在旁边看了一会儿。一局棋还没看完,突然发现手里的斧头把儿已经烂了。等他跑回村里,发现已经不是离开时那个样子了。原来就他看棋这会儿工夫,时光已经流逝了好几十年。刘禹锡写诗的时候还在回故乡的路上,他用这个典故,是想象自己回乡之后,物不是、人已非的情景。

  王质的故事非常精彩,给人留下深刻的印象。不过这个故事有不少漏洞,后来人们不断地修改,使它显得更可信。比如,王质看棋这么长时间,肚子总会饿吧?于是在后来的版本中,下棋的童子给了他一粒枣核,含在嘴里就不饿了。在我看来,漏洞还没有堵完,希望好事者明察秋毫,继续修改。最大的漏洞是:既然王质手里的斧头柄都烂了,他身上的衣服恐怕也会烂吧？可是如果衣服烂了，让他光溜溜地跑回村里去，故事的主题就很可能跑偏。

　　诗歌的颈联，"沉舟侧畔千帆过，病树前头万木春"成了脍炙人口的名句。它的字面意义容易懂，而作者到底想表达什么意思，却有各种不同的解读。如果着眼于沉舟、病树，就会觉得作者伤心自怜，有一种被时代彻底抛弃的无奈和恐慌。如果着眼于千帆、万木，又会觉得作者胸怀豁达，有一种"只要你过得比我好，过得比我好"，我自己一点也不重要的凛然大义。呵呵，后一种说法好像有点……好吧，可是既然如此精神矍铄，大言炎炎，哪还需要后面的"暂凭杯酒长精神"啊！

　　前一种说法也不尽可信。要知道刘禹锡是什么人？他是一粒铜豌豆啊！他战斗力超强，几乎从来没有无奈和恐慌。以前他被人踩了十年，一松脚，他就爬起来写了《戏赠看花诸君子》嘲弄对手。这一次，就在扬州相会之后一年多（828年），他竟然又写了一首桃花诗，还是那种死不改悔的态度，还是那种尖酸刻薄的腔调：

　　　　百亩庭中半是苔，
　　　　桃花净尽菜花开。
　　　　种桃道士归何处，
　　　　前度刘郎今又来。

　　　　　　　　　　　　　（《再游玄都观》）

　　这个时候，刘禹锡的政治对手武元衡一派已经失势：武元衡已死，李逢吉不在朝中。刘禹锡笑到了最后。

　　要理解"沉舟侧畔千帆过，病树前头万木春"两句的意思，我们需要把它跟两首桃花诗联系在一起。它跟这两首，内在的逻辑是一脉相承的，风骨是完全一致的。作者自比沉舟病树，千帆、万木更像是隐喻自己的政治对手：我被弃置外地，职级、待遇二十多年没有提高，你们飞黄腾达，如同千帆竞航、万木争荣，可是这有什么了不起？你们不过是暂时占了上风，告诉你们："一个人可以被毁灭，却不能被打败。"

我相信刘禹锡写这两句的时候，是顺着白居易的话，把自己说成寂寞蹉跎的沉舟、病树，却丝毫没有自我怜惜的意思。对于那些轻舟、花树，他也没有丝毫的艳羡和认同。要不然，回京之后他就不会得意扬扬地以《再游玄都观》挑衅对手了。

其实到了这个境地，他已经没有对手了。他是真正的天下无敌。

最后两句是客气话。所谓听了白居易的歌就让自己精神振作，这不过是为继续喝酒而找的一个很方便的借口。刘禹锡的精神不需要谁来振作，他一直都振作着。

这一次扬州奇缘，白居易总算认识了刘禹锡的真面目，知道了他是一只打不死的小强。老白对老刘是彻底服了气。他说：

彭城刘梦得，诗豪者也。其锋森然，少敢当者。

从此以后，刘禹锡就有了一个美称：诗豪。

杜甫假装在登山

杜甫《望岳》

杜甫是否登上了泰山？这首诗只是在写景吗？

唐朝诗人们大都喜欢游山玩水，有时他们甚至一两年不着家，满世界瞎跑。

虽然说是游山玩水，其实很多诗人都是文弱书生，户外运动的能力并不强，跟现在的驴友没法比（韩愈例外，《山石》一诗表明他就是驴友的祖师爷）。

所以，很多时候，他们只是喜欢山水，而不喜欢跋山涉水。说到登高，顶多就是登楼、登塔。一旦遇到真正的好山，攀登起来比较辛苦，诗人们往往有各种办法偷懒。

比如李白，他能对着敬亭山坐上大半天，就是不肯挪挪脚（《独坐敬亭山》）。有时候，他在睡梦中就把山给爬了（《梦游天姥吟留别》）。

杜甫呢，跑遍了大半个中国，足迹到过泰山、衡山、华山脚下，却一律没有登上去看看。他也真有本事，就在这几座名山的脚下，对着它们左看右看上看下看，然后随手就写出了三首《望岳》。其中，写东岳泰山的这一首还成了千古名作，其光芒掩盖了其他所有人的同题材作品。这让那些气喘吁吁、大汗淋漓登了山的人们情何以堪！不过这也没什么好抱怨的，范仲淹没到岳阳，不也写出了《岳阳楼记》吗？要承认这世界上就有一些人是天才。

杜甫的这一首《望岳》是这样写的：

岱宗夫如何？齐鲁青未了。
造化钟神秀，阴阳割昏晓。
荡胸生层云，决眦（zì，眼角）入归鸟。
会当凌绝顶，一览众山小。

本诗的句数、字数以及对仗，看起来很像律诗，但是因为平仄上没遵守律诗的格律，只能算作古诗。

三首《望岳》的开头两字分别是"岱宗""西岳""南岳"，相当于做了醒目的标签，以示相互区别。岱宗指的就是东岳泰山，这一首不写"东岳"，而写"岱宗"，还是有讲究的。"岱宗"是泰山的尊称，意思是山岳中的老大，这就与最后两句形成了呼应。

如果说首尾呼应是这首诗章法上的最外一层的话，那么把这一层剥掉，我们看到的是一问一答构成的内核。问题比较简洁："夫如何？"回答的篇幅较长：从"齐鲁"到"归鸟"。这个回答，又有三个层次，是在不同的距离，以不同的方式来观察泰山："齐鲁青未了"是在广阔的齐鲁大地上（泰山以南为鲁，以北为齐），任何地方都能看到泰山的青葱山色（这说明泰山很大、很高）；"造化钟神秀，阴阳割昏晓"是中距离的静态对比观察；"荡胸生层云，决眦入归鸟"则是中近距离的动态连续观察。

有几句需要回头细读一下。"造化钟神秀"的意思是：大自然的神

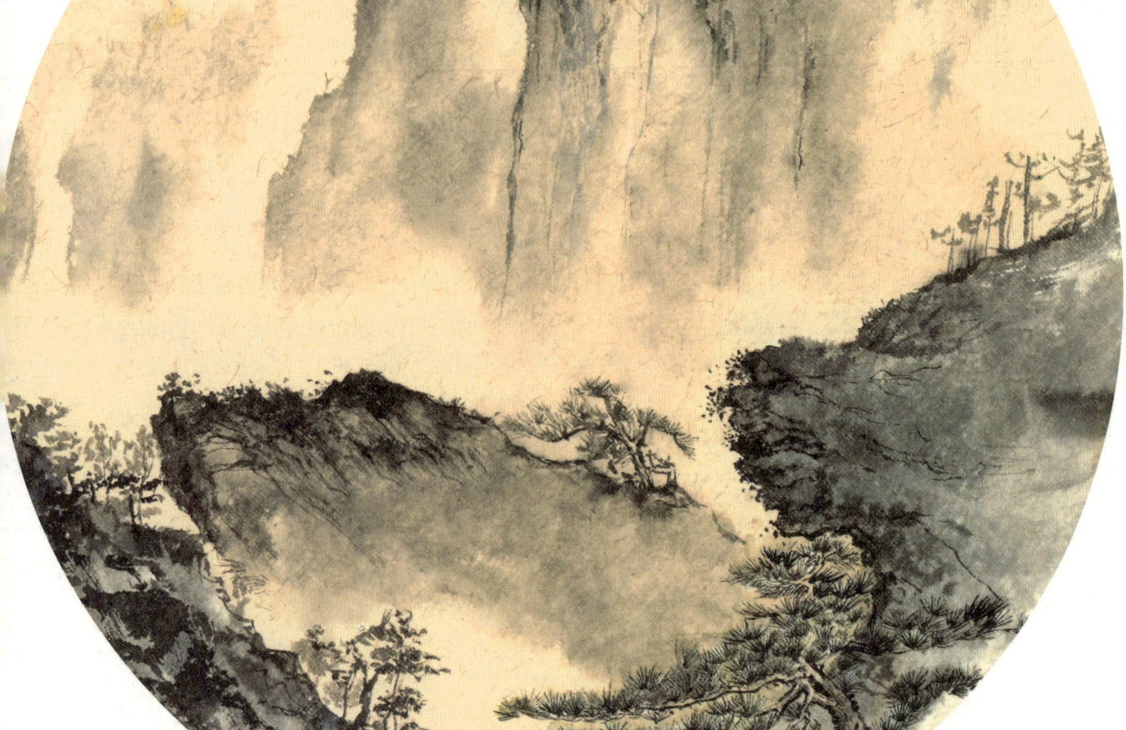

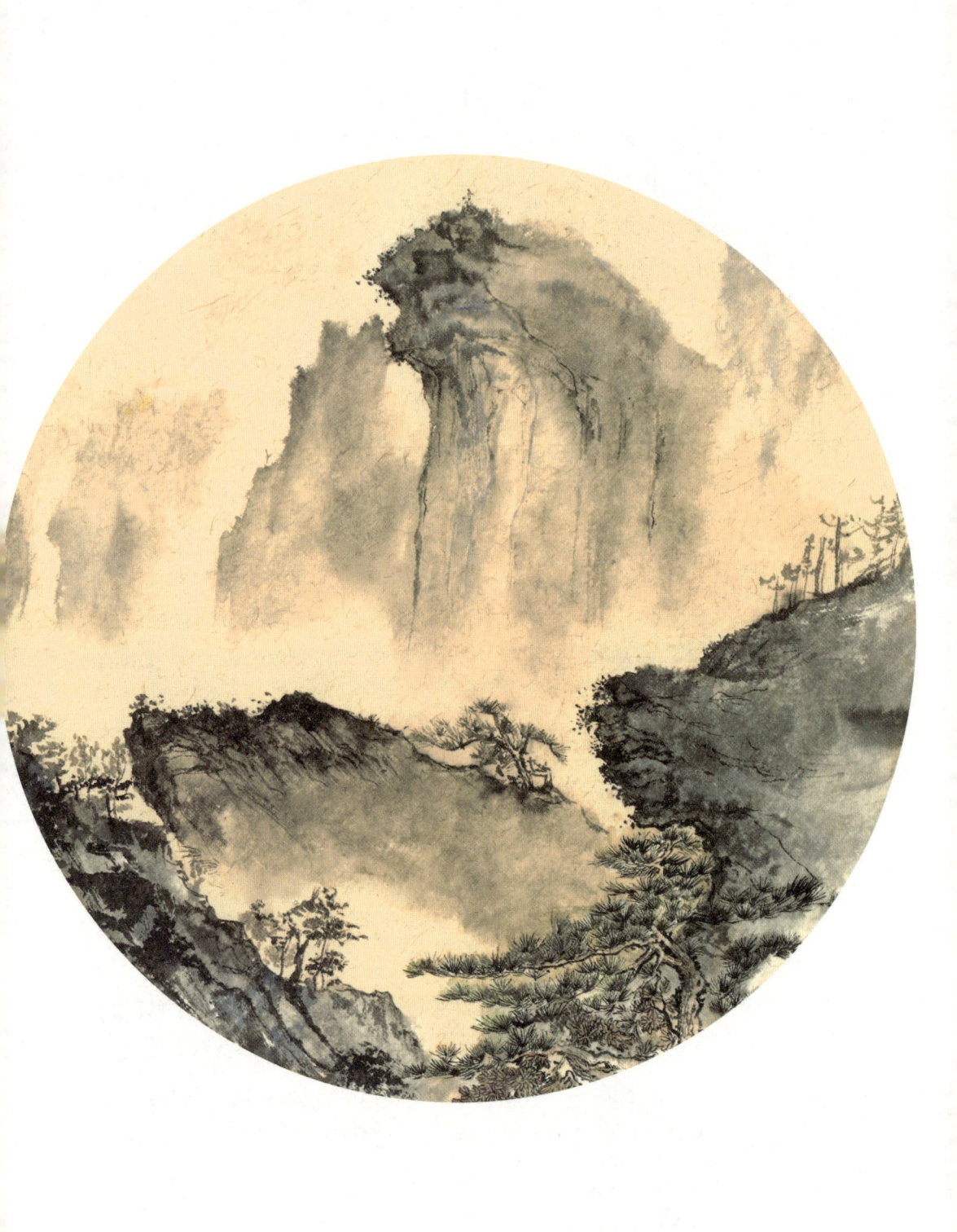

奇和秀丽都汇聚在这里了。这里不是直接观察泰山，而是抒发观察所得的感想。这个感想是一个伏笔，它为诗的最后两句所表达的心愿提供了足够的理由：正因为泰山是造化钟神秀，所以众山就没法跟泰山比了，它们只能低头、低调、低姿态。"阴阳割昏晓"是说因为山很高大，挡住了阳光，山的阴面和阳面被分割成了黄昏、拂晓两种不同的天色。"荡胸生层云"是说层云滋生，激荡胸怀。这个"胸"一般都理解成作者的心胸，而我认为它是双关。层层云雾从山的胸腹部位滋生，它们像波浪一样激荡，似乎也激荡着诗人的胸怀。"决眦入归鸟"是说诗人看到归巢的鸟从身边飞向泰山，诗人瞪大了眼睛看着它们，直到眼角几乎裂开。从开头一直到这一句，诗人始终与泰山保持着一定的物理距离，这说明诗人压根没有登山的行动。

尽管没有行动，诗人还是心动了。在最后两句他告诉我们说，他会登山的，一定会登上最高峰，在那上面再好好看看。不过那时候他看的就不是泰山了，而是看除泰山之外的所有那些山，那些看起来很小的山。

诗人在这里变换了一下视角。前面"荡胸"两句是从山下往上看，最后这两句就变成从山上往下看了。

最后这两句不光是变换了视角，还变换了虚实关系。前面用来回答"夫如何"这个问题的那些内容都是实际的观察，而最后这两句则是意念中的观察。由实转虚，衔接却非常流畅自然，而且这一个虚境把前面已经达到很高层次的实境凭空又拔高了一层。

杜甫23岁（735年）的时候考进士没有考上，就跑到现在的河北、山东去玩。第二年他玩到了泰山脚下，写了这首诗。此时他只有24岁。杜甫是个厚道、低调的人，不过这并不代表他的境界不够高、理想不够远大。这首诗告诉我们，年纪轻轻的杜甫，他的胸怀和志向已经了不得了。诗歌表面上是在说山，说自然，实际上一直在说社会，说人生。难怪年轻力壮的杜甫对爬山并没有多大兴趣，他只是在不同的距离、以不同的角度和方式把泰山看了个够，然后以他的大手笔，既低调又霸气地写了这么一首托物言志的好作品。这么看起来，杜甫最终是否真的登上泰山极顶已经显得不那么重要，因为他已经知道众山小的结果了，再登顶无非是具体实现一下。以杜甫在诗中表现出的眼界和才气，就算他不发"凌绝顶"的宏愿，他也肯定能登上人生的顶峰。也正因为如此，后来的杜甫，才成为人们尊崇的"诗圣"。

有人问登山家马洛里为什么要登山，他的回答是："因为山在那里。"

如果我们问杜甫为什么不登泰山，我估计他的回答是："因为泰山在我这里。"

卫八处士交响曲

杜甫《赠卫八处士》

关于卫八,我们知道多少?杜甫这首诗的结构好在哪里?

(一)

卫八是一位姓卫的先生,排行第八;处士是从来没有做官经历的读书人。卫八处士是杜甫年轻时结交的一位朋友,此后他俩有二十年没见面。安史之乱中,他们再次相见,杜甫写了一首诗送给他,这就是《赠卫八处士》。诗中有很多句子常被后人引用,但我认为这首诗每一句都很好,而且整体结构堪称完美,值得整首背下来。我把这首诗看成杜甫的代表作之一。

话题要从青年杜甫说起。

杜甫真的很忙,从18岁就这样了。

他出生于公元712年,18周岁以前还比较踏实,一直在巩县(今河南省巩义市)安心待着,偶尔去逛逛不远的洛阳城,别的地方都没去过。

18岁那年(730年),杜甫去郇瑕(Xúnxiá,今山西临猗县附近)玩了一趟。巩义到临猗的直线距离200来公里，路程不算太远，时间也花得不太多，只能算是一个小案例。但是，青春期的这次旅游，打开了他的眼界，打开了他萌动的心，也打开了他亲近美丽山河、拥抱广阔社会、开创多彩人生的迫切愿望。这一趟他还结交了不少朋友，比如说寇锡和韦之晋。

从此他一发不可收拾，不停地奔波、游览、交友，顺便写诗。

731年，杜甫开始南游吴越，直到735年才回家（洛阳）。这4年，杜甫相当于在长江三角洲读了个"本科"。江宁（今南京）、苏州，每个地方他都深度把玩。他甚至一度想去日本看看，船都租好了，不过未能成行。

从这一趟远游来看，青年杜甫玩起来不要命，一点也不像快50岁时的作品《月夜忆舍弟》所表现的那样，对家人还有深深的思念。23岁的杜甫从吴越回到家中，不是因为想念家人，而是为了参加那时候的高考——进士考试。年少才高的杜甫自信满满，却不料没考上。估计他这几年在外面"读本科"，只是增长了阅历，写了些作品而已，应付科举的正经功课都荒废了。

736年，在家里板凳都还没坐热的杜甫，又收拾行囊出发了。最初是去兖州（Yǎnzhōu，今山东省济宁市兖州区）看他父亲，然后他就自由自在地在齐赵（今山东、河北）玩了一大圈，又结识了一些朋友。这一趟花了5年时间，直到741年才回家，相当于又读了个医学本科。这时候他已经29周岁了，回来之后结了婚，才短暂地消停了一阵。

梳理杜甫的这段经历，是为分析《赠卫八处士》作铺垫。现在我们来看看这首120字的五言古诗吧：

人生不相见，动如参（shēn）与商。

今夕复何夕，共此灯烛光。
少壮能几时，鬓发各已苍。
访旧半为鬼，惊呼热中肠。
焉知二十载，重上君子堂。
昔别君未婚，儿女忽成行。
怡然敬父执，问我来何方。
问答未及已，驱儿罗酒浆。
夜雨剪春韭，新炊间黄粱。
主称会面难，一举累十觞（shāng）。
十觞亦不醉，感子故意长。
明日隔山岳，世事两茫茫。

这里有几处字眼要作注解，能读懂全诗的人请忽略本自然段。第2句"动如参与商"：动不动就像参星和商星一样不打照面。第3句"今夕复何夕"用了《诗经·唐风·绸缪》的典故，那首诗里出现了三次"今夕何夕"，说今天晚上是个什么晚上啊。用这个典故是表达老友相见时的惊喜、感叹。第8句"热中肠"是说内心激动难过。第13句"父执"指父亲的朋友。第16句"驱儿罗酒浆"的"罗"一般说是"摆列"，我认为也可以解释成"搜罗"，因为卫八家里条件简陋，不太可能贮藏了很多酒水，多年没见面的杜甫天黑之后突然造访，肯定是要多喝几杯的，卫八只好派孩子去四处找酒。第17句"夜雨剪春韭"表明，卫八还让自家孩子去外面菜园子里摸黑冒雨剪了些韭菜来做菜，可见杜甫到的时间比较晚，卫八家已经吃过饭了，需要现给杜甫找下饭菜。第18句"新炊间黄粱"的"新炊"也表明这一点：主人家已经吃过饭了，杜甫来了之后只好重新做饭给他吃。"间黄粱"是说饭里面掺杂着黄粱。黄粱是什么？它属于小米（粟）的一种。小米的分类比较复杂，如果不是农业史专家，恐怕说不清楚唐朝的"黄粱"到底是哪一种小米。根据上下文的意思来推测，卫八这是待客，普通小米掺上黄粱做成饭了应该更香更好吃；但是黄粱又比较珍贵难得，没有条件全用黄粱来做饭，只能跟普通小米相掺杂。所以，唐朝的"黄粱"很可能是比较香糯可口的黄色粟米，也就是现在北方所说的"大黄米"，南方把这叫做"糯小米"。第24句的"世事两茫茫"是说时局和个人命运都茫然不可预料。这句隐含着不知还能不能见面的意思，还隐含着对未来的担忧。

这首诗，前人总结出了很多优点，比如：语言朴厚，有汉魏古风；叙事老到，剪裁得当；情景逼真，感情真挚；悲喜交集，跌宕有致；写出了沧桑感，以及真挚的友谊，卫八子女的良好家教，诱人的饮食……

这些优点的确是存在的，我都同意。除此之外，我还有话说。一是对于卫八其人，已知的信息不多，我想作出一些推测。二是除了上文对于"罗""黄粱"等词句意义的讨论之外，我对某些诗句还有新的阐释。第三，最重要的是，我觉得本诗章法上的妙处，别人要么没说，要么没说对，要么没说全说透，我想自己来说说。

（二）

先说卫八家所在大致位置，以及卫八其人。

我们知道，乾元元年（公元758年）六月，杜甫被贬到华州（今陕西渭南市华州区及其周边）担任一个级别非常低的职务——司功参军，管一大堆鸡零狗碎的杂事，实际上却很清闲。这年冬天，他给自己放了一个长假，回洛阳老家去探亲。第二年，大概是春节之后，才离开洛阳，重新回华州去上班。《赠卫八处士》是这一年（乾元二年，公元759

年）春天写的，所写内容就应该是杜甫从洛阳赶往华州这段时间发生的事情。

这一年杜甫47岁，诗中说"焉知二十载，重上君子堂"，那么杜甫在27岁前后应该到过卫八家。卫八是位"处士"，这样的人一般都不爱折腾，几十年住在一个地方不迁徙的可能性较大，就算搬家也不会搬得太远。根据前面我们对于杜甫青年经历的介绍，杜甫27岁前后，正值他的"齐赵之游"阶段。齐在现在的山东，赵在现在的山西省中部、北部与河北省西部、南部。这次重新造访卫八，杜甫应该基本顺路，因此，卫八家应该靠近洛阳—华州一线。可能有所偏离，但不会偏离太多。

那么，具体是在什么地方呢？前人提出几种说法：蒲州（今山西永济县境内）；奉先（今陕西渭南市下辖蒲城县）；洛阳，或在杜甫所经过之旅途中。

我认为，第一种说法更可信。

先看第二种说法为什么不太可信。奉先在华州西北七八十公里，不顺路，需要专门跑个来回。在时局动荡的乾元二年，跑这一趟的理由不太充足。而且杜甫20多年前是往北、往东游齐赵，没去过陕西。

再看第三种说法。杜甫对洛阳很熟悉，洛阳到华州、长安一线也是经常跑，如果卫八家就在洛阳或洛阳到华州的路上，这二十多年就应该有很多机会见面，而不至于"会面难"到"动如参与商"的程度。

只有蒲州在山西，战国时属魏国，如果说杜甫游齐赵时也到过魏地，也是说得通的。另外，从洛阳到华州，要是中途稍微往北绕一下，去蒲州看看老朋友，多走的路程不远不近，刚好在可以接受的范围内。在乾元二年唐军作战不利，洛阳吃紧，潼关气氛也很紧张的时候，杜甫避开便捷的大路不走，绕行偏僻的小路，顺便探望一下多年未见的朋友，是完全可以理解的。

总之，几种说法相比较，我更愿意相信卫八家在今山西境内。

卫八是什么人？以前有人猜测他是武则天时期著名隐士卫大经的族人。这个说法没有确切的证据，而且很奇怪——没听说存在一种"隐士基因"，更没听说它还能在一个家族内部往下遗传。

有人说卫八是杜甫的儿时伙伴，他们俩有很多一起长大的共同的朋友。这也不太可信。杜甫是在27岁前后跟卫八见最后一面，在此后20多年的时间里都没有交往。显然，卫八应该是杜甫游齐赵期间，在外地结交的朋友。这20多年里，他们俩的生活圈子几乎没有交集。他们共同的朋友，数量应该非常少。为什么这么说呢？一是，杜甫才47岁的时候，两人共同的朋友就死了一半，这个数字如果很大，就很不可思议了。虽说这时候正值安史之乱，大量的人口都死于战乱，可是死的主要是底层青壮年，而不是50来岁的中年读书人，杜甫同一时期的诗歌《石壕吏》可以证明这一点。二是，这一半朋友已经意外死亡，这样的消息，卫八全都知道，而杜甫全都不知道，只能是出于偶然。如果这个人数很多，我们很难想象：在政府当差，交际面广，时常到处奔走的杜甫，消息竟然不如山中隐居的卫八处士灵通。所以，我推测，杜甫向卫八打听的那些故旧，总共大概也就三五人。这些人跟卫八的联系更多，他们的生活状况乃至于活动范围也是跟卫八更接近。最近这些年非正常死亡的，比例虽然达到一半，实际上却只有两三人。

然后，我来说说对于一些诗句的阐释。

"昔别君未婚，儿女忽成行。"隐居不仕的人不像杜甫那样忙，卫八有很多时间精力可以用来生养孩子。

"怡然敬父执，问我来何方。"卫八的孩子中，大的已经很成熟了，能够主动有礼貌地、面色和悦地向客人致意、与客人对答，按说卫八应该把他当成人对待，很多事情都应该告诉他了。可是这孩子不知道父亲还有杜甫这个朋友,大概从来没听父亲说起过他。由此可见,杜甫、卫八,两人的交情其实很一般,只不过是青葱岁月的一面之交,各自有家室之后就不怎么联系了。这也能解释为什么他们可以二十多年不见面,也不通消息,甚至在开元盛世期间也是如此。

"问答未及已,驱儿罗酒浆。"有的版本把"驱儿"换成了"儿女",这是说不通的。因为根据上文,这个关于杜甫"来何方"的"问答"是在杜甫与卫八的某一位儿女之间展开的,下面如果还是由儿女来"罗酒浆",就没必要重新说一遍"儿女"。实际情况应该是:杜甫对这个孩子很欣赏,他饶有兴致地与这个孩子继续交谈,这时卫八打岔,让孩子去准备酒食,招待杜甫。卫八大概是担心孩子缠着杜甫没完没了地说话,害他饿着肚子又不好意思喊停,因此他体谅杜甫,才以父亲和主人的身份出面,终止了这场非正式的社交会话。

"主称会面难,一举累十觞。十觞亦不醉,感子故意长。"卫八说,咱俩见个面真不容易啊,于是一口气敬了杜甫十大杯酒。这话略有点嗔怪杜甫的意思:我这二十年一直住在这里没动地方,你真想见我的话,随时都能找到我;可是你这个人从年轻时起就爱满世界瞎转悠,我找你是找不到的。因此,会面难的主要责任在你。为什么卫八跟杜甫敬酒、碰杯的数量不是"近十觞""过十觞""数十觞",也不是"累百觞""累千觞",而是"累十觞"呢?这个"累"和重复的"十觞"提示我们,杜甫很可能真的一觞一觞数了,总数刚好就是十觞。爱喝酒的人喝得兴奋而又没醉的话,都喜欢时不时地清算各自到底喝了多少,数量甚至可以精确到多少两、多少钱,可谓锱铢必较。从卫八这方面说,一来他知道杜甫年轻时候的酒量,十觞基本上就醉了,不能让他多喝。二来,卫八家里经济条件一般,子女临时罗酒也有个定数,不可能无限续杯。而且每人十觞,一共二十觞,已经不少了,没有任何怠慢客人的意思。谁知杜甫这些年酒量见长，也不讲客气，十觞酒不带眨眼的，咣当咣当就喝完了，喝完了还没醉。这让卫八很意外，也很尴尬，酒没了，客人还没喝够，主人家措手不及，有点丢人。还好，杜甫自己来打圆场，他说：我真的很感动！你对老朋友的感情还这么深厚，这比什么酒都好！

"明日隔山岳，世事两茫茫。"酒喝完了，饭吃饱了，天也很晚了，杜甫住在了卫八家里，打算第二天早起赶路。两位老朋友并没有像刘关张一样抵足而眠，可见两人多年重逢，该说的话都已说完，再无多话。第二天杜甫一告辞，两人必然又是隔山隔岭，互不相见。事实上，在两人的余生中，他们的确没有再见面，真的做到了"相忘于江湖"。挺好。

最后，我们欣赏一下这首诗完美的结构。

以前有人注意到了本诗的结构很讲究。宋代无名氏的《漫叟诗话》把此诗分为三个部分，"首段四句，下二段各十句。"萧涤非等编著《唐诗鉴赏辞典》说，前十句主要是抒情，后面的主要是叙事。我认为前一种分析不正确，后一种分析太粗疏。两种说法都没有充分领略到诗歌结构上的妙处。

我把这首诗类比成一首经典的交响乐，二者的结构基本一致。一共有四个乐章，其中第一乐章又分三个部分。

第一乐章　奏鸣曲式（不见与相见的冲突、过去与现在的交织）

呈示部：

人生不相见，动如参与商。（主题1：不见）

今夕复何夕，共此灯烛光。（主题2：相见）

展开部：

少壮能几时，鬓发各已苍。（不见——相见，逝去的青春和无奈的中老年）

访旧半为鬼，惊呼热中肠。（相见——不见，一些老朋友今天已阴

阳永隔）

再现部：

焉知二十载，重上君子堂。（不见——相见，过去多年不见，今天意外重逢）

第二乐章　慢板（享受当下的相见）

昔别君未婚，儿女忽成行。

怡然敬父执，问我来何方。

问答未及已，驱儿罗酒浆。

夜雨剪春韭，新炊间黄粱。

第三乐章　小步舞曲（相见时难，举杯感慨，重温旧情）

主称会面难，一举累十觞。

十觞亦不醉，感子故意长。

第四乐章　终曲（茫然预想将来，恐怕永不相见）

明日隔山岳，世事两茫茫。

末尾的"茫茫"两个字，让这首诗，或者这首音乐有了一种余音绕梁、不绝如缕的效果。

如果有作曲家来改编这首诗，我强烈建议他改编成交响乐，而不是一首单调的离歌。

莫非北方有佳人

李商隐《夜雨寄北》

这首诗是写给谁的？商隐隐去了多少信息？

（一）

有很多人认为：随着时代的变化，纯洁的爱情早已不复存在，现代的爱情再也离不开物质了。

他们的依据是两首流行歌曲的歌词。最近的一首，是21世纪三位小男生的演唱组合TFboys的《宠爱》：

> 给你买最大的房子，
> 最酷的汽车，
> 走遍世界每个角落。

歌词有点问题——喜欢大房子的女孩其实不一定愿意坐着汽车周游世界，反之亦然。不过我们不说这个，我们要说的是，根据很多人的看法，要想留住现代女生的心，没房没车免谈。

可是在上个世纪，情况不一样。那时候，即便是一个穷孩子，只要会说甜言蜜语，一样能追到姑娘。20世纪80年代刚好也有一个三位小男生的演唱组合，叫做小虎队，他们的一首歌叫《爱》，是这么唱的：

> 想带你一起看大海，
> 说声我爱你。
> 给你最亮的星星，
> 说声我想你。
> 听听大海的誓言，
> 看看执着的蓝天，
> 让我们自由自在地恋爱。

  这个歌词当然也有点问题，能看见星星的天空就不可能是"蓝天"，大晚上的天空除了黑色哪有蓝色，你的眼睛又不是哈勃望远镜。不过我们也不说这些，我们要说的是，的确，30年以前，穷孩子也有资格享受爱情。

  这些人说得对。我还想给他们补充一条：再往前，爱情的经济门槛更低。小虎队尽管比TFboys节省，可是他们还需要带心爱的姑娘去海边，去没有空气污染、能够看见星星的地方，这都是要花钱的，至少要买车票、住旅馆。比小虎队更早，就连这点钱也可以省下。比如说，李商隐所在的唐朝，公元9世纪。

（二）

  李商隐（约813—约858年），晚唐著名诗人，与杜牧、温庭筠齐名。据说他是一位大情圣，他的作品中，有很大一部分是爱情诗，其中包括著名的《锦瑟》和《无题》（相见时难、昨夜星辰等）。可是，这些诗歌大都晦涩难懂，这就影响了读者对它们的欣赏。

好在，李商隐还有一些作品是比较通俗易懂的，七言绝句《夜雨寄北》就是这样。诗曰：

> 君问归期未有期，
> 巴山夜雨涨秋池。
> 何当共剪西窗烛，
> 却话巴山夜雨时。

一时手痒，我把它翻译成白话文：

> 你问我何时归故里，
> 我也轻声地问自己。
> 大巴山今夜下着雨，
> 秋池水上涨慢慢起。
> 哪一天不必再相许，
> 西窗下剪烛陪伴你。
> 告诉你今夜巴山雨，
> 这一刻已成相思曲。

很容易看出，这首诗有很多优点。第一，跟李商隐别的诗比起来，这首诗"有明确指向、不用典故、不用比兴、语言平白、内容明晰"，谁都能读懂。第二，诗歌明确地表达了对未来某个时候自己与收信人相聚的期待，同时又含蓄地表达了当下对对方的思念之情。很多人都认为

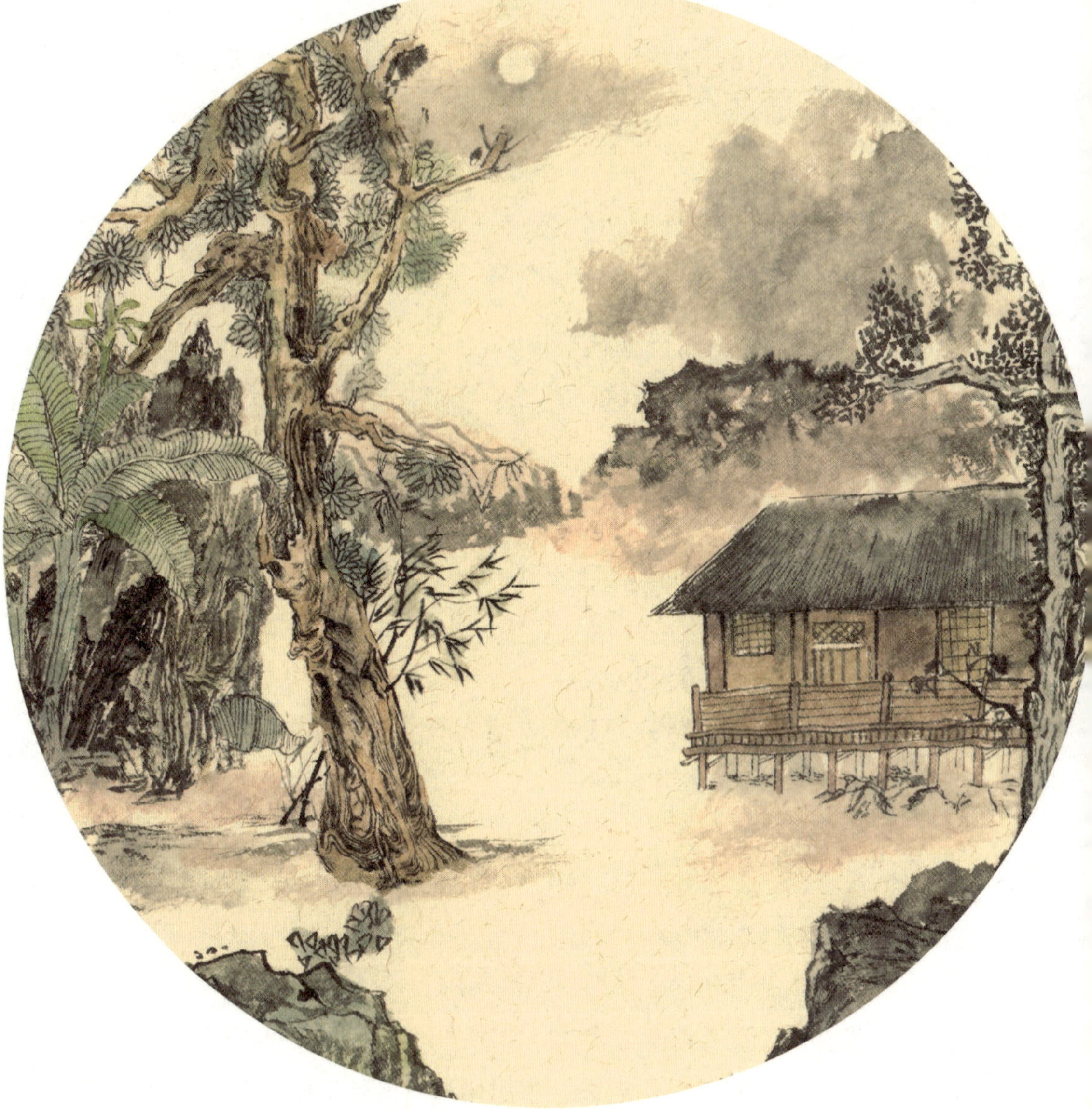

这是一首爱情诗，写作对象是李商隐的妻子王氏，他们夫妻俩的感情非常好。第三，这首诗时空穿越、虚实转换的写法很有特点。此前，远在北方的妻子来信，问李商隐的回家日程；现在诗人是在大巴山，在回信中无奈地告诉妻子归期未定；想象中回到了北方，两人在烛光下相依夜话，谈论的内容却又回到诗人写信的此时此地。联系南北两地、贯穿现在和将来的一条线索，却是这一场看似与主人公和主题思想无关的巴山夜雨。

假设李商隐的妻子收到了这封浪漫温馨的回信，该是多么感动，多么幸福！

李商隐不愧是情圣，表达爱情只需要一支蜡烛，一把小剪刀，性价比远远高于小虎队和TFboys。

（三）

然而，事实上，这首诗的内容，并不像一般人想象的那么明晰。

诗的原题是《夜雨寄北》，宋人编的《万首唐人绝句》中，把题目改成了《夜雨寄内》，以便明确这是写给妻子的。李商隐写诗时，家人应该在长安（今西安），相对于写诗地点来说就是北边，如果的确是寄给妻子，那么"寄内"比"寄北"更明确、具体。

但是，据学者们考证，李商隐的妻子王氏在大中五年（公元851年）暮春去世。这一年的夏天，刚刚被任命为东川节度使的柳仲郢邀请李商隐去他的幕府担任参军。《夜雨寄北》是李商隐在柳仲郢幕府任职时写的。因此，寄北就是寄北，不可能是寄内。

那么，我们不得不八卦一下，这首诗到底是寄给谁的？按照古人的习惯，专门写给某人的诗，诗题中通常会写明这个某人是谁，而不能用他所在的方位,一个笼统的"北"来代替。例如李白的《赠汪伦》,还有李商隐本人的《王十二兄与畏之员外相访见招小饮时予因悼亡日近不去因寄》。

　　李商隐不肯写明这位亲密伙伴到底是谁,似乎是有不便示人的隐私。所以明朝的唐汝询断言:"题曰'寄北',必私昵之人。"(《唐诗解》卷15)唐汝询没有说得太透,其实是给李商隐留了些面子。可是清朝的沈德潜装作不懂,隔代质问道:"云间唐氏谓寄私昵之人,诗中有何私昵意耶?"(《唐诗别裁集》卷20)对此,我们只能呵呵了。两个正人君子,就算光明正大地剪烛西窗、却话夜雨,也只是碰巧、随性而为,怎么能连见面都还没影儿的时候就有了这么具体而热切的期盼?剪烛、夜话看起来那么像是一个幌子,谁都知道除了这些行为、言语之外,在那样一种气氛之下,一切皆有可能。

　　其实喜欢八卦的学者还是不少的,他们还有一个很好的借口,就是搞研究、做学问。就我所知,学者们为"《夜雨寄北》的'北'到底指的是谁"这个问题找到了好多种答案。一是朋友,二是情人,三是连襟(韩瞻,诗人韩偓的父亲)。这些都好理解,不好理解的是,还有人说李商隐渴念知音,没有明确的寄书对象,甚至还有人说他是自问自答。对象既然不明确,无论如何都不好解释"寄北"两个字。而自问自答,未免太不靠谱了吧?李白可以"举杯邀明月,对影成三人"(《月下独酌》其一),难道李商隐还能跟自己的影子一起剪烛芯?搞得跟鬼片差不多。

　　说到鬼片,这又提醒我们:为什么李商隐不能跟妻子的亡灵发生情感的交流呢?人鬼情未了,其实也挺好。苏东坡就曾在梦中与亡妻的鬼魂相会:"夜来幽梦忽还乡,小轩窗,正梳妆,相顾无言,惟有泪千行。"(《江城子·乙卯正月二十日夜记梦》)

（四）

除了标题之外，《夜雨寄北》还有一些地方不那么明晰，需要琢磨一番。

第一句"君问归期未有期"，这个"君"看来是盼望着李商隐回去。李商隐这次离开家乡其实是出来打工的，所谓的幕府参军只是节度使自己雇佣的一个中层白领，不是正式的公务员。李商隐撇下年幼的子女背井离乡出来挣这份辛苦钱，主要不是为了仕途上进，而是要养家糊口。北方这位探问李商隐归期的某君，只想着李商隐回去后跟他耳鬓厮磨，全然没想到人家谋一份差使多不容易，辞职回家没了收入又会多么困窘。李商隐不跟他说这些，也没法承诺送她/他金错刀、英琼瑶之类的奢侈品，只是答应回去后要好好陪她/他说话，就这么干坐着说呀说，说呀说，再就是手把手地剪一剪烛芯，根本没有零食宵夜的意思，当然更不可能"五花马，千金裘，呼儿将出换美酒"（李白《将进酒》）。如果某君能听懂其中的暗示，是不是就不会再追问李商隐的归期了？

第二句"巴山夜雨涨秋池"说明了诗歌的写作时间和地点。巴山就是大巴山脉，在现在的四川、陕西、重庆、湖北交界的地区。李商隐谋职所在的东川节度使辖区是现在四川省三台县及其附近的嘉陵江、涪江流域。因此我们推断，诗歌写作的具体地点在成都北边的山区。唐朝没有什么户外照明设施，夜里下着雨，李商隐怎么知道外面池塘里水涨起来了呢？我的推测是，这场大巴山地区特有的秋雨一连下了好几天，白天已经看到涨水了，夜里雨还没停，李商隐能听到雨水流到池塘里的声音，他知道水位更高了。池水是涨是落，有什么必要写到回信里面？我们可以暂且把这理解成一个隐喻，李商隐对某君的感情就像池水一样趁着夜色慢慢地涨了起来。

第三句"何当共剪西窗烛","西窗"和"剪烛"都让人似懂非懂。

先说"西窗"。有人说按古人习惯,闺房在西,可是另外一些人说西边是客房。在我看来,古人分配家里的房间不可能规定得那么死,而且南北气候、建筑、生活习俗差别那么大,怎么可能全国统一呢?再加上,李商隐家到底有多大房子、住什么样的房间,又没个明确的记载。所以,仅凭房间窗户的朝向,无法判断李商隐是跟什么人在窗户下说话。还有人说"西窗"是个典故。但真相却是,有了李商隐这首诗之后,"剪烛西窗"才成了典故,在他之前,"西窗"没有任何特别的含义。唐诗中,东窗、西窗、南窗、北窗都被人写过,大都是直接描写事实,比如朝阳照着东窗,南窗吹着暖风,西窗可以看夕照,北窗能看见屋后种的梧桐树。如果考虑诗歌的格律,"东、南、西"都是平声,只有"北"是入声,前三者都可以互换,有的位置恐怕只能写"北窗"了。

再说"剪烛"。剪烛不是把蜡烛拦腰剪断,而是剪去一段烛芯,以便调节燃烧速度或光线亮度。那么到底是怎么剪?又有不同的说法。有人说蜡烛烧得太快,就要剪去一段燃烧的烛芯,这样可以让蜡烛烧得久一些。这么看来,剪烛之后,牺牲了一部分亮度,延长了照明时间。又有人说,没有烧透的那一段烛芯会变黑,阻碍烛油在烛芯纤维中的传输,这样烛光就变暗了,剪去这一段发黑的烛芯,烛光会更明亮、更稳定。按这种说法,剪烛之后增加了亮度,却缩短了照明时间。这两种说法针锋相对,让我们不知道该听谁的。我小时候,电力没有现在这么充裕,经常要停电,不能完全依赖电灯照明。那时候我们也不用蜡烛,而是用煤油灯,因为我们不仅缺电,还缺钱,蜡烛比煤油贵多了,用不起。所以我对蜡烛也不太熟悉。现在,国家经济发展了,电力充足,也没必要用蜡烛照明。只有生日蛋糕上会插些蜡烛点燃，可是生日蜡烛马上就要被寿星吹灭，等不到需要剪烛的那一刻。烛光餐厅的蜡烛燃烧时间倒是很长，可是也没听说要剪烛。现代的蜡烛，蜡和烛芯都跟古代不一样，李商隐那时候没听说用石油制蜡，烛芯也不是现代这么高级经烧的棉线。所以，李商隐到底烧的什么蜡，他们剪烛的具体目的是什么，到底是怎么剪，都是一时解不开的谜。

第四句"却话巴山夜雨时"也值得思考。李商隐在这一句里面向某君预报了见面后西窗剪烛时的会谈内容。这内容的具体细节为什么现在不说，非要留着以后说？跟亲密的人卖这个关子，看来是要制造一点小情调。预报的内容是"巴山夜雨时"，而这不就是第二句已经提到的"涨秋池"吗？水涨秋池还有什么好说的，又不是夏天，"池塘里水满了雨也停留"，然后可以下田去捉泥鳅。山区的秋天很冷的，外面又是下雨又是涨水，待在屋里点着蜡烛倒是既干燥又温暖，还有光明，此外还有跟相好者共处的无限温馨。所以，他们说的肯定不是"涨秋池"，而是别的更重要、更有意思的事情。这些事情，都是在李商隐写诗这段时间，发生在李商隐一个人身上的。那到底是些什么事情呢？李商隐不肯说，我们怎么猜也猜不出来，只能佩服他文笔老到，含不尽之意见于言外，把我们这些后世读者遛得五迷三道。

（五）

我的结论是：《夜雨寄北》这首诗，并不那么简单，并非明白如话。诗中有些我们以为容易懂的内容，其实是李商隐与某君两个人的秘密约定，都有着我们不可能知道的隐秘内容。比如西窗，可能是他俩以前曾在此度过美好时光的某扇窗；剪烛，可能是他俩共同记忆中深深铭刻的某个精彩片段；巴山夜雨时，可能在李商隐身上发生了一件对两人都至关重要的事件；而水涨秋池，很可能也是只有他俩能懂的某个神秘暗号。这是一只黑匣子，我们看到的只是它的精美外表，他俩才有钥匙把它打开。可是这把钥匙，早已丢失在历史的风尘之中。

作为读者，我们的这些猜想都不能作为根据，不能用来作出任何断定。我们唯一能断定的是：这首诗，李商隐压根没有把话说透。他闪烁其词，卖了好几个关子。可是这些关子卖得如此高明，我们都认为读懂了，都不认为有什么玄虚之处，都各自按照自己的想象来欣赏这首诗，并且都认为自己体会到了诗歌形式和思想内容上的美。

纪晓岚看出了这一点。他说，别人卖关子不把话说完，未免显得有些做作，而"此诗含蓄不露，却只似一气说完，故为高唱"。

我理解纪晓岚的意思，并且完全赞同他。

王维王维你送谁

王维《送别》

王维在什么地方送别这位友人？他们俩关系怎么样？

王维的五言古诗《送别》只有六句，易懂，我喜欢。

下马饮（yìn）君酒，问君何所之。
君言不得意，归卧南山陲。
但去莫复问，白云无尽时。

第一句不是说"我下马来喝您的酒"，而是"您下马，我请您喝酒"。对方本来骑着马要走，作者让他别急，先下来喝两杯。看来不是作者专程送别朋友，而是正在酒店自己喝着，无意中看见朋友路过，就招呼他：来来来，一起喝点儿，慌什么慌嘛。

朋友听言下马，坐下开喝。作者随意闲聊，随口发问：您这是往哪儿去呀？

结果问出事来了——朋友给他兜头倒了一大瓢苦水：我不想在这儿干了！不顺，不爽，不满意！

作者虽然自己也有过不得意的时候，但是目前正混得开心。听他发这么大牢骚，也不好劝他别走，留下来再熬几年，只好讪讪地接着问：

那您打算去哪儿发展啊？

朋友说：哼！还谈什么发展？上终南山，隐居去！

作者听他说隐居，就按照正常的聊天思路继续往下接：那您具体是在哪座山，哪个宝号归卧啊？以后皇上想要委任您什么重要职务，我们上哪儿找您去？

朋友却一口回绝了：别别别，什么重要职务！我算是看明白了，天上的白云无边无际，太阳出不来啊！你别再问我具体地址了，反正我决不会再回来。

"白云"常常是一个隐喻，用来批评领导。古人喜欢批评领导不明真相，长了七个心眼儿的比干就这么干过；屈原跟着，范增、魏征等人也继承了这个传统，连李世民这样贤明的领导都会被他们这样批评，更何况殷纣王这样的昏君。

其实朋友跟作者关系也不算太铁，知道作者也就是随便那么一问，还真不能把地址告诉他，否则会被他耻笑：您这算什么隐居呀，人还没走呢，就满世界留联系方式，为了方便回来升官吧？

下面是我的脑补：

朋友说了"但去莫复问，白云无尽时"这些话后，看气氛有点尴尬，为了挽回，就补充说：对了，老王，我这一去就很难再见着你了，要不你给我写几句临别赠言吧，也算是留个纪念。

到这时候，酒也没法再喝了。作者就找店家讨了纸笔，写了这么一首诗，删繁就简地叙述了刚才这个见面饮酒问答的过程，只有区区三十个字。也实在没有多的可写，毕竟跟对方不熟，而且临时说起，没有思想准备。

可是高手到底是高手，随手一写，就成了经典，叫后人编入了《唐诗三百首》。

我们是否懂王维

王维《酬张少府》

张少府为什么要问这样的问题？王维在诗中表达了什么？

让我们说说王维的一首著名的五言律诗《酬张少府》。
在我看来，很多人对这首诗有误读，我想解读一下。诗曰：

晚年惟好静，万事不关心。
自顾无长策，空知返旧林。
松风吹解带，山月照弹琴。
君问穷通理，渔歌入浦（pǔ）深。

有几处文字我们先作些解释。"自顾无长策，空知返旧林"是说，我看看自己也没什么大的本事，只好回到原来隐居待过的林子。"松风吹解带"的"带"指的是衣带。"君问穷通理，渔歌入浦深"是说，您问我关于仕途得失的道理？您听那渔歌声进入水边的深远处去了。

现在来看看人们对这首诗的误读。
第一，这首诗是写给什么人的？
大家都说这首诗是王维与朋友酬和而作，比如：

本诗题为"酬"张少府，便知是一首赠友诗，张少府应是王维的一位朋友，曾写诗与王维，因而王维写诗回赠。（唐国忠《自我的度化》，《名作欣赏》2007年第9期）

　　在我看来，根据一个"酬"字就判断张少府是王维的朋友，并进一步断言对方也曾写诗给王维，这个根据不够充足。酬就是酬答、应对，"酬"的对象，可能是朋友，也可能只是一般的社交对象。至于王维以诗的形式来酬答，是否因为对方写了诗，那也不一定。王维是个诗人，对方写给王维的就算是一封普通书信，他也可能把回信写成诗。唐诗当中，题中有"酬"字的，酬答原因很多，对方可能先有赠诗，也可能是有来信，或赠送了礼物，甚至只是请教了什么问题，还有一些不明的原因。

　　张少府到底是个什么人，很可惜我们查不到任何的文献资料。有人猜测说张少府是张九龄，这首诗作于741年。这就不对了。张九龄比王维大20多岁，公元740年就去世了，享年62岁，这一年王维才40来岁，不属"晚年"。而且张九龄从来没当过少府。

　　我推测，这个姓张的少府多半不是王维的朋友。

　　少府就是县尉，在唐朝时属于基层公务员，相当于县公安局长。唐朝也有不少名人是从县尉干起（如白居易、柳宗元），也有不少名人曾经被贬官当了县尉（如温庭筠、王昌龄、刘长卿、元稹）。王维曾经担任过吏部给事中、尚书右丞，相当于省部级领导。在他面前，县尉只是一个区区小吏，晚年半官半隐的王维没什么必要去跟他来往，除非他俩原来就是好友。醉心于"山月照弹琴""深林人不知"的王维，不会热衷于结交太多的朋友，尤其是对王维的志趣完全不了解，开口闭口要谈穷通之理的朋友。

所以，这个张少府并不是王维的朋友，两人没有深交。他给王维写信或者写诗（写诗的可能要小一些），问了一些问题，王维出于礼貌写了这么一首诗作为回复。由于王维太有才了，就这么一个回复，就成了文学史上的佳作。

第二，张少府问了王维什么问题？

诗的字面上只谈到一问："君问穷通理。"很多人以为张少府只问这一个问题。

其实张问了很多，"穷通理"是其中的核心问题。但王维并没有如实说出自己对这个问题的看法，而是语带机锋，如同偈语。

既然如此闪烁其词，惜字如金，就不可能还需要前面先写六句作为铺垫，唠唠叨叨白送这么些废话。

所以我认为，小张问了很多问题，王诗的前面六句是用来回答小张的其他问题。整首诗都是答语，并非王维主动说起，却都写得飘逸跳脱，散淡不羁，显得王维的态度并非十分严谨有耐心。

张提出的很多问题在王维眼里都毫无价值。他懒得回答，就推说自己上了年纪，不爱凑热闹，你提到的那些人和事我都不关心、不了解、不清楚。"晚年惟好静，万事不关心。"这两句不咸不淡，不冷不热，把少不更事的张少府用来活跃气氛、联络感情的八卦问题全都挡了回去。

为了能赢得王维的好感，尽快地熟络起来，张应该还恭维过王维，说他德艺双馨什么的。王维这个人什么人没见过，什么话没听过，就不爱听不熟悉的人拍自己的马屁。所以他说："自顾无长策，空知返旧林。"这两句把自己说得既没本事又没见识，根本一无是处，张的那些恭维全都成了自讨没趣。

"松风吹解带，山月照弹琴。"这两句也是针对张提出的某些问题，但我无法确定到底是什么问题，因为这两句写得很通脱，不像是对任何问题的正面回答。脑补下来，张可能邀请王维去县城热闹地方玩几天，也可能关心王维的生活，打算给他送温暖；还可能提议说：我听说你弹琴弹得不错，我打算把我们县里几个著名的古琴表演艺术家召集到一起开个会，你也来参加吧，大家交流切磋一下，以琴会友。王维对张的这些问题已经有些反感了，所以他说，我弹琴不需要有听众，只喜欢自己在山中月光下弹着玩；而且我过得很自在，谢谢领导关心，你看我一个人在松树林中，穿衣服也不仔细系衣带，一阵风吹来就把我的衣服掀开了，要是你带的那些人来看到我……

话说到这里，其实也没什么更多好说的了，所以王维直接说破：至于您最关心的穷困与通达的道理，这个嘛，呵呵，呵呵呵呵，水岸深处的渔歌替我回答你了。

最后这句话相当于卖了一个关子，因为他说到渔歌，有点像是答非所问。不过，张少府只要不是太笨，就应该知道王维多半是在用屈原的一段故事来点化他。《楚辞·渔父》中有这样几句：

渔父莞尔而笑，鼓枻（yì，鼓枻：划桨）而去，乃歌曰："沧浪之水清兮，可以濯（zhuó，洗）吾缨；沧浪之水浊兮，可以濯吾足。"

在这个故事中，渔父曾经劝屈原随遇而安、随波逐流来着（也不知道是真劝还是假意试探），结果屈原不肯，渔父就呵呵一笑，不再劝他，一边唱着歌一边划船走了。渔父给了屈原一个笑而不语，王维用这个典故，意思也是笑而不语。

第三，王维在这首诗里面表现了什么样的思想感情？

有人说他表面上万事不关心，表面上显得很达观，实际上却有一些不满甚至苦闷。比如：

……实际上，不是我无长策，而是我之长策不能为世所用，有志不获聘，也就只好"返旧林"隐居了。这里显然是有着壮志难酬的苦闷和牢骚在的。

……王维不仅自己企图避世，而且劝张少府归隐，这种逃避现实、洁身自好的思想，无疑是消极的软弱的表现。（张忠纲《"词不迫切而味甚长"——王维〈酬张少府〉赏析》，《文史知识》1994年12期）

在我看来，这么去解释王维，是根本没有理解王维。王维的心理调适能力很强，就算他真的遇到什么不顺，他总有办法去寻找平衡，不会有那么多苦闷牢骚。更何况一个消极软弱、逃避现实的人，不会有兴趣劝说别人跟他一样消极软弱、逃避现实。

满不是那么回事。晚年的王维就是一个万事看淡、行止由心的老知识分子，他早就参禅悟道、见性成佛，所以才被后人称为"诗佛"。壮志难酬、苦闷牢骚，这些俗世的执念，不应该在王维身上找。

这首诗里面，只有遮掩不住的高冷。

首联，有些鄙夷。颔联，有些冷淡。接下来的颈联，稍微有点轻慢。但尾联又往回收了点儿，看似故作高深，实则倒有一丁点儿温暖。为什么这么说呢？毕竟直接引用了张本人提出的问题，后面的答案虽说是闪烁其词、答非所问，但也可看做是一种略带悲悯的棒喝，就像菩提老祖在孙悟空头上敲的那三下，能让他受宠若惊，若他有慧根，也能就此顿悟。

上面三个问题，讨论的都是现代人对王维这首诗的误读。出现这些误读，主要是由于人们不仔细分析和推敲文本，很多理解都是出于想当然。

另一个原因，是古代那些读懂了王维的人，没有好好把诗解释清楚，害得我们胡乱理解。

比如明代李沂如此评价这首诗："意思闲畅，笔端高妙，此是右丞第一等诗，不当于一字一句求之。"（《唐诗援》）你既然知道这是第一等，它到底好在哪里，你为什么不一字一句地解释清楚呢？

又比如，明代的钟惺跟谭元春合编了一部《唐诗归》，在点评这首诗时，谭元春说的是："妙绝。"这哪里像是点评？不过是最简单的点赞，而不是评论。钟惺多写了几个字，他写的是："妙在酬答，只似一首闲居诗，然右丞庙堂诗亦皆是闲居。"这也让大家不得要领。

有意思的是，钟惺的点评，后来有明末清初唐汝询的跟帖，是跟他叫板的。唐汝询在《汇编唐诗十集》中说："庙堂酬答亦多不切闲居者，钟自不采耳。"

明朝这几位先生，只说这首诗好，却并没有详细说明它怎么个好法。至于清朝黄周星，他说的就有点莫名其妙了："可解不可解，正是妙处。"（《唐诗快》）我怀疑黄周星是王维的脑残粉，他根本就没读懂这首诗嘛——凡说"可解不可解"的，都是自己解释不清楚，不能让作者承担这个责任，也不能用"正是妙处"的马屁来掩饰自己"不解"的事实。

人人都爱黄鹤楼

崔颢《黄鹤楼》

崔颢这首诗到底好在哪里？颈联在全诗中的地位如何？

世界上可能并没有黄颜色的鹤，但是自从武昌这个地方有了关于黄鹤的传说、盖起了黄鹤楼之后，"黄鹤楼"就逐渐为国人所熟知。它是一座楼的名字，同时也是一个香烟系列的名字，还是一种美酒的名字。更早，它还是一首好诗的题目。

我想说说这首好诗。

宋朝有个叫胡仔的人告诉我们这么一件事：诗仙李白来武昌的黄鹤楼游玩，看见墙上有一首诗写得非常好，不由赞叹道："眼前有景道不得，崔颢题诗在上头。"李白赞赏的，就是崔颢（704—754年）的这首《黄鹤楼》。这首诗被严羽推举为唐人七言律诗第一名，《唐诗三百首》的七言律诗中，此诗也排在第一。诗曰：

昔人已乘黄鹤去，
此地空余黄鹤楼。
黄鹤一去不复返，
白云千载空悠悠。

晴川历历汉阳树，
芳草萋萋鹦鹉洲。
日暮乡关何处是？
烟波江上使人愁。

尽管它是很好的律诗，却并不太遵守格律。首联、颔联、颈联都有不合平仄之处，首联在上下句的相同位置重复"黄鹤"尤为诗家之大忌，颔联的对仗也不太好，"空悠悠"跟"不复返"根本对不上。但是这在名人笔下都不算问题，诗仙李白都说它好，一般人还能纠缠它不合格律吗？

诗仙李白说它好，后来夸这首诗的人更多。李白没说它到底好在哪里，其他人说了。

王夫之说它："鹏飞象行，惊人以远大。"意思是说，这首诗气势恢宏，像鹏鸟在飞，像大象在走，意向宏远庞大。我觉得唐诗中惊人以远大的，还有不少。比如陈子昂的《登幽州台歌》，再如杜甫的《登高》。古人登高望远，往往会写出这种时空浑茫、鹏飞象行的磅礴诗句，崔颢的《黄鹤楼》不算特别新奇。

沈德潜说的是："意得象先，神行语外，纵笔写去，遂擅千古之奇。"

刘辰翁说："但以滔滔莽莽有疏宕之气，故胜巧思。"

这两人夸得也挺狠，但是言外之意，似乎是说诗的内容大于形式，语言的"巧思"不够。

今人不同意这种评价，而是认为诗的形式很好，构思也很精巧。比如有人就这么说：

这首诗前写景,后抒情,一气贯注,浑然天成。……前四句看似随口说出,一气旋转,顺势而下,绝无半点滞碍。……此诗前半首用散调变格,后半首就整饬归正,实写楼中所见所感,写从楼上眺望汉阳城、鹦鹉洲的芳草绿树并由此而引起的乡愁,这是先放后收。倘只放不收,一味不拘常规,不回到格律上来,那么,它就不是一首七律,而成为七古了。此诗前后似成两截,其实文势是从头一直贯注到底的,中间只不过是换了一口气罢了。这种似断实续的连接,从律诗的起、承、转、合来看,也最有章法。(萧涤非等《唐诗鉴赏辞典》,上海辞书出版社2004年版,第332—333页,蔡义江撰)

我同意今人的解读,同时想说一点自己的心得。

有很多唐诗都写到了"无人",如"野渡无人舟自横"(韦应物《滁州西涧》)、"涧户寂无人"(王维《辛夷坞》)、"临风一叹无人会"(白居易《八月十五日夜湓亭望月》)。《黄鹤楼》也写了无人,但是比别人的写得好,因为写得不那么直白简略。它让你见不到人却还眼巴巴望着昔人消失的方向悠悠怀想。想来想去,看来看去,就看呆了,目光下移,看到了似乎无语胜千言的汉阳树、鹦鹉洲了。

可是,看到这些,又触发了新的问题。因为川树历历、洲草萋萋,这安闲祥和的景致跟家乡很相似(崔颢是汴州人,黄河流经汴州),于是很自然地发一问:"日暮乡关何处是?"得,天涯孤客、羁旅行思出来了,于是"烟波江上使人愁"。前一句,无家,无人。后一句,人出来了。

诗的开头找"人"没找到(昔人已乘黄鹤去……白云千载空悠悠),到诗的结尾,跟前头来了个大呼应,人突然出来了——这就是诗的作者，不用找了，就在这儿伤心呢，找到自己身上了。作者从观众变成了舞台上的人，从审视者视角变成了自省视角，结果心情大伤，跟前面的"空悠悠"之类空灵高妙形成强烈对比，从天上坠落凡间，仙风道骨回到俗世忧伤。

"晴川历历汉阳树，芳草萋萋鹦鹉洲"，颈联这两句写得最为客观冷静，只有景，没有情，没有人，放在中间，正好把前后两种涉及"人"的场景隔开，内容结构和感情结构上形成了一个跌宕起伏的效果。

补充一点：尾联的对句"烟波江上使人愁"应该这样理解：远望着江上的烟波，不由得使人忧愁。诗人在楼上，不在江上，所以是烟波使人愁，而不是江上使人愁。"江上"是用来限定"烟波"的，倒装在限定对象后面，以便与出句"日暮乡关何处是"平仄相对。

荆州也能见海月

张九龄《望月怀远》

张九龄是在海边看月亮吗？人们为什么喜欢这首诗？

冬天不适合赏月，太冷。所以正月十五人们要看灯而不是赏月。

夏天也不适合赏月，瘴气重，蚊虫凶。七月十五（有的地方是七月十四）中元节，人们要低头烧纸，祭奠亡灵，顾不上抬头看月亮。

春天的月色只是背景，花前月下的人们赏的是花，是人。

所以，赏月最好的季节只有秋天。八月十五中秋节，人们可以专心赏月。

秋天的晚上有点凉，这时候人们就希望温暖一点。如果能够跟亲爱的人相依相偎，静静地看着天上团圆的月亮，那应该是天底下最温暖、最幸福的事了。

所以中秋赏月的时候，是天各一方的情人们互相思念的时候。

之所以思念，是因为有时空的阻隔。因此，月下的思念，就让人想要超越这时空的阻隔。在诗人笔下，苍茫辽阔的空间、永恒无限的时间就成了咏月、赏月诗最常见的主题。

在这些诗歌中，张九龄的《望月怀远》是人们必然要提及的。

诗是这样写的：

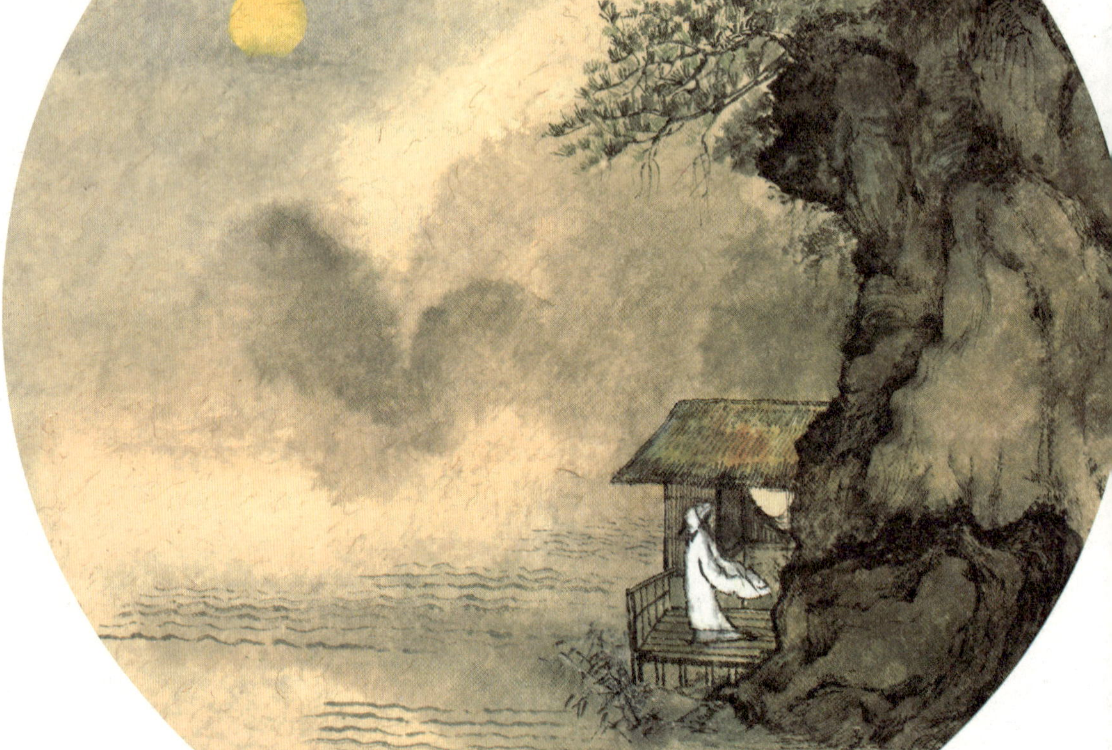

海上生明月，天涯共此时。
情人怨遥夜，竟夕起相思。
灭烛怜光满，披衣觉露滋。
不堪盈手赠，还寝梦佳期。

此诗有千般好处，历来读者和评论家有无数的解读和赏析，我无法一一道来。只解读几处文字，再谈谈我对此诗的个人感受吧。

先简单八卦一下作者张九龄。据说张九龄是汉代名相张良的后代。他妈怀着他的时候，住在一个非常边远、非常小的地方——韶州（今广东韶关）下面一个叫做"始兴"的县里面。预产期过了好久，还没有动静，急坏了他爹。有一天他们夫妇俩遇到一个算命先生，算命先生惊呼：啊呀不得了，尊夫人肚子里怀的是一个大人物呀！始兴这个地方太小，孩子不肯出来！您得搬到大地方才行！张九龄的爹也是急得没辙了，管他大人物小人物，反正俗话说是"树挪死，人挪活"嘛，于是听从算命先生的建议，带着夫人搬到了一个大城市——曲江县（在今韶关市曲江区）。到那里还真把孩子生出来了，而且后来这孩子果真成了大人物，官至中书令，相当于现代的国务院总理。

张九龄不仅官职高，诗文水平也很高。唐代的大诗人中，来自岭南的，张九龄是当之无愧的第一人，甚至是唯一一人。《唐诗三百首》一开篇就是张九龄的《感遇》二首（有的版本选了四首），但是他最为人称道的作品还是《望月怀远》。

再来解读几处文字。

张九龄曾经犯了一个政治错误，被降职到荆州当了一个小官，这首诗就是在荆州所写。荆州无海，只有湖，比如长湖、洪湖等。"海上生明月"如果写的是实景，那这个"海"其实就是一个湖。但是因为下句说到"天涯"，诗中的"海"完全可以理解成大海。作者见到眼前月，推想它是刚从海面上诞生出来，天下人同时得见。所以，那些从来没见过大海的朋友，你们在远离海洋的地方赏月时可以大声地朗诵这首诗，不要怕别人跟你较真。

有很多人误把"海上生明月"写成了"海上升明月"，这就把诗意降低了很多。"升"只是一个存在物发生垂直位移，"生"却是一个新生命诞生的事件。倾注整个大海的全部心血，才能精心孕育、艰辛分娩这个珍贵、可爱的婴儿，"生"的格调比描述机械运动的"升"不知高到哪里去了。

"起相思"并非"产生思念"，而是"从床上起来，然后思念某人"。为什么要从床上起来呢？因为睡不着。为什么睡不着？因为一直心绪不平，怨念横生。夜幕降临，本来躺在床上打算睡觉的，可是见到明亮的月光泻进屋里来，想到别人家都像月亮一样团圆了，自己与远在异地的某人虽然都能见到这个月亮，却不能团圆一处，就有了怨念。这怨念整夜不能平复，没法再入睡，于是干脆起来。起来之后呢，怨念就转成了思念。

"竟夕"是整夜的意思。无论把"起"解释成"产生"还是"起床"，都是一个瞬间动词，这个动作是不能持续的，不可能一"起"就是一整夜。所以，这个"竟夕"，说的是"怨"和"相思"的延续时间。这两句大概应该这么解释：在这月色撩人的漫长夜晚，有情人心怀怨念，整夜不能入眠，于是从床上坐起，（点燃了蜡烛）深深地思念对方。

"还寝"的意思是从室外回到屋里，重新上床睡觉。

"佳期"，一般都解释成"美好的时光"。在我看来，未尝不能解释成"美好的约定"。后世秦观《鹊桥仙》写的"柔情似水，佳期如梦"

的"佳期"倒是只能解释成"美好的时光"。但"期"既有"日期、时间"的意思，也有"约定时间"的意思，后者如："与老人期，后，何也？"（《史记·留侯世家》）在《望月怀远》中，天各一方的一对情人，有了重逢日子的具体约定，才易于、便于在梦中实现这个约定。如果一切都没落实，只是凭空梦见，倒不太好将这种梦中的相聚时刻凿实为"佳期"。

张九龄此时在荆州，家人大概在长安。按唐朝习惯，在外地任职的官员如果任期在三年之内，是不能带家眷赴任的，所以张九龄与家人的离别不会超过三年。他很可能在离家之时就告诉家人：等着我啊，三年之内我就回家跟你团聚了，那时我会好好照顾你的。

梦是不能订制的，"还寝梦佳期"只是一个心愿：我重新上床睡觉，希望能在睡梦中实现那个美好的约定。

我个人对本诗所表现的时间、空间特别有感触。我觉得这首诗里面，时间和空间有纵深，有层次，有变换，它让我想到电影《盗梦空间》和《星际穿越》。下面我们再细说几句。

空间上：开篇所写的事件发生背景和事件主体分别是"海上"和"明月"，二者的尺度都很大。但作者还嫌不够大，随即给出了最大的尺度——天涯。这远远超过了以大尺度见长的"但愿人长久，千里共婵娟"（苏轼《水调歌头》）、"长风几万里，吹度玉门关"（李白《关山月》）。但是《望月怀远》不是一味地追求广袤宏大，它还有更细小的尺度。"竟夕起相思"，范围只有一张床大小。"灭烛怜光满"，这又延伸到整个房间。"披衣觉露滋"，从室内走到室外，借助月光，能够大致看清四下的景致。"不堪盈手赠"，注意力集中到手掌之中。然后又"还寝"，回到室内，回到床上。这些都是实际的空间。"梦佳期"，这就转入了虚拟的空间。空间上由实入虚，令人回味无穷。

时间上：诗中既有作为瞬间的"此时"，也有漫长的"遥夜"和"竟夕"。从另一方面说，海上生明月这个瞬间可以转换成为永恒的画卷；相应地，因为有"佳期"在心，思念的长夜必将成为一个短暂的片段。另外，本诗涉及的时间维度上，既有现在，也有过去和将来。总体来看，时间的意象在本诗中以丰富复杂的形式出现，也进一步增加了作品的魅力。

人常说，爱与死亡是文学作品永恒的主题。在我看来，爱与死亡其实就是时间和空间的表象，时间与空间才是永恒的主题。而且，它们不仅是文学作品的主题，还是哲学的、科学的、语言学的永恒主题。

唐朝小资喝小酒

白居易《问刘十九》

跟白居易喝酒有什么不一样？为什么说白居易是个小资？

跟白居易喝酒，一定是很有情调的事情。我虽然不能穿越，却能够推想。我的根据就是《问刘十九》。

这是一首五言绝句，只有二十个字，很多人都能背诵：

绿蚁新醅酒，红泥小火炉。
晚来天欲雪，能饮一杯无？

第一句中的"醅"我们要解释一下。《现代汉语词典》和其他一些工具书上说这个字读pēi，但根据《广韵》等韵书，它应该读péi。各种工具书上提到的这个字的意思有三种，一是"醉饱"，一是没有过滤的酒，还有一种是聚众喝酒。我认为这个字还有一个意思为工具书漏收，就是作动词，表示制作（酒）。如元朝汪元亨的《雁儿落过得胜令·归隐》："金刀剖细鳞，绿酒醅香糯。"清朝屈大均的《广东新语》中说："冬春之际，以落梅醅酒，于村南麻姑酒田卖之。"西南官话中有这个字，读péi，并且还保留着"制作（酒）"这个意思，比如"醅酒""醅了一坛醪糟"。这个字也可以代指酒（不一定是没有过滤的），如杜甫《客至》："盘飧市远无兼味，樽酒家贫只旧醅。"本诗当中，"醅"的意思应该是制作酒，即酿酒，"新醅酒"是刚酿好的酒。

下面来解读这首诗。

白居易是个很有才华的诗人，他写过《长恨歌》《琵琶行》这样的大手笔，也写出了《问刘十九》这样的小清新。

这首诗完全暴露了唐朝一个小资产阶级（petty bourgeoisie）的生活方式。

他会亲手醅酒，却只供自己和朋友享用。

他仔细地烧旺了一个小小的炉子，然后以酒中浮渣之绿、炉中炭火之红的名义，邀请朋友过来小坐。

他不像杜甫一样"十觞亦不醉"（《赠卫八处士》），更不像李白一样"会须一饮三百杯"（《将进酒》），他只说"一杯"。想要豪饮，没那么多酒。这里不是酒肆，这是我自己家。

他也不劝朋友喝酒，只是很委婉、温柔地询问：你能喝一杯吗？

而且，给个理由先，为什么要喝酒，为什么要朋友跟他一起喝？他不说"朋友啊朋友你可曾想起了我"，或者"最近比较烦比较烦比较烦"。他说的是下雪。其实根本没有雪。当时白居易在江州，江州就是个很少下雪的地方。他是自己想要一点雪，以便创造饮酒的气氛，却说是"天欲雪"，好像他能预报天气似的。

很可能是自己想要让朋友来闲聊几句，并且为他的制酒手艺点赞，想要与朋友一起享受一段悠闲的时光。跟都市女士们的下午茶一样。无论喝什么，都只是一个道具，气氛才是重点。

我纳闷的是，天色这么晚了，白居易是怎么把他的问话带给朋友的？恍惚中，我觉得他是在给朋友发微信。这首诗后面，应该还有一个笑脸，或者一个表情包。

当然，也可能是白天刘十九来探访白居易，或者路过白家大门口，白居易盛情挽留他就在这里住一晚，喝喝酒，聊聊天，享受一下这悠闲的时光。

我要是刘十九的话，我真的愿意跟白居易喝酒。

不能总跟李白喝，跟他喝酒容易断片，太伤身体。

也不能总跟杜甫喝，跟他喝酒总是忧国忧民，太沉重。

偶尔跟白居易喝点小酒，会觉得生活是多么滋润。真正的小资，细细地品一杯纯米酒，能找到波尔多的感觉。

加州旅馆品杜牧

杜牧《旅宿》

旅途中怎么能收到家书？沧江烟月是在家乡，还是在旅途中？

《唐诗三百首》里面选了杜牧的一首五言律诗《旅宿》，我很喜欢。我认为这是非常好的一首诗，可是顾青编著的《唐诗三百首名家集评本》（中华书局2005年版）中，这首诗下面只收录了一条名家评点，可见历代论诗名家可能不太关注它。一些中小学语文辅导书上倒是有对这首诗的解读，我觉得有些解读不对，而且没有把这首诗真正好的地方说透。现在我来试试。

诗是这样写的：

旅馆无良伴，凝情自悄然。
寒灯思旧事，断雁警愁眠。
远梦归侵晓，家书到隔年。
沧江好烟月，门系钓鱼船。

先说说我对几处文字的理解。

首先要说到的是"家书到隔年"。很多人理解成诗人在旅馆里收到

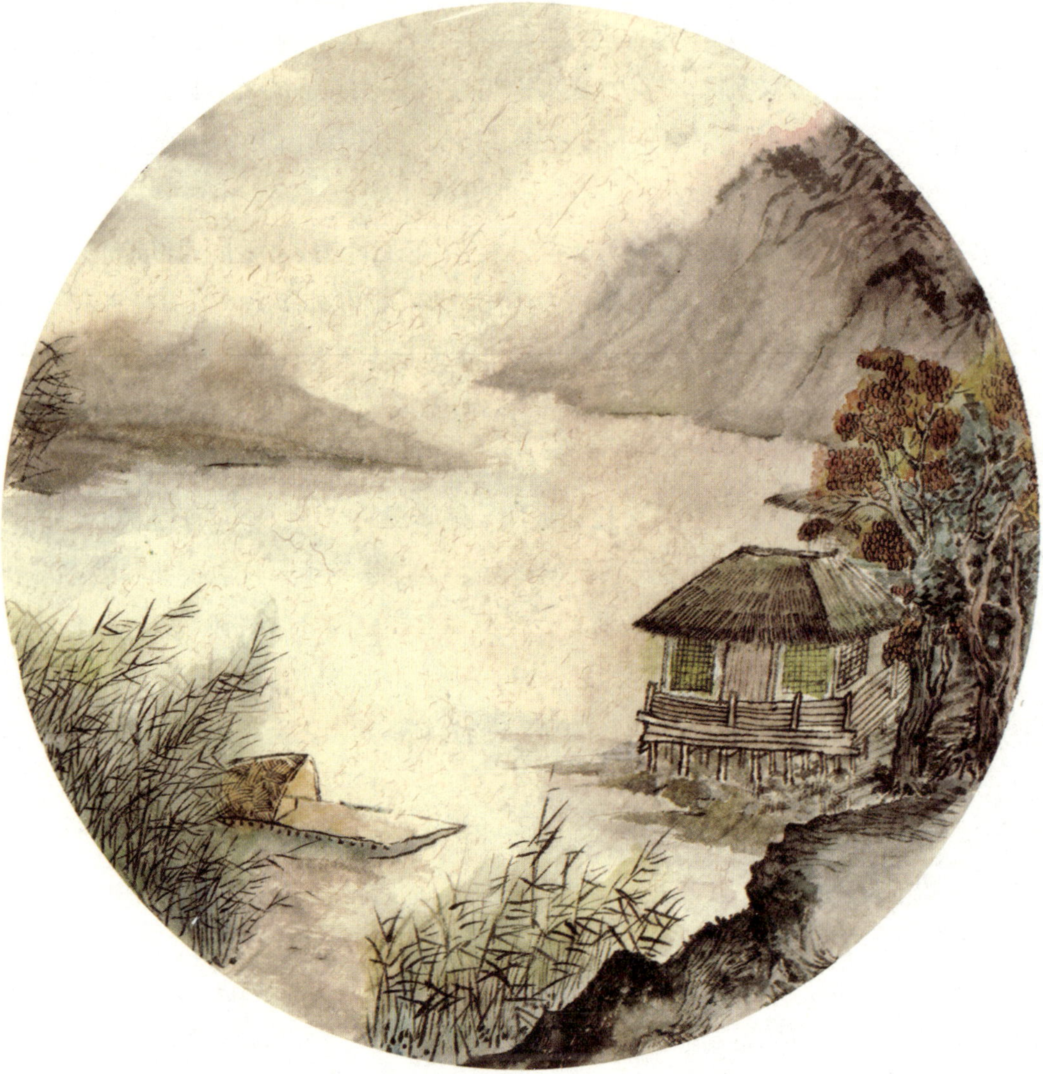

了家人去年写给他的信。

我不同意这种理解。

人在旅途，行踪不定，家人去年给诗人写信时，怎么可能知道诗人此刻会投宿在这家旅馆？写"烽火连三月，家书抵万金"的杜甫（《春望》），尽管是被乱军解送长安，也是因为一段时间内居有定所，家书才能送到他手上。

那么，杜牧是否长期租住旅馆，把这家旅馆当成了他的通讯地址？这也不太可能。古代的确有读书人或仕宦者长期在外客居的，但一般不会在旅馆长期包房间，因为住宿费太贵，而且客来客往，鱼龙混杂，环境不好。还有一些读书人是免费借住在道观、僧舍，或者在无主的空房、废园栖身，《聊斋志异》中就有很多这样的事例。当然，也有个别的富二代在妓院里住包月，比如跟杜十娘厮混的李甲（不过那是小说，不足为据）。杜牧也有寻花问柳的癖好，不排除经年累月泡在妓院里。但是他"十年一觉扬州梦，赢得青楼薄幸名"之时（《遣怀》），应该是快活逍遥、乐不思蜀，而不是如诗中所写的那样悄然凝情、寒灯远梦。而且把青楼写成"旅馆"，把出入风月场所写成"旅宿"，杜牧不会如此轻慢。

退一万步说，就算真的是诗人收到了家人的信，也不会是一大早发生的事情。因为在旅馆里，"远梦归侵晓"的时候，只会有住客退房出行，而不会有旅客或邮差抵达。

综上所述，这一句诗最合理的理解是：诗人写了信要寄给家乡的亲人，并且由于路途遥远，路径不畅，诗人推测这封信要明年才能传递到亲人手里。

这封信是什么时候写的呢？可能是昨晚在灯下所写，也可能是今早起床后所写。正好有客人要离店，诗人把这封信交给客人，托他捎带到自己的家乡。

唐朝时没有民间邮政，驿邮官方专营，只用来传递政府公文，或者为杨贵妃传递新鲜荔枝（杜牧《过华清宫绝句三首》其一）。老百姓寄信，多为请远行顺路的客人互相捎带，所以王昌龄才会请辛渐给洛阳亲友捎口信（《芙蓉楼送辛渐》）。如果与官家的"入京使"或者"驿使"相熟，也可能请他们带个口信，如岑参《逢入京使》："马上相逢无纸笔，凭君传语报平安。"或者顺便捎带一点东西："折梅逢驿使，寄与陇头人。"（南朝宋陆凯《赠范晔》，唐朝想必也会有此类做法）

杜牧这封信应该是请远行的客人捎带到家，不会那么迅捷，推测下来，家人应该是明年才收到信。

然后我们要说到"沧江好烟月，门系钓鱼船"。有人说这两句写的是诗人家乡的景色，以表达思乡之情。我认为，理解成诗人出门（可能是从旅馆退了房，继续上路奔波）所见景色比较好。怀乡的事已经写过了，远梦已归，家书已投，如果回头再写怀乡，未免画蛇添足。而且，沧江烟月、渔船系门，其实不能算是值得欣赏的美景，它是在任何乡村都随处可见的日常景象。在我看来，这两句写的是拂晓的行程中在村头所见：河上烟云缭绕，空中晓月依稀，人家门口小船有绳子系着，船上无人，一片静谧，想来钓鱼人现在正在屋内安睡。常年漂泊无定、孤苦抑郁、睡眠质量不高的诗人，出得门来，见到的却是这样一种安详静谧、恬淡闲适的乡野生活情景，这种因鲜明对照而产生的强烈心理冲击正是从上文内容自然发展而来，到这两句正好在欲言又止之中形成了一个反转式的高潮。

再说说这首诗的优点。

诗的遣词用字看似不事雕琢，却字字轻巧老成，举重若轻。

全诗时间线索非常清楚，从投宿、入夜一直到天明、启程，是一个完整的叙事段落。

　　逻辑思路也环环相扣，一气呵成：投宿旅馆，必然与很多陌生人打交道。与这些人攀谈的结果，是跟谁都谈不到一起。于是情思郁结，默然无语，在寒灯下一遍遍怀想往事。然后因天冷、人困而试图入睡，却屡被惊醒。听到的是孤雁的哀鸣，想到自己也是离家远行，于是愈加愁闷，愈加思念家人。后半夜总算睡着了，梦中终于回到了故乡，很可惜窗外的晨曦又让自己回到了现实。起床后赶紧写了一封信，托早行的客人辗转捎寄给家人。自己也随即收拾行李，重新踏上行程。一路上看见烟波晓月还笼罩着安闲的村庄，村民都还在酣眠，钓鱼的小船安静地系在门外的岸边，可是这样的生活离自己又是多么遥远！

　　诗歌的主角写的是自己一个人，但是他的思绪却牵扯进来若干其他人的身影，参差浮现，若即若离，像是一部抒情的电影：旅馆中的旁人，回忆中的故人，睡梦中的家人，还有只记其事的捎信旅客，只见其物的村舍渔民。

　　如果说这首诗是一部电影，电影的主要拍摄场景就是诗的开头两个字所交代：旅馆。电影中道具、背景精当，近景只有寒灯一盏，家书一封，中景是村舍一所，渔船一只，远景是江上烟云一带，空中晓月一轮。音效则是万籁俱寂之中不见其形、只闻其声的断雁数声。虽然时间集中，只在一暮一朝之中，场景简单，只在旅馆内外、沧江岸边，但是因为还有旧事、远梦，所以思绪所及，在时间、空间上都完全不受任何限制。

　　有一首著名的美国歌曲，叫做《加州旅馆》（*California Hotel*），非常好听，也非常厚重、有故事、引人遐想。拿它来做这部电影的主题曲，那是再好也没有了。

莫待无花空折枝

杜秋娘《金缕衣》

杜秋娘是一位女诗人吗？金缕衣是什么衣服？

《唐诗三百首》的最后一首诗，作为整场演出的送客戏，是一首乐府诗，题目叫《金缕衣》。诗曰：

劝君莫惜金缕衣，
劝君惜取少年时。
花开堪折直须折，
莫待无花空折枝。

这是广大人民群众喜闻乐见的一首诗。语言浅显易懂，朗朗上口；内容健康积极，引人向上；语气殷勤体贴，苦口婆心。

按说没什么需要解读的。可是等我查资料的时候发现，事情没那么简单。这首诗的水很深，值得探究的名堂不少。下面梳理一下诗里诗外的那些名堂，帮助我们更好地理解这首诗。

（一）杜秋娘和她的故事

在《唐诗三百首》中，《金缕衣》的署名是杜秋娘。"杜秋娘"三个字来自于杜牧（约803—约852年）的叙事诗《杜秋娘诗》（收录于《樊川文集》），诗中主角是一个名叫"杜秋"的女子。诗前有序，说的是：

> 杜秋，金陵女也。年十五，为李锜妾，后锜叛灭，籍之入宫，有宠于景陵。穆宗即位，命秋为皇子傅姆，皇子壮，封漳王。郑注用事，诬丞相欲去异己者，指王为根，王被罪废削，秋因赐归故乡。予过金陵，感其穷且老，为之赋诗。

这里面说的李锜（741—807年）是皇室宗亲，青壮年时受到唐德宗（780—805年）信任，顺宗永贞元年（805年）升任镇海节度使。唐宪宗元和二年（807年）起兵谋反，一个月后兵败被俘，被宪宗腰斩，终年66岁。

"杜秋"是《杜秋娘诗》女主角的姓名，"娘"指女子，"杜秋娘"应该是对老年杜秋的尊称。这位金陵女子15岁就成了李锜的妾，李锜遭处死后她被"充公"，在皇宫里安排了工作，曾得到宪宗皇帝的宠幸。宪宗的儿子穆宗当了皇帝之后，给杜秋换了工作，让她给皇子李凑（穆宗六子）担任"傅姆"，也就是保姆。皇子傅姆一般由"无夫与子而老贱晓习妇道者"担任，可见这时候杜秋已经是一个地位低贱的老妈子。李凑在长庆元年（821年，他父亲穆宗即位第二年）封了漳王，太和五年（831年）被文宗宠臣郑注诬告，废黜为巢县公。受此影响，杜秋被遣返回到了故乡金陵（此时杜秋至少已经39岁）。杜牧出差经过金陵，

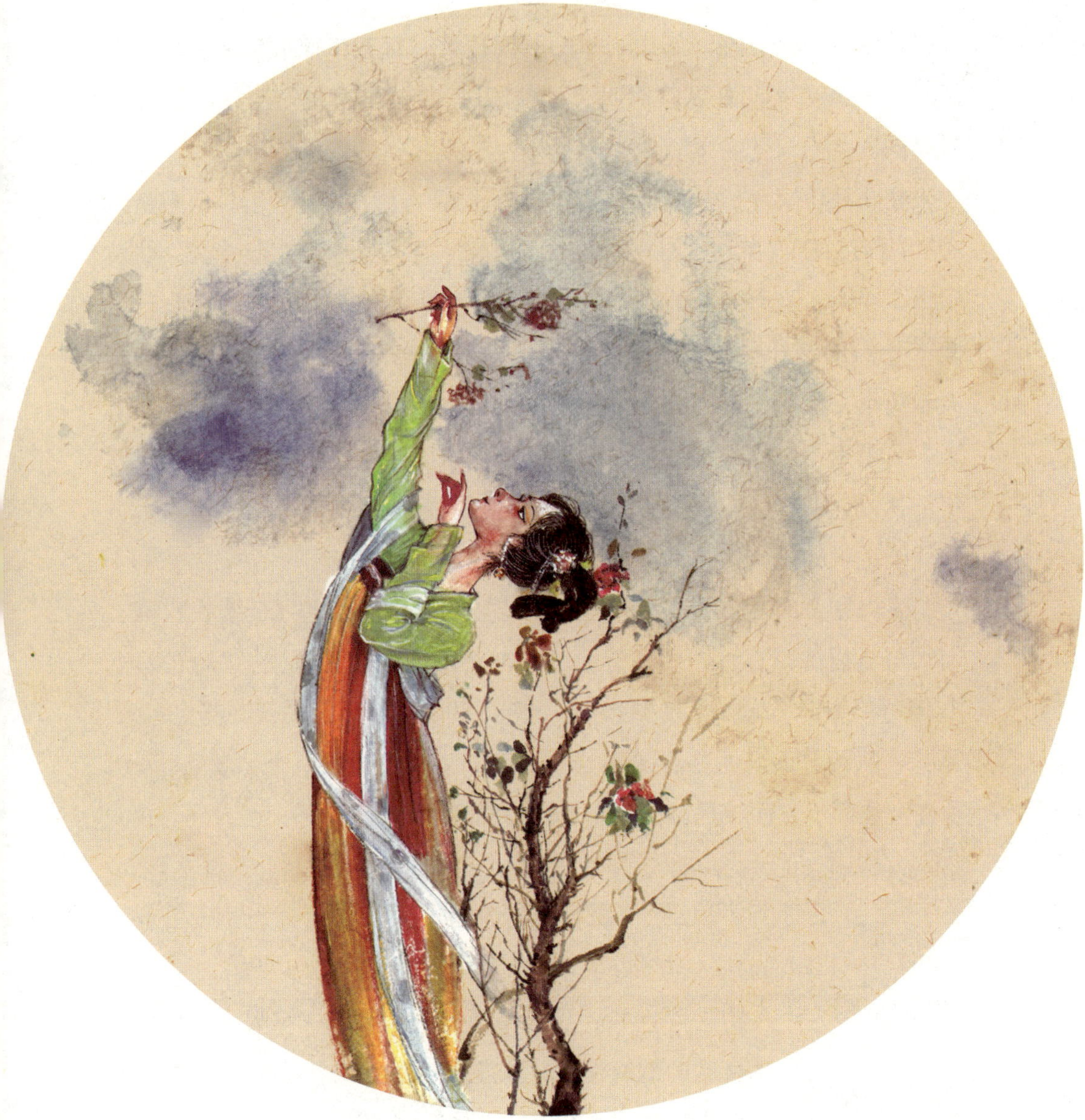

听人说起杜秋的事迹，感念这位昔时美人现在既穷困又衰老，就为她写了这首《杜秋娘诗》。

杜秋的事迹，在《新唐书》的《列传第一百五李德裕》中也略有涉及，只是人名不叫杜秋，而叫"杜仲阳"。其他细节也是与杜牧所说有异有同。

在《杜秋娘诗》中，有"秋持玉斝（jiǎ，古代饮酒器）醉，与唱金缕衣"两句，杜牧在其后自注了这么几句话："'劝君莫惜金缕衣，劝君须惜少年时。花开堪折直须折，莫待无花空折枝。'李锜长唱此词。"据此，我们知道杜秋娘在给李锜做妾的时候，经常给李锜唱《金缕衣》，而李锜本人也经常唱这首歌。至于这几句歌词是谁写的，还真是看不出来。蘅塘退士（孙洙）编选《唐诗三百首》的时候，把它当成杜秋娘创作的作品，属于有依据、无证据。如果更谨慎一点，就该署名"无名氏"了。

值得注意的是，杜牧在《杜秋娘诗》注解中引录的《金缕衣》第二句，与《唐诗三百首》中该诗第二句略有不同。在我看来，"劝君须惜少年时"比"劝君惜取少年时"好一些：前两句一个"莫"一个"须"，从两方面表明作者的观点；后两句一个"须"一个"莫"，分别承接上述两个方面，是对作者观点的解释和证明。

（二）为何而唱

杜秋娘为什么要唱《金缕衣》呢？她是李锜的妾，大家喝酒喝得高兴的时候唱一首李锜喜欢的歌给他听，如此而已。如果杜秋娘是在做皇子傅姆的时候对李凑唱这首歌，很可能是要教他做人的道理，然而不是。

李锜为什么喜欢唱这首歌呢？我们找不到任何资料，实在没法确定。可能是因为它好听，感人，易学，也可能是因为他小时候听得多，现在唱来怀旧而已。

原作者（更可能是无名氏）写这首诗的目的是什么？我们也无法确定。有人说这首诗是劝人珍惜时间，奋发有为，诗歌主题积极健康。也有人说这是在劝人及时行乐，纵情声色，诗歌消极颓废。

我觉得这两种说法都在走极端。我从诗中读到的，既不是十足的昂扬，也不是一味的消沉。作者直言要认准人生目标，抓紧时间做最有价值的事，这当然是积极健康的。同时，作者又通过比喻，表达韶华易逝、时不我待的感触，这里又有一丝丝的感伤。

很多人认为杜秋娘唱这首歌是为了向李锜表达自己的观点、态度。

比如，有的说这是鼓动李锜好好享受生活，今朝有酒今朝醉。我不同意这种说法。李锜一直生活优裕，一直骄横自得，不需要杜秋娘来鼓动他。

还有人说杜秋娘这是在委婉地劝谏李锜不要谋反。这种说法我也不同意。首先，杜秋娘只是个小妾，她的地位还不足以与李锜讨论如此重大、隐秘的事项。其次，李锜谋反时早已年过花甲，就算要劝阻他，也不适合说"劝君须惜少年时"，六十多岁的人了哪有什么"少年时"可以珍惜？第三，诗歌后两句并非劝阻李锜反叛的恰当说辞。须知谋逆是大罪，万一事败，其后果非常严重，哪里是"无花空折枝"能够比拟的。

（三）什么衣服

诗歌第一句中的"金缕衣"是什么？有的学者说它就是"金缕玉衣"。这是不对的。金缕玉衣是汉朝时的一种殓服，皇帝死后所穿。它是由金丝缀连无数玉片，将尸身严密包裹、覆盖，活人没法穿这种衣服。唐朝没有给死者穿玉衣的习俗。在唐朝，无论是皇帝、太子还是叛乱者，都没人以金缕玉衣象征自己的奋斗目标。殓服不管多么华贵，都是不吉利的，不会成为怜惜的对象。"劝君莫惜金缕衣"如果解释成"我劝您不要看重死后所穿的金缕玉衣"，这话不像是劝说，倒像是诅咒，听者断难接受。

而"金缕衣"本来是很正常的，它是缀有金线的衣服，穿在身上既耀眼好看，又显得富贵吉祥。当然，它的价格，肯定比一般的衣服要贵很多，不是普通人消费得起的。"劝君莫惜金缕衣"的意思就是：我劝您不要看重物质的享受。

唐诗中，"金缕衣"这个意象并不罕见，都不是殓衣，也不是皇帝专用。例如韩偓的《遥见》：

悲歌泪湿澹胭脂，
闲立风吹金缕衣。
白玉堂东遥见后，
令人斗薄画杨妃。

唐代女子的舞蹈服常常是金缕衣，如司空图的《杨柳枝寿杯词十八首》之六：

偶然楼上卷珠帘，
往往长条拂枕函。
恰值小娥初学舞，
拟偷金缕押春衫。

这个小姑娘打算偷拿一些金缕，把它绣在自己的日常衣服上，以为这样就能自制成舞衣。

就连有身份的僧人也赶这个时髦，把自己的袈裟做成金缕衣。如卢纶的《送昙延法师讲罢赴上都》：

金缕袈裟囯大师，
能销坏宅火烧时。
复来拥膝说无住，
知向人天何处期。

（四）什么花

《金缕衣》第二句"劝君惜取少年时"的意思是：我劝您要看重青春时光。为什么要"惜取少年时"呢？后面两句给出了具体的说明："有花堪折直须折，莫待无花空折枝。"青春时光就像枝头鲜花一样，它会凋谢，事后再难寻觅。

"花"是与"金缕衣"相对的一个概念。金缕衣本是富贵生活的象征，但是在作者心里，少年时比金缕衣更珍贵。这里既有比喻，又有反衬。作者没有明言如何才算是"惜取少年时"，但既然否定了金缕衣，就表明作者更看重的是精神层面的追求。

我们还能推知，这种精神层面的追求，一定是要趁着年轻才有可能实现的。因此，要实现它，必须花费很多时间和精力。还要拒绝物质的诱惑，因为二者不相容。

因此，诗歌作者的初衷是积极正面的。

（五）蘅塘退士有深意

《唐诗三百首》的选编者蘅塘退士为什么把这首诗放在书的最后？我猜有两个原因。

一是，蘅塘退士编选《唐诗三百首》，是要给小孩子做家塾课本。前面所有那些诗，都有教化功能，但主要还是让孩子们学习文字、音韵、训诂、诗律、写作等。只有最后这一首《金缕衣》与前者有所不同。这首诗很像是课程结业前的最后一课，蘅塘退士特意让杜秋娘这位"皇子傅姆"走上了讲台，直接给孩子们灌输珍惜时光、积极向上的道理，勉励他们在未来的学习生活中有所作为。

二是，《金缕衣》能与《唐诗三百首》开篇第一首诗形成呼应。第一首是张九龄的《感遇》二首之一（张九龄有十二首《感遇》传世，蘅塘退士选了二首）：

兰叶春葳蕤（wēiruí，枝叶茂盛的样子），桂华秋皎洁。
欣欣此生意，自尔为佳节。
谁知林栖者，闻风坐相悦。
草木有本心，何求美人折。

诗里面说，兰草、桂花适时生长、绽放，完全是出于自然的本性，不是为了让美人攀折。这是张九龄以草木明志，表达自己追求本真、不媚权贵的高尚节操。站在花的立场，是反对"折"的。而《金缕衣》站在人的立场，主张抓住机会，能折就折。首尾两首诗，看起来态度相反，实际上相互补充，相互呼应，都能对读者产生积极、正面的影响。

（六）余音

前面说到，《金缕衣》里面有一点感伤。"莫待无花空折枝"一句，完全是一个过来人的口气，似乎她本人就挥霍了青春，悔之已晚。

香港歌星梅艳芳的代表作之一是《女人花》，有几句歌词直接化用了《金缕衣》的诗句：

> 花开不多时啊，
> 堪折直须折，
> 女人如花花似梦。

可惜，梅艳芳40岁就英年早逝，令人唏嘘。

刘欢为杜秋娘的《金缕衣》谱了曲，非常动听、感人。这首歌是大陆歌星姚贝娜演唱的。可惜，姚贝娜33岁就香消玉殒，令人痛惜。

但《金缕衣》并非被人下了咒语。台湾歌星包娜娜唱过另一个版本的《金缕衣》，她是1950年生人，到现在还健健康康、平平安安。

李贺就是文森特

李贺《雁门太守行》

李贺写的到底是什么？他想说的是什么？

我常读的是《唐诗三百首》，一位朋友建议我读读《唐诗三百首》里面没有露面的李贺。我听从她的建议，仔细读了李贺的代表作《雁门太守行》，感动不已。

《雁门太守行》是乐府旧题，不过《全唐诗》中只有李贺、庄南杰、张祜各存一首，我猜想其他诗人就算也写过这个题目，也没有理由保留下来。其实后两人写的也没必要保留，因为跟李贺相比，他们俩差得太远了。不怪他们没本事，只怪李贺太有才。

李贺是什么人？我想到了美国的著名导演昆汀·塔伦蒂诺（Quentin Tarantino）。昆汀被称为天才，他在1995年32岁时就因为执导和合作编剧的电影《低俗小说》（*Pulp Fiction*）获得了奥斯卡最佳原创剧本奖，2013年50岁时又一次得到了这个奖项，这次的电影是他单独任编剧的《被解救的姜戈》（*Django Unchained*）。在我看来，李贺他是生得太早、死得太早，他要是跟昆汀同时活在美国，也吃电影编剧这碗饭的话，我相信他的才能完全可以超过昆汀与科恩兄弟（Coen Brothers）的总和。李贺在26岁时，写完了他一生所有的诗，就悄然谢世。可是就凭这短暂

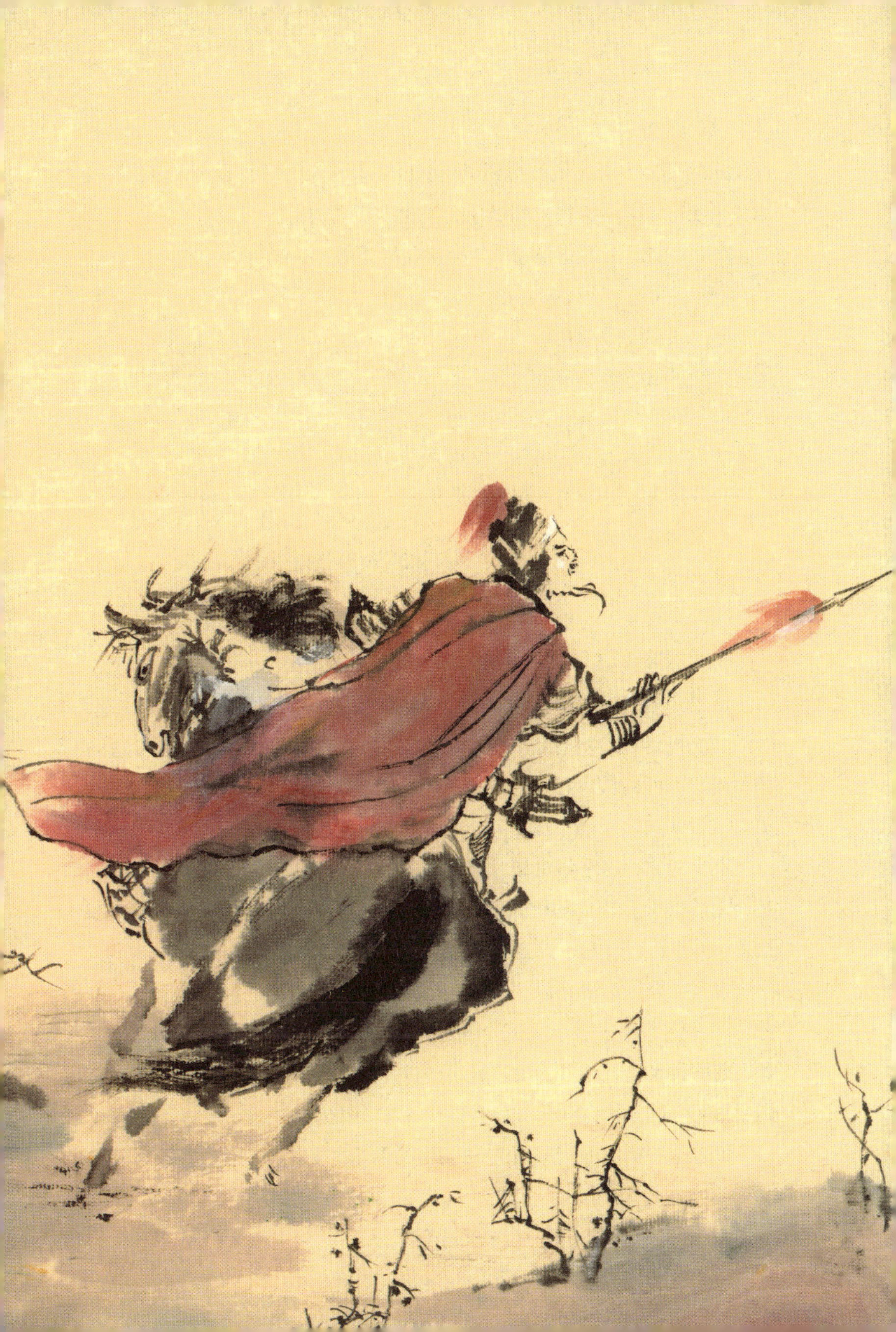

时间中的优异表现，他就达到了与李白、李商隐同等的高度。要是假以天年，不知还能给人们贡献多少杰作。

闲话少说，让我们读诗吧。诗是这样写的：

> 黑云压城城欲摧，
> 甲光向日金鳞开。
> 角声满天秋色里，
> 塞上燕脂（yānzhī）凝夜紫。
> 半卷红旗临易水，
> 霜重鼓寒声不起。
> 报君黄金台上意，
> 提携玉龙为君死。

这是一首七言古诗（乐府），前两句押平声"灰"韵，后6句除"意"之外，押上声"纸"韵。句数、字数都与七言律诗相同，可是格律不同，不可错认。有人用首联、颔联、颈联、尾联等术语来指称诗中第1—2、3—4、5—6、7—8句，是把这首诗误当成七言律诗了。

不少人觉得这首诗难懂，抱怨它的语言不够明白畅达，思路不够清楚，内容似乎有较大的跳跃。客观而言，是有点难懂。但是在我看来，这首诗的思路很清楚，内容虽有跳跃，却一点都没损害其逻辑性。

诗以"黑"起头，以"死"煞尾，黑暗和死亡的气氛笼罩全篇，整首诗的基调苍凉悲壮。每两句都有一个颜色词，分别是黑、紫、红、黄，前两种是中性色调，后两种是暖色，稍稍能起到调节作用，使整个画面不至于过分阴冷沉郁，也不至于过分单调。

诗歌中的指人名词只有7—8句中的两个"君"，即国君。但是国君只是背景，诗歌的主角是那位甘愿为国捐躯的我军主将。诗歌没有一个字眼明确地指代他，却句句围绕他而写：写他的所见、所闻、所为、所想、所追求。

第1句"黑云压城城欲摧"现在成了脍炙人口的名句。字面上是写天气：浓重的黑云压抑在这座塞外孤城上空，似乎快要将它压塌。实际上是说敌军兵临城下，人多势众，守军情势危急。

第2句"甲光向日金鳞开"写城内我军的情况：云层里透过来的日光照在战士们的铠甲上，铠甲片片反光，反射的光线又射向天空。这些铠甲层层叠叠，如同鱼鳞，然后又随着战士们的行动逐渐散开。很多人忽略了这个"开"字。在我看来，城内的军队先是像鱼群一样密密麻麻地聚集在城门内，然后城门打开，军人们渐次从前头散开，勇敢地冲出城去迎敌，这才是"金鳞开"所描述的我军行动。

这两句，一句写城外，一句写城内。观察者无疑是在城头，才能够两边来回看，那么他必定是守城部队的将领或士兵。

第3—4句"角声满天秋色里，塞上燕脂凝夜紫"，写的是城外战场的情景，说明指挥官也跟战士们一起杀出了城外。"角"是能吹响的牛羊角，军队用角声来作为统一行动的号令。本诗中的"角声满天"大概是攻城的敌人全面撤退时所吹响。"秋色里"说明了季节，同时也表明这是在野外。危城之内是见不到什么秋色的。"塞上"说明了地点，这个孤城在当时的国境线上，因此这场战争是两国交兵，而不是内战。"燕脂"即胭脂，就是妇女涂抹在脸上、嘴唇上的红色的化妆品。但是这首诗跟女性无关，这里的燕脂说的不是化妆品，而是流淌在地上的军人的鲜血。敌人撤退了，战场暂时安静了下来，可是双方死伤将士的血还像燕脂一样鲜艳。直到夜幕降临，这些鲜血逐渐凝固在泥土里，变成了紫色。

接下来突然换了场景，很多读者没接上这个茬，所以觉得情节有跳脱，不好懂。其实多看一些电影就容易理解了，因为李贺是在玩蒙太奇（Montage）。前4句写的是第一场战斗，已经结束，战果是我军惨胜，边城得以保全，敌军从容撤退。后4句写的是我军连夜追击，展开第二场战斗，结果遭遇重创。

第5句"半卷红旗临易水"，说的是我军迎着朔风行军，来到了易水岸边。风太大，旗帜兜风，如果全打开，根本走不动，如果不打开呢，又会有损军容军威，不利于振作士气。所以红色军旗半卷半开，部队艰难行进。到了易水，也就是刺客荆轲谋刺秦王的出发之地，遭遇了敌人的重兵埋伏。当年荆轲动身之时，好朋友高渐离击筑（古代的一种弦乐器），荆轲和着拍子唱《易水歌》，歌词是："风萧萧兮易水寒，壮士一去兮不复还……"李贺这首诗偏要写"临易水"，实际上暗示我军此战遭遇强敌，凶多吉少。第6句写的战况果然不容乐观：我军擂鼓冲锋，可是在这深秋寒霜之中，鼓声沉闷无力，似乎预言了败局。

最后两句"报君黄金台上意，提携玉龙为君死"，诗歌主角——我军主将在此关头，像荆轲一样抱定了必死的决心：为了报答国君的信任和重托，他拿起宝剑（"玉龙"指的是宝剑），英勇战斗，慷慨赴死。这是诗歌主角最后的态度，也可以说是他的临终遗言。

李贺是个奇才。这首诗的情节跌宕起伏，节奏忽而紧张，忽而略有松弛，忽而又出人意料地陷入更高程度的紧张，故事情节突然就到了高潮，然后却戛然而止，使读者掩卷之后还不停地联想。叙事基本上遵循时间顺序，在高潮之前还追叙了黄金台上的一件往事，交代了最后结局的深层原因。故事发生的场景多元，近镜头、远镜头、特写镜头交替变换，画面既有深度，又有广度，给人留下不同层次的、立体的印象。诗歌运用了光、色、声等多种效果，给读者以多重感官冲击，甚至让黑云有了重量，让鼓声有了寒气。诗歌选取的画面细节灵动新颖，比如用慢镜头来表现血液凝固，用拔剑的局部动作来代替拼死的战斗。在一般人可能忽略的地方，他浓墨重彩，在一般人可能要费笔墨的地方，他又避实就虚，让读者身不由己地进入了一个奇特诡异的世界，最后想想却又心服口服。

李贺是个鬼才。他出人意料地用美艳的胭脂来比喻鲜血，用秋天的美景来衬托战场上的死寂，用全军覆没来表现军人的勇气。每一次振作都伴随一阵下坠，每一番豪迈都陷入一片凄凉。

想到李贺，我不由得想到了命途多舛的荷兰画家文森特·梵高，想到了歌手杜丽莎翻唱的那首催人泪下的歌曲 *Vincent.*

敌人跑了追不追

卢纶《塞下曲（之三）》

下雪时有没有大雁？卢纶懂得怎么夸人吗？

卢纶（739—799年）是中唐著名诗人，与韩翃（Hóng）、司空曙等合称为"大历十才子"。他的《塞下曲》（也叫《和张仆射塞下曲》）一共有六首，《唐诗三百首》选了前四首。其中最为有名的是第二首（林暗草惊风）与第三首。这里说说第三首。

月黑雁飞高，单于（chányú）夜遁逃。
欲将轻骑逐，大雪满弓刀。

这首诗虽短，意思却很丰富，值得细说。前两句的主要意思是：我军威武；后两句的主要意思是：我军辛苦。

现代军人在接受检阅时，检阅者和受检者互相喊话，是这么喊的：

A：同志们好！
B：首长好！
A：同志们辛苦了！
B：为人民服务！

除了会话首回合的互相打招呼，主体部分只表达了"我军辛苦"这一层意思，而"我军威武"这一层意思没有表达出来，只是通过军容军威和喊话的音量间接展示出来。如果要直接展示，似乎可以加上一轮喊话：

A：同志们威风啊！

B：杀敌报国！

回来读诗吧。卢纶曾经在咸宁郡王、奉天行营兵马副元帅浑瑊（Hún Jiān）的手下当"元帅府判官"（唐朝的奉天在今陕西乾县），《塞下曲》是卢纶在这一时期写的组诗。唐朝的判官是阳间职位，大致相当于节度使、观察使等地方军政官员的秘书或者助理。浑瑊是个勇武的军人，精通骑射，曾经跟吐蕃打过好几仗，互有胜负。卢纶那时候成天跟着浑瑊跑跑颠颠，喝酒吃肉，对于边塞生活、军旅文化有了亲密接触和深切体会，因此写下了这几首著名的边塞诗。这几首都是五言四句，被收入"乐府"。"月黑雁飞高"这一首获得了极高的评价，历代论者说它"高健""雄健""高调""挺拔"，有盛唐风格。

我读这首诗，有两个疑问，有几个感想。

先说疑问。

第一个疑问是：下雪天到底有没有大雁？

我对大雁直接观察的机会不多。根据文献资料，雁也叫"鸿""鸿雁"或"大雁"，动物分类学上归于雁属，下有9种，中国有7种。雁都是候鸟，一般在阳历的11、12月南飞过冬，次年开春回到北方。范仲淹《渔家傲》表明，雁在秋天就早早地离开塞下，飞往南方的衡阳：

  塞下秋来风景异，
  衡阳雁去无留意。

当然，从其他的诗词来看，鸿雁并非绝对不能与雪同现。比如高适《别董大二首》之一：

千里黄云白日曛（xūn，昏暗），
北风吹雁雪纷纷。

苏东坡《和子由渑池怀旧》：

人生到处知何似，
应似飞鸿踏雪泥。
泥上偶然留指爪，
鸿飞那复计东西。
……

但是这两首诗里面，雪并不大。高适诗中，先是大雁在北风中往南飞，然后才是雪纷纷下起来。苏轼的诗中，雪在泥上一半融化，一半留存，可见雪不大，气温也不太低。卢纶这一首，大雪纷飞，天气极寒，此时如果没有单于夜逃的惊扰，似乎那些大雁还不肯飞起来，还要在雪野中的背风处继续酣眠。不知这些大雁为什么这么能抗寒、这么迟钝，大雪天气温低却没有早早地飞到南方的温暖地方去？

疑问二：作者真的懂得怎么夸人吗？

诗歌想要歌颂我军威武。可是若真的威武，又怎么能够让作为敌对势力首领的单于有机会逃掉呢？这对我军战无不胜的神话来说是个败笔。单于的"遁逃"有三种可能，每一种似乎都暗示着我军存在漏洞。第一，单于已被我军俘获，有同伙来劫狱，杀了看守，逃出生天。这证明看守纪律松懈,精神涣散。第二,单于的军队已被我军团团包围,单于突围成功。这证明我军各部协同不佳,有薄弱环节,封锁线上的哨兵麻痹大意,玩忽职守。第三,单于与我军对垒,因没有胜算,为避免损失,趁夜迅速撤退。如果是这样,倒不能说是逃跑,而是一种游击战略,而我军没有识破这一点,反倒自信心爆棚,以为对方是怯战畏敌,狼狈逃窜。这种情况下,贸然轻装追击,很可能孤军深入,中了埋伏。

诗歌还想说明我军辛苦。说辛苦,接下来要"但是"一下,说他们不怕辛苦,才是夸人;说辛苦,说完就停下来不说了,这就是发牢骚了。诗歌在提出"欲将轻骑逐"的战斗计划之后,转而以一句表明作战条件严酷性的"大雪满弓刀"煞尾,让读者压根猜不出你得知单于逃跑的突发消息之后,到底追还是不追。现在引而不发,戛然而止,让人怀疑诗歌中的我军将士莫非是急于邀功请赏,而毫不在意军情紧急?诗人这么写,从文学上看倒是讲究了留白,更能在读者的想象当中丰富军人高大完美的艺术形象。可是从话语技巧上来看,你这不像是表功,倒像是在跟主公讲价钱。

下面再说说感想。

第一个感想是:这首诗画面感强,情节引人入胜,短短的二十个字像是一个大片的预告片,让人对正片充满了无限的期待。如果找到最好的导演和主演,这个正片拍出来,应该比美国电影《血战钢锯岭》的反响更好。

第二个感想是:本诗无论是情节还是细节,都与一般读者的生活经验有较大的距离,这样就能产生更多的新鲜感,造成更大的冲击力。就这么短一首诗,情节上竟然还安排了一个悬念。读完诗歌,很多人都会追问:单于跑了,天气不好,怎么办?怎么办?最后结果呢?追上没有？到底追上没有？这几个问题，也正是我想提的。当然，我有自己的答案。我认为，不能追。正如上面说的，仓皇应变，孤军深入，很可能中了埋伏。因为天气恶劣，不占天时；深入塞外，不占地利。而且，匈奴军队擅长机动作战，你认为他是逃跑，其实他很可能只是一个正常的移动。你要真的带几个轻装骑兵去追，恐怕是凶多吉少。幸亏我军主帅最后犹豫了一下，貌似在抱怨天气不好，其实很可能是出于职业军人的一种可贵的直觉。真希望他能以"大雪满弓刀"为由头，稍微多思考那么几分钟，然后谨慎为上，穷寇勿追。

还要补充两点。一是：有人说"月黑"说明无光，"雁飞高"说明无声。我认为，这个说法有问题。本来已经无光了，如果还连声音也没有，人们就不可能感知到大雁的存在。因此，应该是单于夜逃，大雁受到惊扰，鸣叫着飞起来，人们听到声音，才知道夜空中大雁飞得有多高，然后才根据这种反常现象推断出单于逃跑了。二是：从表意来看，本诗中"夜"字多余，"遁逃"二字同义，重复，"雪"既然"满弓刀"，就不必再说"大"了。如果把多余的字都省掉，再为了韵律，把"弓"字删掉，单以一个"刀"来指代所有的兵器，这首诗还可以这么写：

月黑雁飞高，单于逃。
欲将轻骑逐，雪满刀。

当然，如此改造之后，简洁倒是简洁，可是原诗的艺术效果就所剩无几了。

宰相慧眼识佳句

王湾《次北固山下》

这到底是一首诗还是两首？王湾是在哪一天见到这种美景的？

（一）

唐玄宗时有一个宰相名叫张说（yuè）（张说，667—731年），脾气急躁，得罪过很多人。这人是个学霸，在文学欣赏方面眼界很高。当朝那些文坛高手无论写出多好的文章，都能被他挑出毛病来。

有一天，他在自己的办公室墙上挂了一幅字，然后大声招呼手下那些工作人员："来来来，大家都好好看看，人家是怎么写的！你们都要认真学习，深入领会，把它当做好作品的标准！"

大家纷纷聚拢过去，一看，原来是张说亲笔抄录的一首诗，题目叫《江南意》，作者是王湾（约693—约751年）。

王湾大家都听说过，这人很年轻的时候就能写一手好文章，这些年写了不少诗文。不过，给大家留下深刻印象的作品似乎没有见过。那么，这首诗怎么样呢？大家仔细往下看：

南国多新意，东行伺早天。

潮平两岸失，风正数帆悬。
海日生残夜，江春入旧年。
从来观气象，惟向此中偏。

"好！""好诗！""妙哉！"大家纷纷夸奖。

张说对大家说："我说这是好诗，你们有的人可能不以为然。其实我最中意的只是其中的两句。"

不等人发问，他就自己接话："海日生残夜，江春入旧年。"

这件事不可避免地传了出去。不久之后，殷璠把《江南意》收入了他编选的《河岳英灵集》（按现在的做法，也可以叫做《近40年诗歌精选234首》），并且记录了张说的这个故事。

后来，人们发现，比《河岳英灵集》早几年成书的另外一个当代诗歌选本，芮挺章编选的《国秀集》也选了王湾的一首诗，题目叫《次北固山下》。诗曰：

客路青山外，行舟绿水前。
潮平两岸阔，风正一帆悬。
海日生残夜，江春入旧年。
乡书何处达，归雁洛阳边。

仔细一看，原来这两首诗这么雷同啊！40个字里面，竟有18个相同，将近半数。

那么，会不会本来就是同一首诗，在流传过程中产生了讹误呢？也不太可能。一般的传抄讹误都只占极小比例，不会40个字里面错22个。

两首诗是同一个人写的，也不能说是抄袭。

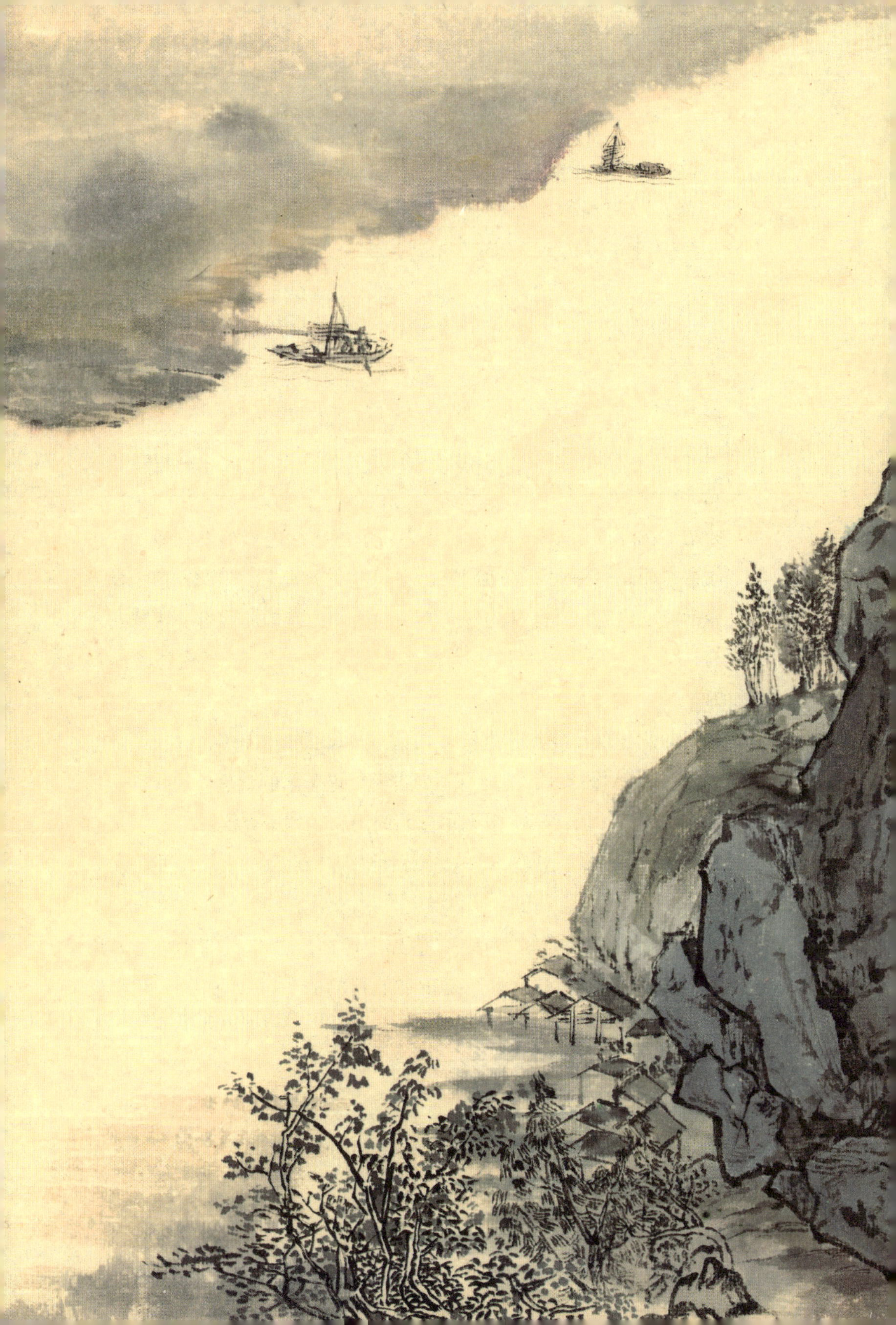

学者们推测，可能是王湾先写了《江南意》，流传开来之后，自己又大幅修改，只保留了原作最精华的部分，另行写成了《次北固山下》。因此，也可以认为这是两个作品，而不是同一作品的两个版本。

（二）

根据语文新课标，7—9年级学生需要背诵《次北固山下》，我们就读它吧。

先说标题。

标题"次北固山下"，是说在北固山下停宿。内容却没有写如何停船、住宿，而是写一大早扬帆起航，在船上所见所想。因此，这个标题不是概括诗歌内容，而是作为一个因由，带引出诗歌的内容。跟这首诗一样有"文不对题"嫌疑的，大概还有《孔雀东南飞》《饮马长城窟行》等。

北固山位于现在的江苏省镇江市区东北部的长江南岸，三面临江。北固山现在是5A级景区，上面有不少古迹，最著名的就是孙刘联姻的甘露寺。除了王湾，历代不少文人写过北固山，比如辛弃疾就写过《永遇乐·京口北固亭怀古》《南乡子·登京口北固亭有怀》。

再说首联。

"客路青山外，行舟绿水前"："客路"即远行之路，"青山外"是说离北固山越来越远了。"行舟"是正在航行的船，"绿水前"写江水泛绿。可见江水清澈，而且有了春天的气息。但是我们要思考一下，诗人这时候能否看到江水的绿色？

然后说颔联。

"潮平两岸阔，风正一帆悬"：王湾所乘的帆船遇上了大潮，潮水平缓而有力地上涨，不断从前面涌过来，奔向船尾，江面因此显得非常宽阔；与潮水的方向相反，稳定有力的风正好沿着船的航向吹去，推着诗人的脊背，船帆兜着风，却又没有十分鼓满，稳稳当当地高悬在诗人头顶上。

有人认为"阔"不如"失"。在我看来，各有优劣。"阔"是隐约能看见两岸，凭借的大概是朦胧的星光和依稀的灯火，以及黎明前的曙光。"失"则是什么也看不见，只有潮水。后者显得更加大气磅礴，可是有点夸张过度，而且不像"阔"那样真实具体。

长江下游的江面上应该有不少船只，"数帆"可能更真实。可是，一般人只能看到自己的船是否顺风，帆挂得好不好，看别人家的船就得不到那么多细节。而且，写"数帆"，诗人好像不在现场，而是一个事不关己、无动于衷的旁观者。所以，我更喜欢"一帆"。

顺便说一句："潮平两岸阔/失"的后三个字都是仄声，这句是所谓的"三仄尾"，近体诗中不多见。

再然后说颈联。

"海日生残夜，江春入旧年"："海日"跟上文的"潮"相应，"江春"与"风"有关，所以我们先来查一下潮和风的资料，借此推算一下王湾是什么时辰出发，什么时候见到海日、江春。

这次行船的日期在岁尾，也就是农历正月初一之前，具体的时间则是早上，看到了日出。这是什么潮？镇江离长江入海口的水路有290多公里，镇江也有潮汐现象，每天都有潮（早潮）、汐（晚潮）各一次，每次涨落潮周期12小时，并且农历每月初一前后的潮头都特别高。我在写这篇文章初稿的时候，算了一下即将到来的这个除夕，丁酉年腊月三十（2018年2月15日），上海的早潮最高点大约在早上六七点，镇江大约要晚四五个小时，也就是镇江的早潮最高点可能在10点以后，这时候已经日上三竿了。但是王湾的船一直沿着长江向东南走（长江下游这个季节多数时候都是西北风三四级，风速不超过每小时28公里），他遇到涨潮、日出时，已经离镇江北固山有很大一段距离了。我又查了一下日出时间，江苏各地及上海在立春前后的日出时间在早上7:00之前，这时候正好赶上上海的潮水高位。但是王湾如果要在日出之前从镇江赶到上海，见到太阳从海上升起的话，就算是世界上最快的帆船飞剪船（Clipper），时速达到26公里，那么从镇江到上海290公里水路，他也要走11个小时。也就是说，要看到海上的日出，他必须在前一天晚上8点就从镇江出发。这就不是什么"次北固山下"了，而是不靠岸、不停船，在船上对付着睡一宿。

那么，比较合理的解释是：王湾在北固山下某处（或旅店，或船上）停下来睡了一觉，第二天凌晨就登船出发了。早上六点多钟，他看到太阳从前方辽阔的水面上冉冉升起，周围的夜色渐次消隐，新的一天到来了。

这时候，船离大海还远，看到的太阳是从江面上升起的。但是这也无妨，写成"海日"没问题，我们可以想象每天的太阳都是从大海里面初生。

下联的"江春"，一般人都理解成江上的春意。的确，前面是提到过"绿水"，不过唐朝的长江水在一年里多数时候应该都是绿水。何况王湾一大早出发时什么也看不见，太阳升起之后在茫茫大江上，也不太可能找到任何春天来临的证据。两岸的树林、草地就算已经春意萌动了吧，又因为"潮平两岸阔"，在船上肯定看不清楚。再加上，长江下游的春季，最早也得是公历2月底开始，它与"旧年"的交集太少了。

所以，"旧年还未过完，江上已有春意"，这种解释虽然很美，却未必是诗人的原意。

有学者认为：这一句应该按字面来解，"春"指的既不是春天，也不是春意，而是立春。本句的意思是：开今年之始的立春，返入于已成旧岁之去年。（洛地《王湾"江春入旧年"解说》，《文史知识》2000年第10期）我们觉得，这种说法应该是对的。因为，如果"春"指的不是立春，而是春天，那么旧岁腊月底就已经有了春意，这样的景象很常见，不值得特意写到这样的诗中，尤其不值得写到《江南意》之中。该文说，王湾在船上度过的这个夜晚，"正是某年除夕良宵，恰又是翌年的立春"。如果按这样来理解，除夕与立春相接，除夕之后，夜色阑珊，王湾在船上见到了"海日生残夜"的景象。太阳升起，象征着新的一天开始了，这一天既是新的一年开始，又刚好赶上了新的立春节气。

我查了一下资料，有如下发现：开元六年（戊午）正月初一是公元718年2月5日。因此，开元五年（丁巳）的除夕（腊月三十或二十九，不能确定）就是公元718年2月4日。按现在的历法，立春的日期一般是在公历2月4日或5日。王湾的这次旅行，有可能是发生在718年2月4日这天晚上到次日早上，这一年的立春应该就在2月5日。但是，这种推算有一定的风险：我推算除夕、新年和立春的日期，依据的是现在通行的农历（四百多年前由西洋传教士汤若望主持编撰），这种历法确定节气用的是"定气法"。至于唐朝，建国之初沿用隋朝的大业历，自开元十七年（729年）开始改用大衍历（僧一行主持编撰），无论是大业历还是大衍历，确定节气采用的是"平气法"。定气法和平气法所确定的二十四节气，只是名称相同，实际日期可能有很大的差别。所以，我们无法断定王湾写《次北固山下》的这一年立春具体是在公历的哪一天，也就无法断定这次旅行到底是在哪一年。

最后说尾联。

"乡书何处达，归雁洛阳边"：王湾是洛阳人，他要是写一封家信，当然是寄到洛阳。这个"何处",如果理解成"什么地方",跟下联来个一问一答,似乎略嫌啰唆无趣。王锳先生说这个"何处"是"何由""何以"的意思(《诗词曲语辞例释》)。唐诗中的"何处"还可以解释成别的,李白《秋浦歌》"不知明镜里,何处得秋霜"那个"何处"的意思是"何时"。

王湾这次旅行时间还是稍微早了点,大雁往北迁徙还要等到春分前后,也就是一个月以后。可见王湾并没有真写信,想象中由大雁替他捎回洛阳的那一封家书呢,也还没到投递的时候。这两句跟前六句不同,前六句每一句都是实写,这两句完全虚写。虚写一件"乡书"的事情,只是为了表明他思念家乡了。这两句跟上文的逻辑关系是什么?很可能是从"旧年"生发出来的。除夕是阖家欢聚的日子,作者此时却身处遥远的江南,为生活而奔波,想到今天既是立春,又是除夕,自然会思念家乡,思念亲人。

(三)

王湾的《次北固山下》和《江南意》两首诗中,字眼完全相同的一联,就是张说最欣赏的颈联:"海日生残夜,江春入旧年。"

看来,这也是王湾本人最得意的两句,所以他才把它写成了两首作品。

明朝胡应麟把这两句当成了盛唐写景诗句的代表。他在《诗薮》中说,盛唐的"海日生残夜,江春入旧年",中唐的"风兼残雪起,河带断冰流"(于良史《冬日野望寄李赞府》),晚唐的"鸡声茅店月,人迹板桥霜"(温庭筠《商山早行》)"皆形容景物,妙绝千古,而盛、中、晚界限崭然"。

但是陆时雍觉得这诗不怎么样,他尤其不喜欢获赞最多的颈联两句。他在《唐诗镜》中说:

"海日生残夜",略有景色。"江春入旧年",此溷(hùn,本意是指混浊)语耳。余且问:旧年景象何似?今下此语,将谓意入感慨,语病突矣。且一切物色,何处不可云"入旧年",此非一套语耶?张说手题此诗,示为楷式,缘说(yuè)平生诗好华美,一见此作,便谓雅澹,其实非也。

呵呵,不知陆时雍为什么喷王湾这首诗喷得这么亢奋,连王湾的粉丝张说也连带遭殃。

没关系,我们还是可以继续喜欢这首诗,不怕别人喷。

民间爱情长干行

李白《长干行（之一）》

骑竹马的男孩，在哪里弄青梅？男女主角什么时候开始相爱？

"长干行"三个都是多音字，作为乐府旧题，应该读为 Chánggān Xíng。"长干行"也叫"长干曲"。唐代有很多诗人写过这个题目的诗歌，《全唐诗》收了李白的二首《长干行》，但是第二首到底是谁的，现在有争议。今天我们来读第一首。

这是一首以爱情为主题的叙事诗，篇幅较长。崔颢和其他人写的同题诗也是爱情叙事诗，但都是五言四句。李白这一首，读起来更过瘾。

因为诗歌较长，我们边读边说。

> 妾发初覆额，折花门前剧。
> 郎骑竹马来，绕床弄青梅。
> 同居长干里，两小无嫌猜。

成语"青梅竹马""两小无猜"就出自李白的这首诗。诗中本来说的是两个不懂爱情的男女小屁孩天真烂漫地在一起玩耍，作为成语本来也秉承了这个意思，但是人们在使用它们的时候，却往往暗指这两个小屁孩长大了之后有事儿——相爱，乃至于成婚。更有甚者，还会以为他们俩小时候就早恋了，比如欧阳予倩的京剧《孔雀东南飞》："我与你自幼本相爱，青梅竹马两无猜。"也不能完全怪后人穿凿附会，毕竟李白诗中男女主人公后来真的成了夫妻。

　　两个小屁孩是怎么一起玩耍的呢？其实也没玩到一起去，只是在同一个地方，各自玩耍。女孩儿在家门口玩花花草草，男孩儿胯下夹一根竹子当马骑，跑到女孩这里来显摆。看女孩子不搭理他，他面子上有些挂不住，又跑到一边，绕着井栏转了一圈，还捏了捏树上的梅子——还是青的，没熟，不能吃。如此看来，他们俩还不仅仅是没有闹过矛盾（无嫌猜），而是根本就没有过交流。这也没办法，毕竟这个年龄的男孩女孩，各自的兴趣完全不一样。就这么一点青梅竹马的短暂交集，还是结婚之后说到才想起的。如此平淡无奇的事情，婚后怎么就能回想起来呢？我估计也可能因为男孩揪下了青梅，被女方家长责骂了，说不定回家又挨了自家父母的责骂，这就留下了深刻印象。当然，是大人责骂男孩，不能记女孩的仇，所以他们俩还是无嫌猜的。

　　顺便说一下这个"床"，不是睡觉的床铺，而是水井的围栏。女孩儿在门口折花、玩花，男孩儿不可能跑到人家卧室里去绕着床榻转圈，而且卧室里也没有青梅。李白《静夜思》"床前明月光"也是在井栏处赏月，而不是躺在床上望明月、思故乡。

　　　　十四为君妇，羞颜未尝开。
　　　　低头向暗壁，千唤不一回。

　　没有任何感情的基础，女孩子还情窦未开，就稀里糊涂被家长配成夫妻，婚后一年还没有什么交流。这个女主还真有点小脾气，你喉咙都

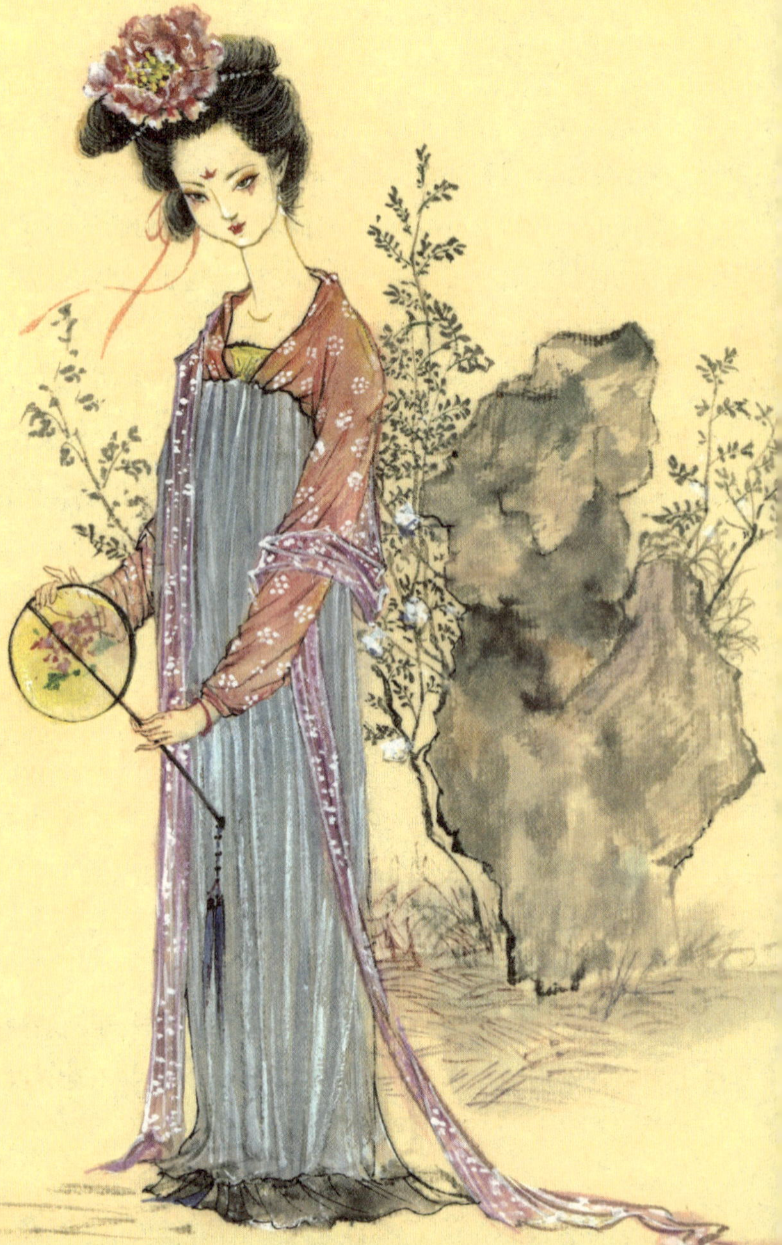

喊破了，她也不理你；另一方面，男主也真有耐心，对倔强的妻子一直态度温和、宽容大度。难怪后来女主对丈夫这么痴情。

十五始展眉，愿同尘与灰。
常存抱柱信，岂上望夫台。

男主的痴情终于感化了年幼的妻子，而这个妻子一旦被感化，就轰轰烈烈、义无反顾地爱上了丈夫，发誓要与之生死与共。丈夫也发誓要矢志不渝。于是他们俩都认为自己的前途是星辰大海，两人将会像《霍乱时期的爱情》中的男女主人公一样永生永世在一起，再也不分开。

十六君远行，瞿塘（Qútáng）滟滪堆（Yànyù Duī）。
五月不可触，猿声天上哀。

刚刚说不分开呢，转眼就分开了。这也没办法，要生活，要养家，就未免要暂时分离，此事古难全。男主去的是长江上游，女主听说瞿塘峡口的礁石滟滪堆非常凶险，船只千万不可碰触，很是担心。

门前迟行迹，一一生绿苔。
苔深不能扫，落叶秋风早。

从这几句开始，叙事的节奏一下就放慢了，前头是以年为单位，这里是按月来写。这既是诗歌内容详略安排的结果，又反映了女主期盼团圆、度日如年的心理感受。李白要是当个电影导演的话，他也能干得很漂亮。现在随着女主的视线，镜头里是男主的双脚从门前渐行渐远，化出；机位不动，青苔化入，并且青苔从短到长不停生长，直到像地毯一样周密覆盖门前的小路；然后青苔渐枯，秋风吹来，黄叶飘过……然后又是女主凝望的眼神。

　　八月蝴蝶黄，双飞西园草。
　　感此伤妾心，坐愁红颜老。

在此之后，是两只形如落叶的黄蝴蝶从门前的小路飞到了西园，它们在草地上缠绵翻飞、相亲相爱的样子吸引了女主的视线，女主触景生情，悲叹岁月流过，夫妻却天各一方。

　　早晚下三巴，预将书报家。
　　相迎不道远，直至长风沙。

终于男主有消息了，他动身回家之前先寄来了书信，只是具体的日期还不能确定。女主实在等不及了，也不嫌远，竟然跑到长风沙去迎接他。长干里在南京，长风沙在安庆，我查了一下，两地相隔大概有三百多公里。这个路程还真是不近，我估计女主也不是一开始就决定到这里来迎接的，而是一路往上游这么走着走着（也可能是坐船），不知不觉就到了这里。

所以，我估计，女主并不是打算就在长风沙这里等着丈夫来。而是不停地往上游去接他，最后到了长风沙，终于接到了，团聚了。如果李白这时候想配一首背景音乐，我推荐肯尼基（Kenny G）的《回家》（Home），而不是林志炫的《黄丝带》。

虽然是先结婚后相爱，虽然是聚少离多，虽然是草根之爱，平平淡淡，这一份爱情仍然很感人，从唐朝一直到现在。

一个和尚找茶喝

皎然《寻陆鸿渐不遇》

和尚见到了什么？他又听到了什么？

皎然和尚有一首五律《寻陆鸿渐不遇》，值得说几句。诗曰：

> 移家虽带郭，野径入桑麻。
> 近种篱边菊，秋来未著花。
> 扣门无犬吠，欲去问西家。
> 报道山中去，归来每日斜。

虽说这是律诗，可却似乎写得漫不经心——通篇没有一联对仗（不过近体诗在对仗方面要求不是太严格）。就这样却仍受人推崇，可见规矩不是用来约束最有本事的那些人的。当然，无所求的人也不受约束，因为人家根本不写诗，甚至干脆不写字。规矩只约束中间那些人。中间那些人也不是受规矩的约束，而是自我约束。

这首诗的内容也与惯常不同。

寻游不值、吃了闭门羹的主题，因为没见到想见的人、物，没得可写，往往会转而写点别的有趣内容来吸引读者，比如"满园春色关不住，一枝红杏出墙来"（叶绍翁《游园不值》），比如所访之人仙风道骨，行踪飘逸，老友来访时他却在"云深不知处"采那些神草仙药之类（贾岛《寻隐者不遇》）。

皎然的这诗呢，景物无生趣，人物也没什么灵气。"郭"是外城，"带郭"是在外城附近，大致相当于城乡接合部，所以小路边都是些桑树、麻园。主人刚搬到这里不久，房屋附近刚种下不久的菊花到了花期还懵然不开。看门狗根本就没养，或虽然养了，却不尽职守，随意脱岗。一点诗意的想象空间都没有。

诗题中的"陆鸿渐"，就是茶圣陆羽，他是皎然和尚的朋友。陆羽进山去还能做什么？无非是在他自己的一亩三分茶园里，辛辛苦苦采点秋季的老茶叶。这种茶叶，叶片大小不一，味道苦涩，跟春茶有云泥之别，劳苦大众喝来解渴还可以，高人逸士养生修道，是看不上它的。能够有秋茶可采，这还算是相对轻松的。由于陆羽是刚刚搬家到城边上，他家附近山上的茶园多半还没开始种茶，他每天早出晚归，很可能是在斩草择石，开垦荒地，那就更是辛苦。这茶园的所在，也没有松风白云晚霞归鸟之类可以渲染的地方，作者只好强调陆羽回家很晚。可是，这只是说明了陆先生采茶、开荒笨拙而又卖力而已，而且每天回家时间固定，让人怀疑他还有点死板，一点都没有养道修仙之人的潇洒自在。而且这陆先生住的地方很尴尬，既享受不到城里的繁华，又没有乡下的幽静。街坊们虽然接触时间不长，却已经互相知根知底，可见大家都是见面熟，经常互相交换一些家长里短的信息，一点神秘感都没有，就算身上有一些高雅的气质，也早就被左邻右舍盎然的烟火气掩盖了。

这首诗所写，简直是一幅活生生的市井生活画面，好忙、好乱、好热闹！

不良少年从军记

李颀《古意》

一个不良少年,能成为一个好军官吗?这首诗到底想表达什么?

在李白和王维之间,究竟发生了什么?很多人在猜测。

他们俩同一年出生(701年),都活过了60岁,前后脚去世(王维761年,李白762年),生前都是诗坛大腕,结交了很多共同的朋友。按说,这两人总该能见面认识,敬个礼、握握手、吃顿饭、喝杯酒,这些事总该有吧。可是竟然真没有,似乎互为对方眼里的空气。于是大家猜测他俩之间到底发生了什么事。

跟他俩同时代的另一个诗人李颀,也有一些蹊跷。

李颀的名气没那么大,他到底哪年出生、哪年去世,都不清楚。只知道他跟王维是朋友。蹊跷的是,李颀也跟王维一样,和李白没有任何交集。

这个李颀的诗歌也有蹊跷之处。

《唐诗三百首》的编者孙洙比较喜欢李颀,选了他7首作品。在我看来,《送魏万之京》写得非常好,其余6首都有一些瑕疵,有的甚至问题较大。

今天想说的是李颀的七言古诗《古意》。诗曰:

男儿事长征,
少小幽燕客。
赌胜马蹄下,
由来轻七尺。
杀人莫敢前,
须如猬毛磔(zhé,张开)。
黄云陇底白云飞,
未得报恩不得归。
辽东小妇年十五,
惯弹琵琶解歌舞。
今为羌笛出塞声,
使我三军泪如雨。

　　这首诗一共12句,可以分为两部分,各6句,前后从形式到内容都比较错杂。前6句每句5字,押入声"陌"韵;后6句每句7字,又可再分为两部分:先是2句平声"微"韵,后4句换成上声"麌"韵。这在形式上就给人一种紧张仓促、深一脚浅一脚的感觉,而且是忽松、忽紧,然后又松了下来——整个就是心律不齐的症状。

　　内容上,前一部分的叙事条理比较清楚,后一部分就好像收音机突然串了台,东一句西一句,成了一堆碎肉,提溜不起来。

　　尽管是一堆碎肉,我们还是要想办法把它灌成香肠,然后尝尝它的味道如何。

　　前6句是一个远征军人回顾与青春有关的日子。这人生长在当时的北部边境,可能有一部分少数民族血统。他会骑马、爱逞强、不怕死,看起来有点勇猛，实际上是没有教养，因为他动不动就吹胡子瞪眼睛地要杀人，搞得小伙伴们都不敢跟他硬碰硬。当然，把这个幽燕客写成一个如此顽劣的潜在杀人犯，恐怕也有虚张声势的成分。跟李白《侠客行》所说的"十步杀一人"一样，都是文人对于黑帮成员的凭空想象，让人误以为唐朝就没个王法，随便杀个把人都不用担心"朝阳群众"举报和"邢捕头"捉拿。李白还好点，他笔下的侠客杀人之后还知道跑路："事了拂衣去，深藏身与名。"李颀写的这个男主只说杀人，没说杀完人之后怎么收场，所以我估计他只是以杀人来威胁对手，并没有真的行凶。

到了后6句，这个正朝着监狱的方向阔步前进的问题少年莫名其妙地就参军入伍了，而且据说他还执意要报答皇恩。难道有大人物罩着他，到部队去漂白身份？可是这么一个底层的混混哪有结识上层的途径。

这里得说一说"黄云陇底白云飞"是什么意思了。"陇"既可泛指山，又可特指陕西、甘肃交界处的陇山，我们暂且当成边疆战场上的某座山，陇底则指山脚。那么问题来了，在同一个诗句里面，前头说黄云，后头又改说白云，到底是几个意思？有人解释说，战场上是黄云，老家是白云。我不太相信这个说法，句中又没说家乡。我猜想这可能是一种较为独特的小气候，本来是蓝天白云、一片祥和，可是突然间万马奔腾，两军交战，就变成了这样一幅图景：低处黄土飞扬、烟尘弥漫，高处依然是碧空如洗、白云飘飞。现在虽说不是战争时期，但是我们还是能见到这种图景。有位援疆干部在新疆和田县就碰巧拍到了这样的照片，底层是沙尘暴的"黄云"，高层是清清爽爽的白云。

诗歌的男主角既然参军了，就老实在部队待着吧，尽管条件艰苦一点，总还是有立功报恩的机会。这样想想还是不错的，所以他就有了奋斗的动力，还貌似立下了"不立功就不回家乡"的誓言。按说，尽管有前科，改了还是好同志，浪子回头金不换嘛，故事也应该照着这个正能量的脉络往下发展了。可是，让我们意想不到的是，这位男主，"报恩"的誓言还没落地，就喜欢上了一个从辽东来的神秘的年轻女艺人。艺人整天在帐中吹拉弹唱，歌舞升平。推想下来，男主此时应该已是个军官，否则男主角跟作为军官专享的艺人就拉不上什么关系了。比诗歌形式更蹊跷的是，一个有暴力犯罪倾向的小青年混入军队，寸功未立，怎么就当上军官了，而且看来位置不低，能专享艺人？

最后两句看似在描写军人情怀，实际上很像是在举报这位任性军官。为何这么说呢？须知唐朝没有扩音设备，一个小姑娘在司令部吹吹笛子，哪能让营地的三军将士都听到。就算都听到，那些士兵也不可能全都懂得欣赏音乐。实际情形很可能是：士兵宿舍里，有人传了军官的谣，比如贪恋女色，以权谋私，靡靡之音，瓦解军心，等等。然后，底层士兵都想不通：凭什么让我们出生入死来保护你们这些醉生梦死的军官啊？群情激愤，有一两个脆弱的娃娃兵率先哭了起来，嗓门还特别大，于是乎就传染给所有人了。整个营地哭声震天，战士们哭天抹泪，军心严重不稳。

诗歌写到这里，就彻底没了方向感，我们闹不清李颀对这位男主角到底是什么态度，他到底是想塑造一个什么样的军人形象，在这12句里面他究竟是想表达些什么。让我说，这首诗根本就不该选入《唐诗三百首》，你哪怕是换成李白的《侠客行》也要好一点。

忍见贾岛双泪流

贾岛《题诗后》

贾岛真的只有这个水平吗？《题诗后》莫非不是他写的？

贾岛是中唐著名诗人，有一首流传很广的绝句据说是他写的，名叫《题诗后》。诗曰：

> 二句三年得，一吟双泪流。
> 知音如不赏，归卧故山秋。

写得如此漫长、辛酸、踌躇满志却又忐忑不安，到底是哪两句？原来是《送无可上人》中的两句："独行潭底影，数息树边身。"

这两句诗中的几个词要解释一下。"独行"指独自经行。经行，指佛教徒以旋回往复某地的方式来修行。"数息"也是佛教徒的一种修行方式，指打坐时数算自己的鼻息次数（从一到十反复），以此集中心神。（张晶红《贾岛〈送无可上人〉诗意辨正》，《南京师大文学院学报》2015年第3期）

这两句描写了僧人"无可"（贾岛的堂弟）的日常生活。难道其中有什么特别精妙之处吗？大家都不很理解。北宋魏泰说："不知此二句有何难道，至于三年始成而一吟泪下也？"明代王世贞也表达了类似的意思。他俩当然不算贾岛的知音。但那些知音也没说清楚。元代方回只说这是"绝唱"。清代纪晓岚说："初读似率易，细玩之，果有雅致。"还有一些知音则不相信贾岛这两句写得这么艰苦。比如明代谢榛夸了"词意闲雅"之后却说"必偶然得之"，清代施闰章也说"心目间偶得之"。

我曾写了一篇文章，很不厚道地批评贾岛的《题诗后》。主要说的是：1.贾岛的劳动效率太低；2.他对自己的创作水平及鉴赏水平缺乏自信；3.他用"知音"称号绑架读者，逼读者表态，以"归卧"来要挟读者，这种态度不好。

现在我想给贾岛平反，并且向贾岛表达歉意。因为，《题诗后》很可能不是贾岛写的。

首先，《送无可上人》那首诗，是送别诗，必须当场写出来。无可上人不可能干等几年，一直等到贾岛把这首诗推敲完了再走。事实上，无可上人只是去越州（今浙江绍兴）当住持，两年之后就回到了长安。

其次，"独行潭底影，数息树边身"这两句不能代表贾岛的最高水平。贾岛是一位优秀诗人，有不少名篇、佳句。比如《剑客》（参见本书《侠客不行（下）》）、《寻隐者不遇》、《题李凝幽居》（"推敲"的故事就来自这首诗）、《忆江上吴处士》（"秋风生渭水，落叶满长安"是其中的名句），等等。这些名篇或佳句，都比《送无可上人》中的那两句强，贾岛不可能独推那两句。

第三，那两句不太可能是贾岛这位"苦吟诗人"写得最辛苦的诗句。谢榛、施闰章已经断言这两句不是苦吟的结果，我同意他们的观点，还想补充证据。在送别无可上人之前，贾岛至少曾当过十多年和尚。对于僧侣生活，包括经行、数息等内容，他十分熟悉，以此入诗没什么难度。"树边身"三字也很平常，唯有"潭底影"有些新意。但也只不过是改变了一下观察角度，用潭水中的人影来转指水边的真人而已。这点创新，难度并不高，对于四十多岁的老诗人贾岛来说，完全不必花三年的时间来磋磨。

第四，《题诗后》这首诗最早见于北宋魏泰的《临汉隐居诗话》，此时距贾岛去世已经两百多年。《送无可上人》早就被收录于贾岛的《长江集》，作为该诗之自注的《题诗后》却没一同面世，而是过了两百多年才被魏泰发现，很是不可思议。

上面第四条是最大的疑点。据历史资料记载，魏泰的人品极差。年轻时不学好，竟然在考场上毒打主考官，差点闹出人命。壮年后倒是读了不少书，却成了一个伶牙俐齿的毒舌狂人。也写了几本书，可是书中所记录的事情常常是假的。有时候还署别人的名字，方便他在书中诋毁他人。老了以后，他又仗着自己是高官的小舅子，横行乡里，成为襄阳"一害"。这么一个不靠谱的人，突然拿出这么一首莫名其妙的作品安到贾岛头上，目的只是嘲笑贾岛"不自知"，此事殊为可疑。

所以，我推测：《题诗后》多半不是贾岛的作品，而是魏泰杜撰出来的。

鄙视一下孟东野

孟郊《列女操》

我们为什么要鄙视孟郊？这首诗有哪些问题？

《唐诗三百首》里面，思想内容最不符合现代社会主流价值观的，就是孟郊（字东野）的《列女操》了。我们读到这首诗，应该严重地鄙视一下作者。

这是一首五言古诗（乐府），诗曰：

> 梧桐相待老，鸳鸯会双死。
> 贞妇贵殉夫，舍生亦如此。
> 波澜誓不起，妾心古井水。

诗一开头就有错。所谓"梧桐相待老"，依据的是一种不知哪儿来的说法：梧桐树分雄雌，雄曰梧，雌曰桐，两棵树并列而生，相伴到老。

这纯粹是胡说。

我们都知道，有些树分公母，也就是所谓的"雌雄异株"。比如银杏，雄的银杏树开雄花，只提供精子，不结果实；雌银杏树开雌花，受精后能结出银杏果。至于梧桐树呢，它的花分公母（单性花），但雄花、雌花都开在同一棵植株上，属于"雌雄同株"。梧桐并不是一种罕见树种，稍有生活经验的人都能发现每一棵梧桐树上都能结出果实（梧桐树的果实裂开后能看到几粒种子，晒干后能入药，就是所谓的"梧桐子"），这跟银杏完全不同。孟郊出身贫寒，大半辈子生活困顿，乡野生活他自然十分熟悉，老乡们房前屋后种的梧桐树他想必没少见过、爬过，甚至在格物致知的时候可能还"格"过。瞪着眼睛说什么"梧桐相待老"，很不严谨务实。

其实就算银杏树，也不存在"相待老"的问题。如果你想吃白果——也就是银杏的果实，在自留地里栽下了两棵小银杏树苗，多年之后，你很可能什么果子都吃不到。因为谁都无法保证这两棵树苗一定是一公一母，双雄或双雌将会颗粒无收。为了保险起见，人们往往会一次栽很多棵，等它们长大之后，按照概率，这片银杏树林里面多半会既有公又有母，它们自然会开花、授粉，然后结出果实来。如果把它们与人类类比，它们实行的是群婚制，这就跟作者想要表彰的"相待老"的夫妻感情扯不上关系了。

第二句"鸳鸯会双死"的意思是：鸳鸯总是两只一起死。鸳鸯是著名的一夫一妻制的水鸟，雄的叫鸳、雌的叫鸯。它们总是公母成对、双宿双飞，很容易让人联想到如胶似漆的恩爱夫妻。根据传说，如果一对鸳鸯中的任何一只不幸亡故，另一只也会死掉。西晋的知识分子崔豹在他的专著《古今注》（说是专著，其实只有一万来字的篇幅）里面就作了这样的记录："鸳鸯：水鸟，凫类也。雌雄未尝相离，人得其一，则一思而至死，故曰匹鸟。"鸳鸯也会殉情，这多半是想当然。人们没见到落单的鸳鸯，并不代表丧偶的那一只鸳鸯一定过不去那道坎儿，寻了短见——从来没人见过"思而至死"的鸳鸯到底是怎么思、怎么死的。

按我说，它完全可能是丧偶之后马上再婚，让你根本没机会看到鳏寡鸳鸯。

说到这里我想顺便绕到一边，说一下汉语名词中的性别问题。我们知道汉语名词没有"阴性""阳性"这样的范畴，可是很多两个字的动物名字被人们拆分开，说前一个字是雄性的，后一个字是雌性的。比如凤凰，雄者为凤，雌者为凰。还有麒麟、貔貅也是这样。这都是传说中的动物，实际存在的动物大概只有鸳鸯。一些人依此类推，竟然把这种区分法扩展到了梧桐，简直有些不讲理。你既然这么推，干吗不先多推几种动物？比如鹧鸪，你说雄为鹧，雌为鸪，似乎还有点道理。再如杜鹃、鹦鹉、猞猁、骆驼、蚯蚓、蜈蚣。当然熊猫不能这么推，因为熊和猫是两种完全不同的动物，不能配成夫妻，它们跟熊猫也没有任何关系。要是开了推广到植物的先例，就会有很多荒唐的结果。比如有人会说：枇杷者，雄为枇，雌为杷。还有芙蓉、苜蓿、荆棘、苔藓……

回到诗歌上来吧。第三、四两句"贞妇贵殉夫，舍生亦如此"是说：贞洁的妇女崇尚殉夫，她们主动舍弃生命，也跟梧桐和鸳鸯一样。这两句玩弄了一个骗术：你前面说梧桐、鸳鸯的时候，是说它们公母互殉，地位平等；现在说到人了，就变成对妇女的单方面要求了。一步没盯紧，就偷梁换柱，这种做法很不地道。这是我们鄙视孟郊的一个重要理由。

关于殉夫，我们还想说几句。所谓殉夫，指的是丈夫死后，妻子自杀以追随亡夫。这是男权社会对妇女的一种变态的道德要求，在明清两朝被广泛提倡。而唐朝是婚姻观念比较开放的朝代，妇女离婚、再嫁都是司空见惯，尽管《新唐书》《旧唐书》都含有"列女传"，但是殉夫的还是比较少见。孟郊如此高调地提倡殉夫，往轻了说是借此抬高自己的道德地位，达到吸眼球、收膝盖之功效，往重了说则是歧视女性，漠视生命，心理变态。公元814年，63岁的孟郊带着夫人去投奔老朋友郑余庆，走到半路上忽然得了病，很快就死了，他的夫人并没有为他而自杀。这个结果，恐怕是孟郊不愿意接受的，可是这也由不得他了。

　　诗歌第五、六两句"波澜誓不起，妾心古井水"是以贞妇的口吻来表态：我发誓，我的心就像古井里的水一样，决不会起波浪。这两句也有问题。首先，前面刚刚说好了要殉夫，要舍生，现在又说也可以不死，只要不胡思乱想，坚决为夫守节就行了。这不是主动打折、降低要求了吗？那前面两句殉夫舍生的说法到底还算不算数？其次，如果真有这样的"贞妇"，想必是哭着喊着要做一个贞妇，谁都拦不住她，那么她就没必要发誓。因为，誓言都是借助外力来约束自己的，是缺乏积极性、主动性、自觉性的表现。第三，孟郊想象出来的这个贞妇，她到底是对谁发誓来着？如果是对即将撒手人寰的丈夫，那么这个誓言恐怕难以让他相信，而只能姑妄言之，姑妄听之，反正也没法监督执行。如果是对守寡时以言语撩拨她的男人来发誓，表明自己将守身如玉，那么，这个反对性骚扰的态度值得肯定，可是，这样的思想内容，真有必要写成一首道德诗歌吗？看似毅然决然、斩钉截铁的一句誓言，却暴露了这么多难以自圆其说的漏洞，这也是我们鄙视孟郊的理由。

小心驶得万年船

高适《送李少府贬峡中王少府贬长沙》

高适为什么能当干部？他的送别诗里写了些什么？

唐代很多诗人都当过官，或者反过来说也行：唐代很多官员都写过诗。当官有风险，容易遭到同僚倾轧，如果谨言慎行，可能会好一些。可是写诗又容易让人轻狂，一不小心就祸从口出、祸生笔端，得罪同僚，或者直接开罪圣上。所以唐代那些当官的诗人基本都有因言论而贬官、罢官的经历。好在官员们只要不犯谋逆大罪，一般过个三年两载就会蒙恩起复。毕竟人才难得，唐朝的皇上对文官也大都比较仁慈。

那时候的迁客骚人，被贬谪临出发之前一般都会有亲友来送行，说些体己话，写些赠别诗。赠别诗的格调有高有低，高适的算是最高的了。比如《别董大二首》中的这一首：

千里黄云白日曛，
北风吹雁雪纷纷。
莫愁前路无知己，
天下谁人不识君。

文字中洋溢着乐观主义精神，常被称赞为豪迈豁达、胸襟开阔。最重要的是，里面一句牢骚话都没有，跟其他人有所不同。由此看来，格调高其实是思想水平高。

但是这个思想水平高到一定程度，就有些不近人情，不讲"人性"了。比如说，高适还写过一首七言律诗《送李少府贬峡中王少府贬长沙》，被蘅塘退士编入了《唐诗三百首》，是这样写的：

> 嗟君此别意何如，
> 驻马衔杯问谪居。
> 巫峡啼猿数行泪，
> 衡阳归雁几封书。
> 青枫江上秋帆远，
> 白帝城边古木疏。
> 圣代即今多雨露，
> 暂时分手莫踌躇。

首先，对于犯过错误的同志和朋友，你这么惜字如金，每人才送半首诗，不肯多说一句亲热的话，是不是为了坚守政治立场，以免受到犯了错误的朋友牵连？

其次，因为同时写给两个人，诗人就需要在文字中找平衡，不肯怠慢其中的任何一个，也不愿意与任何一个显得更亲热。颔联、颈联的两组对偶句，李一句、王一句，王一句、李一句，两人平分，而且次序交替。看起来四平八稳，无偏无斜，实际上处心积虑，也够累的。

第三，最重要的是，最后两句安慰两位失意人，竟然是通过赞颂圣上来实现的：你们二位走就走吧，别犹豫了，皇上肯定会开恩赦免你们的。这话说得，简直是太政治正确了，既安慰了当事人，又拍了最高领导的马屁，方方面面应该都很开心。但是且慢，作者的圆滑世故、八面玲珑，在这里稍稍露出了一点破绽。我估计当事人和领导如果看出这个破绽，都会生高适的气。你看，拍领导马屁，其实是在绑架领导：皇上您要是不把李、王二位弄回来，那您就不圣明，就不是广施雨露，惠泽天下了。安慰当事人，也是在借花献佛，自己一分钱成本都没花：你们的前途是光明的，但万一不那么光明，你们可别怪我，要怪就怪皇上。真是够鸡贼的。

看看，这诗写得，很不地道吧？

当然，我上面的分析，最后几句算是在吹毛求疵。但整个来说，这首诗不真诚。看起来面面俱到，实际上没有一句是知心话。场面上可以说的都说到了，不可以说的一个字都没说。临别赠言当中，这也算是一种典范吧。

高适这人，没什么敌人，但我估计也不会有太多的真朋友。难怪《旧唐书》和《唐诗别裁集》都说，唐朝那些诗人当中，当官最顺、混得最好的，只有高适一个。高适字"达夫"，这还真配得上他的境遇。

清明时节好尴尬

杜牧《清明》

《清明》是杜牧的作品吗？它有哪些优缺点？

(一)

清明是一个尴尬的日子。

它本来只是二十四节气之一，并不比其他节气更值得庆祝。大约从宋代开始，清明逐渐成了一个节日。之所以成为节日，不是它本身有什么特殊之处，而是跟"寒食节"合并了。寒食节在冬至之后105天，而清明通常是在冬至之后104—108天，两个日子距离太近，先后次序不固定，有时候还可能重合，推算起来太麻烦。所以，二者合并，能够避免普通群众犯糊涂。

寒食与清明，最初是有不同的主题。

相传，寒食节是晋公子重耳为了纪念手下人介子推而设立。介子推对重耳忠心耿耿，甚至把自己腿上的肉割下来给落难的重耳吃。可是后来却被重耳遗忘，经人提醒后想起来了，打算封赏介子推时，态度又不够尊重，介子推一气之下躲进了山林里。没心没肺的重耳被人教唆，放了一把火把山林烧了，以为能把介子推逼出来。没想到后者坚决不出来，结果和他的老母亲一起被活活烧死（我觉得不能怪介子推死心眼儿，他哪知道重耳放这么大的火是真诚邀请他出山接受表彰封赏，还是要从肉体上消灭他？）。重耳于是设立了寒食节这么一个节日，每年这时候不许老百姓烧火做饭，并且让大家都去墓地祭奠亡故的亲人。

明明是重耳这个昏王自己犯了错误，应该由他自己（还有那些出馊主意的手下）绝食、悔罪的，没理由让老百姓陪绑。所以老百姓过寒食节也不是太严肃，除了扫墓、祭奠，顺带也在春天刚发芽的草地上吃凉菜、喝冷酒、看帅哥美女，很多人甚至兴高采烈、心里暖洋洋的。发展到了唐朝，高宗李治看到老百姓越来越没出息了，忍无可忍之下，下了一道诏书，非常严肃地说："……或寒食上墓，复为欢乐，坐对松槚，曾无戚容。既玷风猷，并宜禁断。"意思就是要坚决刹住这股歪风。当然，我们知道底层百姓不太听这一套。

其实唐朝的老百姓够幸福了，他们有专门的日子踏青、郊游，具体活动内容丰富多彩，包括拔河、蹴鞠、斗鸡、赛马、野餐、打望等等，不一而足。这个专门的快乐日子就是清明。那时候，清明被老百姓过成了节日。都已经这么幸福了，还不肯放过寒食节，非要在寒食节里也像清明一样开心，真的有点得寸进尺了。其结果就是，到现在我们只剩下了一个凄清寒冷、不宜欢乐的清明节。

我们现在的清明节是这样的：

清明时节雨纷纷，
路上行人欲断魂。
借问酒家何处有，
牧童遥指杏花村。

这首诗，很多人认为是唐朝杜牧写的。但是上面说了，据考证，唐朝的清明时节没有任何理由让人"欲断魂"——欲断魂的意思，是说灵魂快要离开肉体了，这是形容人极度悲伤。这看起来很奇怪。

其实也不奇怪。因为，据专家研究，这首诗根本不是杜牧写的，它是一首伪唐诗。

可是，人民是多么热爱这首诗啊！孩子们从小就学会背诵，每到清明总有人吟诵它，画家们给它配了诗意画，书法家把它写成了条幅。上个世纪末，香港回归之前，市民还把它评选为"十佳唐诗"的第二名，仅次于孟郊的《游子吟》。

好尴尬。

（二）

除了作者问题，《清明》这首诗的形式和内容也很尴尬。有人喜欢得不得了，也有人对它颇有微词。

我们来看看它收到了哪些差评。

第一，语言啰唆。既然写的是清明这个明确的日子，"时节"就该删掉。"行人"自然是在路上，"路上"二字就不必保留。后面的"借问"其实也属多余。后世读者之所以敢动手修改它，主要跟它的这个缺点有关。没人能改杜牧的《赤壁》《江南春》《泊秦淮》吧？因为少了一个字都不行。

第二，内容矛盾。诗歌所表现的内心感情走了两个相反的极端。一个极端是悲伤不禁，以至于"欲断魂"，是因为行人离家，难以团聚。另一个极端是赏心悦目，因为有开满杏花的村庄。悲喜两个极端之间，是两可的雨和酒。先说雨。春雨一般都惹人怜爱，使人心波荡漾，例如

"沾衣欲湿杏花雨"（志南《绝句（古木阴中系短篷）》）；春雨又常使人惆怅伤感，无可奈何，例如"无边丝雨细如愁"（秦观《浣溪沙·漠漠轻寒上小楼》）。再说酒。人们开心如意的时候要喝，例如"白日放歌须纵酒"（杜甫《闻官军收河南河北》）；悲伤难过的时候也要喝，例如"午醉醒来愁未醒"（张先《天仙子·水调数声持酒听》）。

第三，格调不高。远行之人如果情绪低落，一般都独自饮恨，"寒灯思旧事"（杜牧《旅宿》），不会漫山遍野找酒家买醉。就算找地方喝酒，也应该自己闷头寻觅，不会在路上逮着一个不认识的放牛娃问路。就算要跟他问路，也不宜直接打听哪里有酒家，毕竟在孩子面前暴露出酒鬼的面目，是很不光彩的事情。好吧，就算这些都没问题，你在乡间小道上跟一个牧童问路，哪里犯得着文绉绉地使用"借问"这么庄重的礼貌用语？倒显得自己不懂世故，跟孔乙己一样迂腐可笑。

至少基于以上三点，让人怀疑《清明》的真正作者不是杜牧。

当然，学者们提出这个怀疑，还有更加过硬的理由。那就是，杜牧身后，由他外甥编辑的二十卷《樊川文集》中没有这首诗。北宋人搜罗杜牧遗诗，标准极为宽松，甚至混入了很多他人作品，编为《樊川别集》《樊川外集》各一卷，其中也没有收入《清明》。最早收录这首诗的，是南宋类书《锦绣万花谷》。当时这首诗的题目叫《杏花村》，未署作者。学者根据《锦绣万花谷》的成书年代以及其他史料，判定此诗可能产生于宋孝宗十五年后至理宗年间。可能是一位民间诗人所作，伪托唐诗。到南宋末年《分门纂类唐宋时贤千家诗选》中，这首诗才改题《清明》，署名杜牧。（卞东波《〈清明〉是杜牧所作吗？》，《文史知识》2006年第4期，第28—31页）。

此后，这本书被同朝的谢枋得大刀阔斧地删减，最后编成了一本儿童通俗读物《千家诗》，其中保留了署名杜牧的《清明》，此诗遂广为人知。清朝康熙年间编定的《全唐诗》没有收录此诗，可见该书编者对这首诗的态度与谢枋得不同。

（三）

关于《清明》这首诗，有个有趣的话题：从古到今，各种好事者、吃瓜群众、搞恶作剧的人你一拳、我一脚，对它进行了各种改写。改写者中，有些人态度还很严肃，另外一些就比较过分，甚至还有一些人非常轻佻，令人发指。

我们挑一些来说吧。

有人改成了三言诗：

清明节，雨纷纷。
路上人，欲断魂。
问酒家，何处有？
牧童指，杏花村。

还有四言的：

清明雨纷，路人断魂。
酒家何处？遥指杏村。

这个四言版缺点比较突出，因为遗漏了很多重要信息，还违背了原意。比如"行人"（离家远行的人）不等于"路人"（过路人，或者陌生人），"欲断魂"不等于"断魂"。这个改编者板斧抡得猛了一点，把无辜的路人甲给砍死了（断魂）。后面的牧童失踪了，杏花凋谢了。还好，还有杏儿。

五言的：

> 清明时节雨，欲断路人魂。
> 酒家何处有？遥指杏花村。

这个版本貌似很强大，像一首五言绝句。实际上不是，因为"家""处""指""花"几个字的平仄不合要求。另外，"行人"同样被误改成了"路人"（估计他是由"路上行人"简缩而来），牧童也有被拐卖的嫌疑。只是杏花还好端端地开着。

六言：

> 清明时节雨纷，
> 路上行人断魂。
> 借问酒家何处？
> 牧童遥指杏村。

如果说四言、五言两种版本的水平是半斤八两，那么六言版就是二百五十克。

还有一种杂言版：

> 清明时节雨，纷纷路上行人，欲断魂。
> 借问酒家何处？有牧童遥指，杏花村。

有人说这是一首词,不过我没查到它的词牌。如果什么词牌都套不上,应该算是"自度曲"。

下面这个杂言版,据说也是词,词牌是《南乡子》:

> 清明时节,雨落纷纷,
> 断魂人借问,酒家何处寻?
> 牧童遥指,不远杏花村。

我查了一下《南乡子》的词牌,跟上面这个版本简直是驴唇不对马嘴。不仅平仄不合,甚至连各句字数分布都不一样。

现代人脑洞开得更大。有人把《清明》改编成了一个独幕剧剧本。

> 时间:清明时节。
> 地点:路上。
> 场景:雨纷纷。
> 人物:行人,牧童。
> 开幕——
> 行人:(欲断魂)借问酒家何处有?
> 牧童:(遥指)杏花村。
> ——闭幕

我很喜欢这个剧本。它尽量完整、准确地保留了原诗的信息,而且的确像一个微型的剧本。这莫非是我们所能见到的最短的独幕剧剧本了?为了回答我自己的问题,我试着编了一个比它更短的剧本——

时间：无。

地点：无。

场景：无。

人物：张无忌，欧阳锋。

开幕——

张无忌：（对欧阳锋）黄药师呢？

——闭幕

剧中人物都是金庸小说中的人物。张无忌是"无"，他向"西毒"欧阳锋打听"东邪"黄药师，这个剧本的名字就叫《无问西东》。

时代洪流滚滚向前，篡改《清明》的事业一直都与时俱进。21世纪的年轻人把它改编成了RAP：

清明时节雨

纷纷

路上

行人欲断魂

借问

酒家何处

有牧童遥指

杏花村

节奏非常好，如果由GAI（周延）唱出来，应该很好听。可惜《清明》原作只有28个字，改编出来之后一般也都不好意思抻得太长。而RAP通常都是废话比较多，所以上面这个RAP版的歌词有点让歌手施展不开。

（四）

《清明》一诗的有些粉丝，听说这首诗不是杜牧写的，还有这样那样的缺点，他们的内心是崩溃的。这很正常，就跟许仙见到白娘子喝了雄黄酒之后变成一条大白蛇一样，惊慌错愕是难免的。

但是许仙并没有跟白娘子一刀两断。等回过神来，他便一如既往地爱她。毕竟，她有那么多优点：聪明，美丽，痴情，本事大，还给他生了一个儿子。

《清明》一诗也有很多优点，普通群众不妨继续喜欢它。

第一，明白如话。不看注解就能懂，让人有"一见如故"的感觉。人们争先恐后地改写这首诗，其实也说明它符合大众口味，人们跟它特别亲近。

第二，朗朗上口。这就带来两个结果：一是容易记住，很多人读小学时就会背诵它了；二是读起来很好听，所以我们经常在正式或非正式场合听到人们朗诵它，使我们对它更加熟悉。

第三，内容丰富。只有4句28个字，却写到了很多领域、很多具体的元素：人物、场所、节令、天气、心理状态，还有一些不在现场的元素：村庄、杏花、酒家。那个全篇核心、像《盗梦空间》里面的陀螺一样有定海神针效果的重要道具——酒，却并没有直接说出来，这是非常巧妙的处理。至于为什么要喝酒，喝酒之后会怎么样，这完全是作者和读者之间的一个默契。

第四，画面感强。诗歌里面有静态的布景（近景雨中路，远景杏花村），有动态的场景（雨纷纷），有人物出场时的特写（行人欲断魂），还有随后的人物对白和肢体动作（借问，遥指）。这些静止画面和连续画面，每一个都是诗意的存在。这首诗如果让宫崎骏来改编成动画片，一定会跟《天空之城》《千与千寻》一样优美。

第五，情感动人。清明的雨水，常让人平添愁绪；远行的游子，节日里总会心绪不宁；无论扫墓还是踏青，都让不能参与其中的人倍感落寞；杏花烟雨，往往勾起人的家国之思；碌碌风尘中的酒家之问，更是显得潦倒困顿，楚楚可怜。牧童扬手一指，却在阴郁沉重的氛围下渲染了一抹亮色，让人略微有了一点希望。

以上五点理由，能让我们喜欢《清明》的时候显得理直气壮一些。

有些人找出了一些比较奇怪的理由来证明这首诗写得就是好。比如，为了证明这首诗的内容并不矛盾，他们把"欲断魂"解释成"乐极"，甚至是"想喝酒"，其中"断魂"是一种酒的名字。这样的解释，作为学术观点当然是有权提出，而我们普通群众也有权报以两声"呵呵"。

就我个人来说，我一方面尊重学者们辛苦劳动的成果，接受学者们对这首诗的质疑和批评，另一方面，还跟以前一样喜欢这首诗。就算没有前面总结的那五点理由，我们也可以喜欢一首诗，就跟喜欢臭豆腐、青番茄一样。没人有权嘲笑我们。

《清明》这首诗中，我第二喜欢的是"杏花村"。为此我想弄清楚这个杏花村到底指的是哪里。我的结论是："杏花村"多半指的是开着漂亮杏花的村子，而不一定是村庄的名字。

如果村子真的叫这个名字呢？也不是绝无可能。果真如此，它就应该真有杏树，并且在清明期间开着花。那么，这个村庄在哪里呢？杏是中国很常见的一种水果，花好看，果好吃，全国各地多有栽种。名叫"杏花村"的村庄，全国至少有十个，比较有名的有山西汾阳的、安徽池州的、湖北麻城的、江苏南京的等等。清明期间，江南的杏花早就过了花期，人们正忙着看满山的杜鹃花。因此，我的进一步的结论是：《清明》中写的那个杏花村，只能是在秦岭—淮河以北。

　　《清明》这首诗中，我第一喜欢的是什么？

　　只有一个字，我的朋友都是知道的。

美人赠我金错刀

王昌龄《送柴侍御》

王昌龄如何送别柴侍御？捐助抗疫物资上的留言教会我们什么？

（一）

防疫期间，几乎每天都有新的热点。前几天，来自日本的一波古典诗歌，给全国人民一梭子强烈的冲击。

那是日本人民援助中国多地的抗疫物资上印着的一些清新高雅的句子。就我所见，有这样一些：

山川异域，风月同天。

——唐高僧鉴真遗址碑记（碑上"同"原作"一"），
本次见于日本HSK事务局捐赠湖北高校物资

四海皆兄弟，谁为行路人。

——汉代诗歌《别诗四首》其一，载于《文选》，
本次见于日本道观捐赠中国道教协会物资

相知无远近，万里尚为邻。

——唐张九龄《送韦城李少府》，
本次见于日本道观捐赠中国道教协会物资

青山一道同云雨，
明月何曾是两乡。

——唐王昌龄《送柴侍御》，
本次见于舞鹤市驰援它的友好城市大连的物资

在日华人捐赠国内的物资上也印有古典诗歌，被人误以为是日本人的创意：

岂曰无衣，与子同裳。

——《诗经·秦风·无衣》，本次见于日本
湖北商会、华人华侨协会捐赠湖北物资

但日本人也的确有这样的创意，有的货物上，还有日本人原创的文字，能够以假乱真，让人误以为出自某位中国古代诗人：

辽河雪融，富山花开。
同气连枝，共盼春来。

——见于日本富山县捐赠辽宁物资

这一波文艺范、复古风的冲击，让我们这边议论纷纷。很多人心里涌上一股暖意，然后又很羞惭，觉得我们自己只会喊"武汉，不哭""中国，加油"，似乎显得像是普通青年，现在反倒让扶桑来的遣唐使给我们主办了一场"诗词大会"。

还有人惊慌失措，经脉逆行，讨论这个话题时写下了既失礼又失格的文字。结果遭到了正义群众的痛批，吓得闭口不言。

（二）

这事已经过去了好些天，热搜上已经成了冷话题。作为冷静的古诗词爱好者，现在我们可以安安静静地读这些诗了。

本文要解说盛唐诗人王昌龄的七言绝句《送柴侍御》。全诗是这样的：

> 沅水通波接武冈，
> 送君不觉有离伤。
> 青山一道同云雨，
> 明月何曾是两乡。

据考证，写这首诗时，王昌龄五十多岁，遭贬谪在龙标县当县尉，时间为天宝八年至九年间（749—750年）。龙标县在宋朝以后很长时间叫做"黔阳"，到1997年改为"洪江市"，归湖南省怀化市管辖。柴侍御的名字、生平不详，"侍御"是殿中侍御史或监察御史，大致相当于级别较低的纪检监察干部。侍御本来应该在京城上班，现在王昌龄却送他去武冈县（今湖南省武冈市，由邵阳市代管），而且看样子是要长期生活一段时间，因此他很可能也是贬了官，外放到武冈。

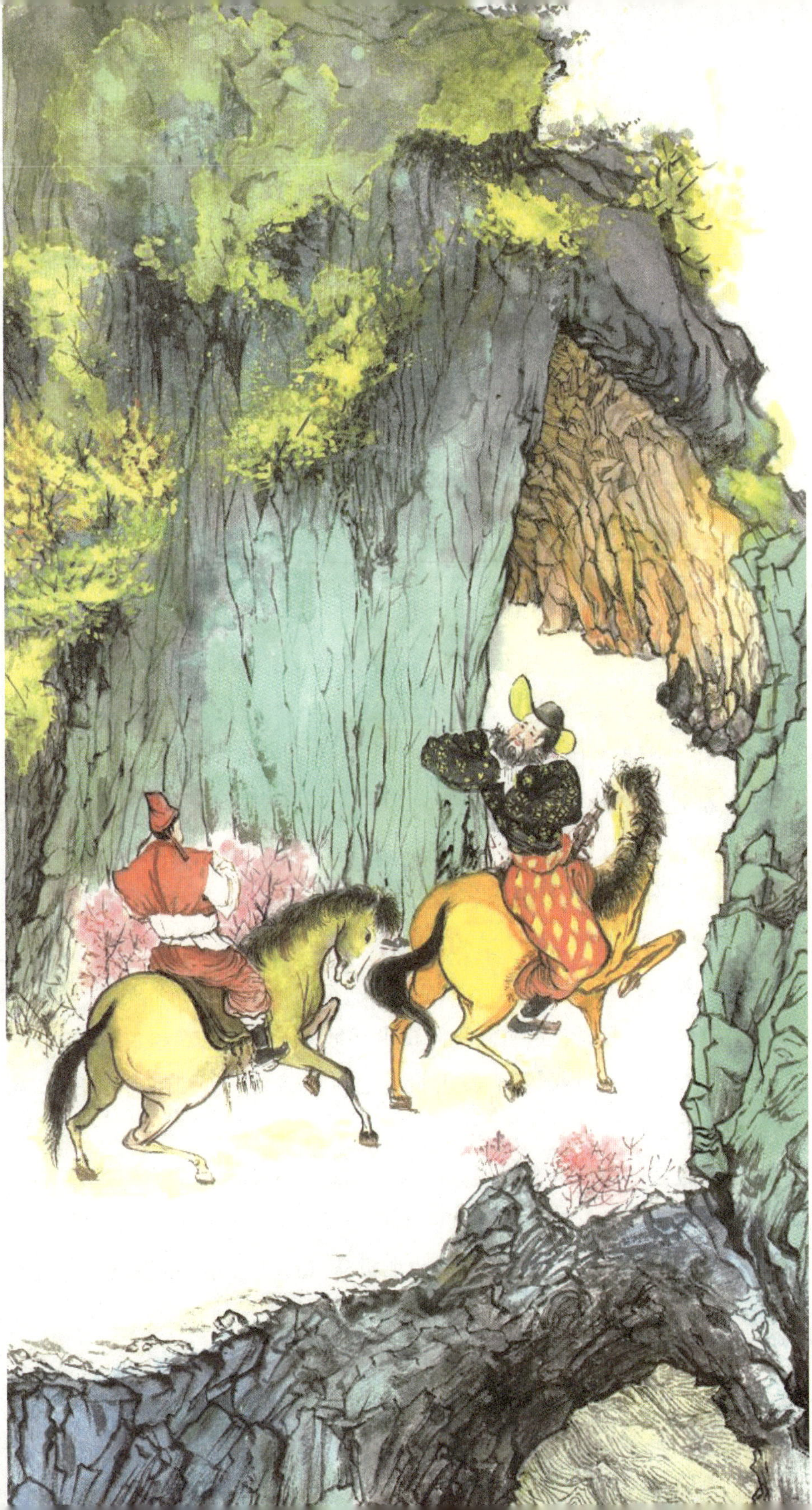

下面我们逐句来解读。

沅水通波接武冈：龙标县的县城在沅水（沅江）边上，武冈在龙标的东边，两县的直线距离大约100公里出头。送别之地，应该就在沅水岸边。王昌龄说，沅水的波浪连接着武冈，想表达的意思是你去武冈之后，我仍然与你心意相通。柴侍御有可能是坐船出发，但他却不可能一直坐船到达武冈。因为武冈属于资水流域，沅水、资水属于两条基本平行的大河，都是向北远远流入洞庭湖。

送君不觉有离伤："不觉"的不同意思，使得本句有歧义。如果把"不觉"理解成"不禁、不由得"，那么王昌龄送别柴侍御时，内心就有了离别的忧伤。如果把"不觉"理解成"没有感觉到"，那么这就是一场很轻松的送别，王昌龄丝毫没有离愁别绪。我见到一位专家取前一种理解，但我取后一种理解，因为全诗都是按照"无伤"的基调来写的。

青山一道同云雨：龙标、武冈两县，中间只相隔一道青山，两地的小气候都是共享的。这一句还是在说王、柴两人的距离不远，感情很近。当然，事实上两县中间，隔着的是梅山（现在叫雪峰山），它是沅江、资水的分水岭，是湖南省最大的山脉，其主峰苏宝顶就在两县之间，海拔将近两千米，两个县的小气候是很不一样的。

明月何曾是两乡：跟上一句的意思基本一样，是说我们身在两地能同时看到同一个月亮，这时候我们相当于是在同一个地方。

这首赠别诗，主要用于表达朋友之间的感情。感情本身淳朴、真诚，感情的表达形式清新、高雅。

诗的最后两句用同云雨、共明月来忽略、抹杀两地的物理距离，从而达到心意相通、情感一致、亲密无间的效果。这让我们想起王昌龄被贬往龙标县，李白听到消息时写的那首诗《闻王昌龄左迁龙标遥有此寄》：

杨花落尽子规啼，
闻道龙标过五溪。
我寄愁心与明月，
随风直到夜郎西。

由此看来，王昌龄拿来与柴侍御分享的这一枚月亮，原来是李白快递给他的。

现在日本友人从王昌龄、柴侍御那里把这个月亮借过去，跟救灾防疫物资一起，快递给我们。这一份情意，我们自当感谢、领受。"海上生明月，天涯共此时"，说的似乎是这个时刻。

（三）

在这次疫情中，不少国家都给我们捐赠了物资，他们的好意都是一样的值得感激和珍惜。但似乎只有来自日本的物资上面有这些诗意的文字。这大概是日本人的传统，据说高僧鉴真之所以决心东渡日本弘扬佛法，就是因为日本人捐赠给大唐僧侣的衣服上绣着这样的字样：

山川异域，风月同天。
寄诸佛子，共结来缘。

我们推测，日本人在僧袍上绣字来加好友，可能是跟唐人学的。鉴真第一次东渡，发生在天宝二年（743年）。在此之前的开元年间，就已经出现了"袍中诗"事件。

事情是这样的：开元年间（713—741年），玄宗皇帝让宫女们制作了一批绵衣（宋朝才出现"棉"字，并广泛种植棉花。唐朝的绵衣使用丝绵而不是棉花），赏赐给守边的将士。有一位士兵发现自己领到的衣服里面有一首诗，就报告了长官。我们不知道士兵是否识字，也不知道这首诗是直接写在绵衣里子上，还是另外写在纸上或布片上，藏在衣服里面。只知道长官直接把这事报告了皇帝。皇帝一看，诗是这样写的：

沙场征戍客，寒苦若为眠。
战袍经手作，知落阿谁边？
蓄意多添线，含情更著绵。
今生已过也，结取后生缘。

这首诗的风格有点像汉代民歌，内容也跟民间情歌一样大胆直白。如果让贾府的王夫人来处理，恐怕多半会闹得后宫鸡飞狗跳，甚至破获一个流氓团伙，逼死几条人命。幸亏他们遇到的是开元年间的李隆基，结果构成了一段佳话——李隆基让后宫传阅这首诗，问是谁写的。有一个宫女站出来承认自己就是作者，并向皇帝认罪。李隆基很同情她，不仅没有治罪，反而把她许配给了那个得到绵衣的士兵。这两个幸运儿从此过上了幸福的生活。

（四）

一直讲到这里，我们所谈论的所有事情都洋溢着美好、祥和的气氛。但是，日本的抗疫物资来到中国之后，气氛开始有所改变。最开始，我们很多人一下子被这些不明觉厉的诗句打晕了，惊艳、膜拜之余,又觉得害臊,发现我们自己所热衷的"加油""不哭"之类的口号式留言似乎过于直白粗浅,这就开始了自嘲和互嘲。后来,有些人为了找回自尊,又写文章宣称:危急关头"武汉加油"这样的大白话更简单,也就更有力量,而"风月同天"这样的词句却是"歇斯底里""疲软无力"(在我看来这两个词意思相反,不可用来形容同一个对象)。再后来,很多人都被这篇文章气疯了,有很多人臭骂文章的作者,甚至号召"记住这张脸"。

这件事告诉我们:他人的好行为,却可能给我们带来坏结果。这当然不怪他人,也不能全怪我们,只怪疫情太严重,让我们乱了方寸。

我觉得,看到日本人赠送了好词句,我们要领他们的情,还要弄懂词句的意思,却不宜妄自菲薄。"风月同天"是缓言,"武汉加油"是急言。急则急言,缓则缓言,各有背景,皆为好言。

另外,既然日本人对我们都能有爱心,我们对自己的同胞,更应该多体谅,多宽容。有人说了错话,我们可以批评,但是不要恨他,不要去记住那张脸。那篇文章的作者还年轻,我们可以劝他以后不要再写那样的文章。那不是文章,那是刺,不仅扎在国际友人诚挚友爱的脸上,也扎在无数国人善良无辜的心上。

《礼记》说:"来而不往非礼也。"日本人的好意,我们应该报答。当然,我们不追求现世报。疫情还没结束,我们还腾不出精力来回赠朋友。等我们取得抗疫的胜利,一切都安顿好,等我们品着茶,追忆旧事的时候,那时再来徐徐商议。那时候,各种方案都是可以采纳的。比如说,烟台人送他们几箱樱桃,大连人送他们一些新鲜的紫海胆。又比如说,武汉人送他们几袋经霜的洪山菜薹、真空包装的周黑鸭,以及洪湖的莲藕、潜江的小龙虾。

包装箱上面,当然也要写上精心挑选的诗词,这一点很多朋友都想到了。朋友们已经从《全唐诗》里面找到了一些特别能表明心意的诗句。

这些让我非常感动，但我有其他的想法。我认为，既然日本人送我们唐诗，我们就应该送他们俳（pái）句。用他们自己祖先的优秀文化遗产来感动他们，就跟他们用我们祖先的诗词来感动我们一样。

有个叫做松尾芭蕉（1644—1694年）的俳句大师，值得我们重点关注。比如说他的《古池塘》：

> 古池塘，
> 青蛙跳入水声响。

其实松尾芭蕉也会写汉诗，选择他的汉诗也是不错的。例如《奈良道中》：

> 春来草木青，山好未知名。
> 行至深山里，轻烟日照明。

除了松尾芭蕉，还有不少诗人也是可以选择的。例如正冈子规的作品就不错：

> 挑灯读水浒，
> 长夜趣无穷。

再如：

上野赏樱时，
浴池传花信。

当然，在选择日本的优秀古典文学作品时，我们最好应该听取这方面专家的意见。这方面专家特别多，相信他们一定能把这件事做到完美。

我们的这个想法，模仿东汉科学家和文学家张衡《四愁诗》的风格来表达，正是：

美人赠我青山一道，
何以报之松尾芭蕉。

第二编
真相的花枝

青桩少意象

老家水鸟的出神入化

青桩是什么？"漠漠水田飞白鹭"这一句有什么好？

（一）

我的家乡恩施是个小山城，多年以前它有一个网站，设有聊天室。在这个聊天室里很少遇到人，一旦遇到，往往就是熟人。

那次我遇到了一个很熟悉的聊友。

因为我的网名叫"清江一条鱼"，所以他说到了抓鱼的事情。

这样我就跟他提到了青桩。

我说，我喜欢青桩，虽然它也喜欢吃鱼，看起来好像是我的敌人。

我为什么喜欢喜欢吃鱼的青桩呢？因为青桩是恩施人民喜欢的一种鸟类。

我是恩施人民的一员，我喜欢恩施人民，我也喜欢他们喜欢的鸟类。

他们喜欢青桩不是由于这样三个原因，虽然看起来这三个原因很容易被人们想到。

第一，他们并不是出于动物保护的目的而喜欢青桩。因为在恩施有很多种动物，鸟类中除了青桩也还有许多别的鸟，青桩并不是特别可爱的。

第二，他们也不是因为青桩有什么特别的传说才喜欢它。关于青桩，我从没听到过任何的传说。

第三，青桩也不是一种诗意的鸟类，它的样子实际上有些呆头呆脑。何况恩施人民也并非个个都是诗人，个个都多愁善感，好发思古之幽情。

说了半天，我还没有解释恩施人民为什么喜爱青桩。

其实说来很简单，恩施人总是喜欢用"青桩"来骂人，这是一个很方便的词语。

那么恩施人民用"青桩"来骂什么样的人呢？"青桩"是不是一种很难听的骂人用语呢？

其实一个人被骂为"青桩"并不是什么大不了的事情，我小的时候就经常被人这样骂过，而且骂我的人中，骂的次数最多的就是我的父母。

因为我小的时候，脑子不是特别好使（现在仍然这样），常常一个人在那儿莫名其妙地就发起呆来。

比如说写作业的时候，本来应该唰唰唰唰地下笔如飞，遇到不懂的地方也要装作懂了，随便编一个答案完事，或者去问隔壁人家读高年级的姐姐。别的孩子都这样，总是很快就写完了，然后一窝蜂地跑到外面去玩游戏。

我却一不留神就停了下来，呆呆地看着作业本上的一个斑点，一动不动地看半天。

这个时候，正在洗衣服的老娘看我半天不动，就会把手里的捶棒在洗衣盆上一敲，大喝一声：

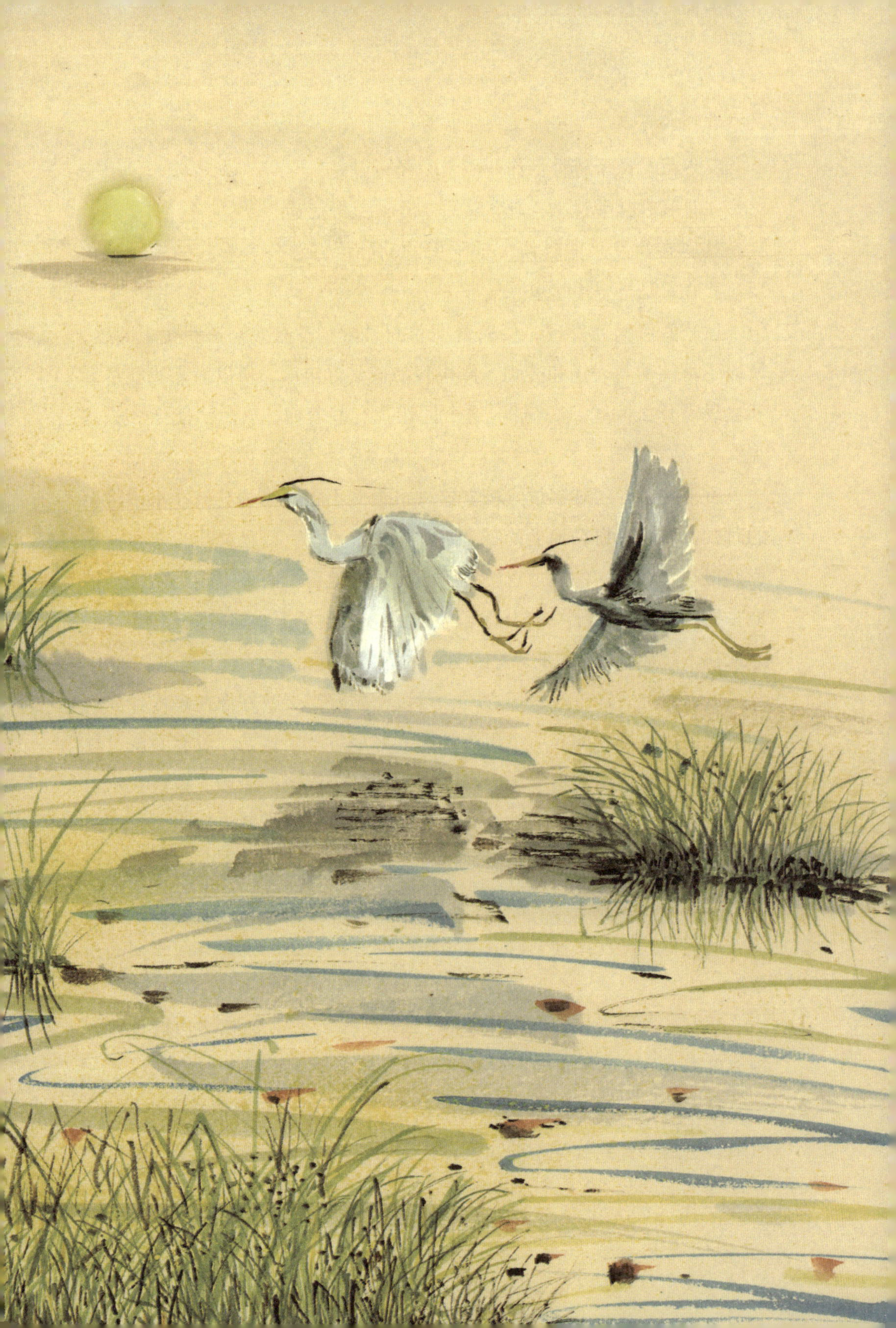

又发呆！像个青桩！作业哪个时候写得完！

于是我就猛醒过来，赶紧猛写一阵，免得找骂。

其实在我发呆的时候，脑子里的动静恰好跟外表看起来的样子相反。我在天马行空地瞎想一气。

后来我慢慢就发现，傻呆着不动的时候，没有人知道我在想问题，所以不可能受到表扬和鼓励，倒很容易被父母申斥，所以后来我就尽量不去思考什么问题。"青桩"这个词让我有些羞愧。人怎么能像一只鸟呢？

后来我还专门观察过青桩。这种机会并不多，因为它站在水田边上的时候，真的像钉在地上的一个桩那样纹丝不动，颜色又是青灰色，在远处很难发现。它的视力也特别敏锐，远远地看见有人走近，便轻悄悄地一振翅膀，像影子一样从禾苗上掠过，飞上了天。这时候你才发现，原来它飞起来以后不是青灰色，而是白色，翅膀很长，个子很大。

当它像桩一样钉在水田边时，可以一站好半天，好像在思考什么问题。水田边也许真的是一个思考问题的好地方吧，但是并没有听说过什么思想家是在水田埂上漫步遐思，得到了某个深奥的命题。也许在水田的思考不一定要发表什么结论，这些东西可以留着自己去品味。就好像一个小学生的思考留在他自己的记忆里面一样。不能因为小学生不是思想家就否认他的思考。

其实青桩站在田埂上时，要考虑的问题跟动物的生存有很密切的关系。

首先，它必须找到一点儿吃的，让自己活下来。吃饱了以后也才有精力飞上天，才能为它的后代带去食物，使它的种族得到延续。

其次，它要找到的食物就是禾苗下面的水里快乐地游动着的鱼虾、蚂蟥、甲虫、青蛙等等小动物。青桩只有把这些可爱的小动物送进自己的肚中，才能够解决前一个问题。

人类想到这个问题时可能会觉得有点儿残酷，可是青桩的思维方式跟人类不一样，它们不会为此去拷问自己的灵魂，看是否能在杀死别的生命来维持自己的生命时固守住底线伦理。

对它们来说，问题的核心并不在这上面。这只是一个很简单的枝节问题，不必费心去自找这么多麻烦。所以青桩的灵魂一定很轻松，所以它们飞起来的时候才能够保持如此优雅飘逸的姿态。

（二）

我看了一些古人写的东西，推测我们家乡方言里所说的青桩跟诗人笔下的白鹭有很大关系。后来查了一些资料，才知道青桩的学名应该叫苍鹭。它跟白鹭是近亲，却不是同一种鸟。诗人们好像只写过白鹭，对苍鹭不怎么感兴趣。我对鸟的分类不在行，我倒宁愿相信青桩就是白鹭。因为青桩只有站着的时候，翅膀收拢，才是青灰色；飞起来之后，就会露出里面的白羽，跟白鹭简直一样。

有一首诗提到白鹭：

漠漠水田飞白鹭……

我只记得这一句了。还记得另外一句，却不是这一首里面的：

满城风雨近重阳

后来我查到了，前一句是王维《积雨辋川庄作》里面的诗句。后一句是北宋诗人潘大临所写。他写了这一句之后被人打岔,后面再写不出来了。只有这一句,不成篇。这是著名的一句诗,历代多有人续足。

其实完全可以只记住这一句。因为多了必定就还有别的"意象",放在这里太拥挤,太吵闹。

真正好的诗,我觉得,为什么一定要有很多意象呢?多有什么好处?

花香不在多。

看这一首诗,杜甫的《绝句》:

> 两个黄鹂鸣翠柳,
> 一行白鹭上青天。
> 窗含西岭千秋雪,
> 门泊东吴万里船。

意象很多,琳琅满目,花团锦簇,像杨柳青年画一样。我以前很喜欢这样的诗,觉得丰满,妩媚,移步换景,绵绵不绝。

还有一首元人的小令:

> 枯藤老树昏鸦,
> 小桥流水人家,
> 古道西风瘦马。
> 夕阳西下,
> 断肠人在天涯。

(马致远《天净沙·秋思》)

我那时对这样的东西可谓喜欢得入迷。

这种甲乙丙丁的写法，在修辞上叫做"列锦格"。倒真的像一个绸缎铺的柜台，排列了无数的锦绣词藻。

可是现在，我已经不喜欢这样芜杂地罗列意象的诗了。什么东西一旦多了，就不可能好。

你看，漠漠水田飞白鹭，只有两样可以见到的东西，水田是背景，白鹭是主体。

主体只有一个动作，飞，简单得不能再简单。连数量多少都不提，究竟是一只还是一行，在这里好像一点也不重要，随便你自己去猜测吧，愿意多少就是多少。

我觉得大概是一只。

而那背景，水田，多么简单，也不提其中有没有禾苗，鱼虾，蚱蜢，黄鹂。而且看不出什么颜色，也没有什么可以描述的特征，只是"漠漠"，似乎连这点背景都恨不得隐去。

可是一下子就抓住了核心，就跟亲眼见到刚刚起飞的白鹭一样，也许就是看见诗人走向自己，才远远地飞起来的。

当你看到飞起来的白鹭时，你还有工夫去看那水田是什么颜色，有些什么东西在里面生存吗？

同理，你也不太可能去注意天空是不是"青天"，也不会去计算那白鹭一共有多少只，多少行。

你可能会像猎人一样观察它，紧紧盯着它的翅膀，看它轻轻扇动的样子。这已经把你的眼睛全部抓住了。

你不会看到很多无关的景物，也不会想很多，就跟站立的青桩一样，简单的思考，却可以到达很深邃的地方。

这真的是一种很高的境界。再往前发展一步，可能就会连这白鹭也看不见。你可能看着看着就发起呆来，自己也变成一只青桩，像一个桩戳在地里。

青桩一样的人，写出来的诗可能就没有什么意象。

比如说，陈子昂就是这样写的：

> 前不见古人，
> 后不见来者，
> 念天地之悠悠，
> 独怆然而涕下。

（《登幽州台歌》）

这里面只剩下了"天"和"地"还算是可以看见的。可是诗人写的并不是眼里的天地，而是意念中的。所以，整首诗可以说没有一个意象，至少可以说，没有一个鲜明的意象。

但这诗却能够以一当十，在它面前可谓六宫粉黛无颜色。

陈子昂就是一只流泪的青桩。

他流泪不是为了"头白鸳鸯失伴飞"（贺铸《半死桐·重过阊门万事非》），不是"啼到春归无寻处"（辛弃疾《贺新郎·别茂嘉十二弟》），而是八大山人笔下的鱼鹰，空空的大眼睛，或许含着一滴透明的泪水。

如果陈子昂写青桩，他会用什么样的字句来写？如果让八大山人来画青桩，又会画成什么样子？

乌鸦有诗篇

乌鸦与人的千丝万缕

诗人们写的究竟是几种鸟？写乌鸦能写出好诗来吗？

（一）好鸟还是坏鸟

在遥远的春秋战国时代，乌鸦就飞进了诗歌里面。《诗经》中的乌鸦有象征意义：

……
瞻乌爰止？
于谁之屋？

（《小雅·正月》）

陈子展《诗经直解》把它翻译成了白话文：瞧乌鸦何处下落？它落在谁家的屋？

我们想问：乌鸦落在房顶上，这很不吉利吧？

不是的。根据毛亨毛苌父子、郑玄以及孔颖达的说法，乌鸦喜欢落在富人家房顶上，因为富人家有好吃的。我估计富人不会全都那么有爱心,主动给它们投喂食物,它们只是在垃圾堆里捡一点残食。穷人家则爱惜粮食,物尽其用,没有残食。

结果,这个因果关系被人们颠倒过来,变成了先有乌鸦,后有富裕:它们落在谁家屋顶,就会给谁家带来财运。看来,《诗经》的时代,乌鸦讨人喜欢,是一种吉祥鸟。

可是,屈原老先生不喜欢它。

屈原知道很多草木鸟兽的名字,并且忙于把它们分为两类——好的,坏的。比如:

……
鸾鸟凤凰,日以远兮。
燕雀乌鹊,巢堂坛兮。

(《九章·涉江》)

鸾鸟凤凰是好鸟,可是一天一天远离了;燕雀乌鹊是坏鸟,它们却在殿堂上面做了窝。

这里面的"燕雀乌鹊"说的是四种鸟还是两种鸟啊?有争议。具体到"乌鹊",它可能指乌鸦,也可能指乌鸦和喜鹊——跟凤凰比起来,喜鹊也算不上什么好鸟。

再往后,曹操也写了乌鸦:

……
月明星稀,乌鹊南飞。
绕树三匝,何枝可依?

(《短歌行》)

月亮和星光之下，乌鹊从北边飞过来，绕着树飞了好几圈，却没有找到满意的树枝停歇一下。

这里的"乌鹊"仍然说不清是乌鸦，还是乌鸦和喜鹊。我觉得曹操本人也拿不准，大半夜的哪能看得那么清楚。我读过鸟类学家的研究报告，乌鸦在夜里睡得不踏实，喜欢闹腾。可是我们知道，喜鹊也是一种比较喧闹的鸟。所以，夜里成群结队绕着树飞的，很可能就是一帮"乌合之众"。据说曹操用这些鸟来比喻人才。呵呵，到底是曹操，他眼里的人才就跟乌鸦、喜鹊差不多，只要有本事就行，不必是凤凰，也不必有个清楚纯正的出身。

根据动物分类学，乌鸦是雀形目下面的一个科，叫做"鸦科"，而喜鹊是鸦科下面的一个属，叫做"鹊属"。也就是说，喜鹊属于乌鸦这个大家族里面的成员。难怪诗人们傻傻分不清呢，它们本来就是相亲相爱的一家人。

满族人崇拜乌鸦。汉族人呢，总起来说是讨厌它，可是有时又把它当成道德楷模，说它知道反哺父母。

（二）什么颜色

唐诗中，经常能见到乌鸦出场。写乌鸦的唐诗，跟前代的诗歌一样有不少好作品。

俗话说"天下乌鸦一般黑"，可是一个叫张萧远的诗人看见了白乌鸦：

……

日暮风吹官渡柳，

白鸦飞出石头墙。

(《废城》)

我看到过白化乌鸦的报道(1965,甘肃天祝,《西北师范大学学报》1990年第3期)。诗人笔下的"白鸦",很可能是白化的乌鸦。当然,也可能是正常的乌鸦,诗人对它作了艺术处理:因为逆光观察,从石头墙内猛然飞出的一群乌鸦似乎被夕阳染得发亮,变成了白色的鸟。

清晨的乌鸦,翅膀上沾染了阳光,也会引人注目:

奉帚平明金殿开,
暂将团扇共裴回(páihuái,徘徊)。
玉颜不及寒鸦色,
犹带昭阳日影来。

(王昌龄《长信怨》)

当然,正常的乌鸦还是黑色的,人们甚至把它比作少女的青丝:

双眉初出茧,
两鬓正藏鸦。
自有王昌在,
何劳近宋家。

(陆龟蒙《偶作》)

前两句说这个女孩子的眉毛像刚破茧而出的飞蛾的触须一样,鬓角像落了两只收起翅膀的乌鸦。后面两句中,王昌是个帅哥,"宋"指宋玉,据说也是个帅哥。这首诗比较香艳,如果朝廷反三俗的话,这首诗多半会被封杀。

(三) 生活习性

乌鸦的生活习性,最引人关注的就是喜欢在黄昏时乱飞而归:

> 梁园日暮乱飞鸦,
> 极目萧条三两家。
> 庭树不知人死尽,
> 春来还发旧时花。

(岑参《山房春事二首》其二)

在写春景的诗歌当中,岑参这一首应该最像恐怖片吧?

乌鸦与死亡相联系,上面这一首诗是比较早的证据,但还不是最早的。下面这一首就比岑参的早好几百年:

> ……
> 战城南,死郭北,
> 野死不葬乌可食。
> 为我谓乌:
> 且为客豪!
> 野死谅不葬,
> 腐肉安能去子逃?

(汉代民歌《战城南》)

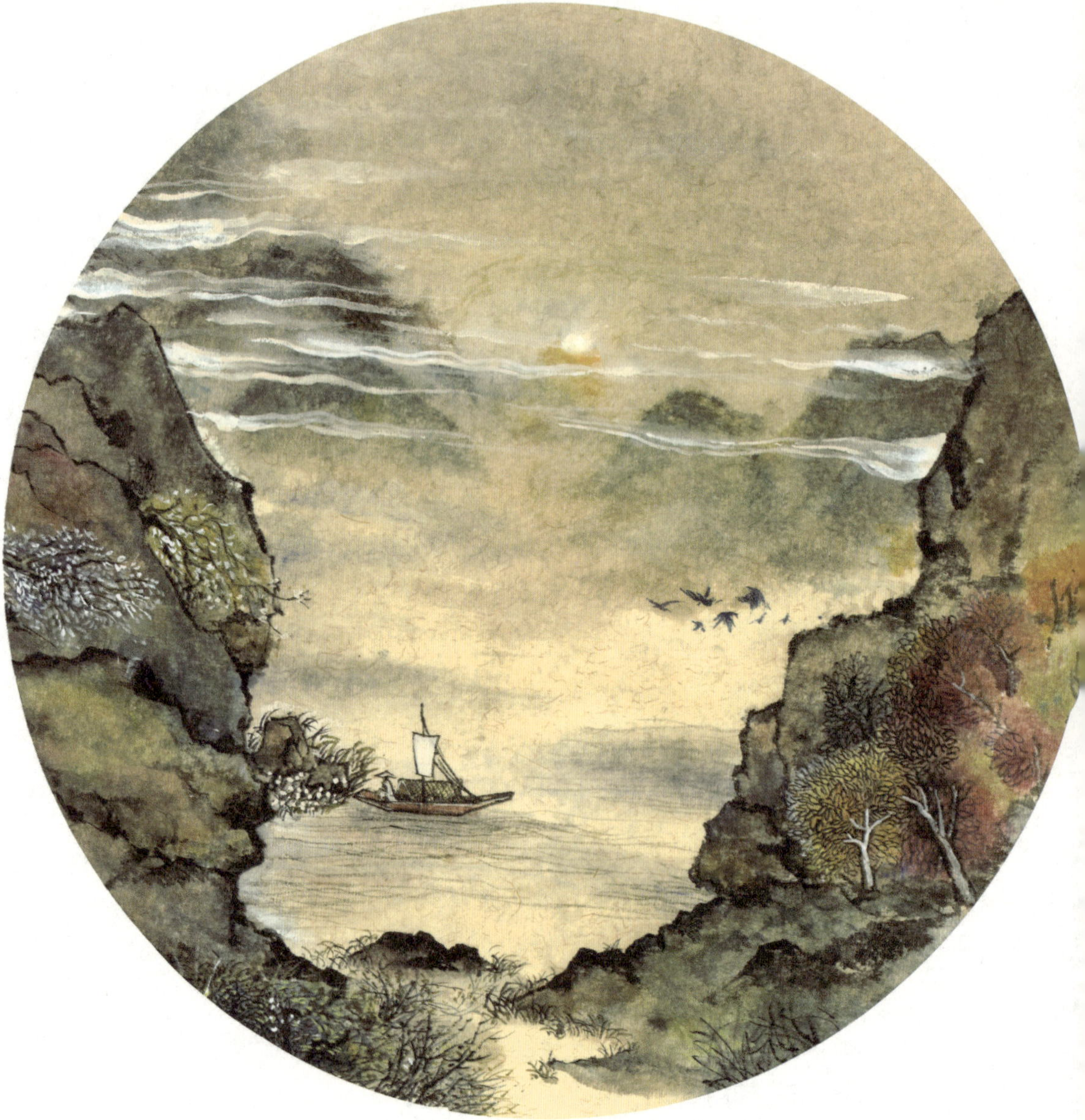

回到唐诗。乌鸦的群落比较大的话，就会显得很壮观：

钓艇收缗（mín，钓鱼线）尽，
昏鸦接翅归。
月生初学扇，
云细不成衣。

（杜甫《复愁十二首》其二）

其实杜甫这一首的后两句写得很有意思，请别忽略了。他说月亮变圆是在模仿一柄团扇，而云彩它想做成一件衣服吧，无奈宽度不够，没有成功。

黄昏的乌鸦归家，不仅飞得杂乱，还嘎嘎乱叫，噪声污染严重：

鹿眠荒圃寒芜白，
鸦噪残阳败叶飞。

（曹松，本诗只残留这两句，被收在后世选本《锦绣万花谷》中）

你说乌鸦晚上吵人瞌睡吧，早上能让人多睡一会也好。可是，偏不。乌鸦还喜欢早起，看来是有虫吃的了：

凉叶萧萧生远风，
晓鸦飞度望春宫。
越人归去一摇首，
肠断马嘶秋水东。

（陈羽《早秋浐水送人归越》）

从早到晚都让人得不到清静，难怪人们越来越讨厌它。

不过，话说回来，在万籁俱寂的夜晚，一个孤单寂寞的人，听到乌鸦的叫声，很容易触发他的万千思绪。在下面这一首名作中，乌鸦也和月亮、白霜等景致一起参与了诗情画意的构建：

月落乌啼霜满天，
江枫渔火对愁眠。
姑苏城外寒山寺，
夜半钟声到客船。

（张继《枫桥夜泊》）

（四）人们的态度

其实，无论人对乌鸦是喜是憎，乌鸦本身都与人类若即若离。它们不像燕子把巢筑在人的屋檐下，也不像鸿雁"拣尽寒枝不肯栖"（苏轼《卜算子·黄州定慧院寓居作》），远远地离开人群。乌鸦不跟人套近乎，也不躲着人，可见乌鸦才算是有自信的鸟类，轻松碾压人类。被碾压的人类无计可施，只好对它们态度好一点：

伥伥（chéngchéng，象声词）山响答琵琶，
酒湿青莎肉饲鸦。
……

（王睿《祠渔山神女歌》其二）

第二句需要解释一下。青莎即莎草（suōcǎo），一种药用植物，它

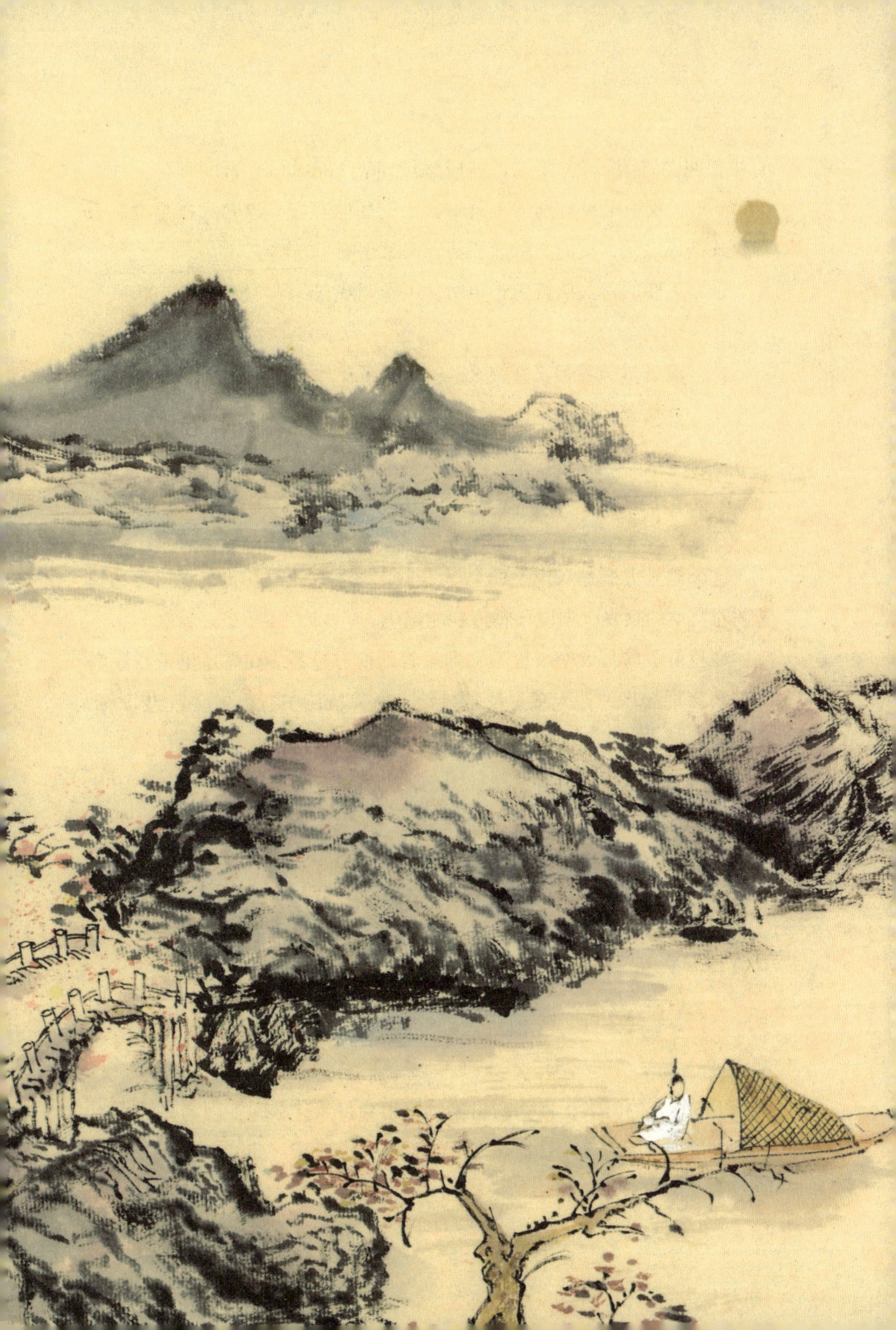

的块根叫"青附子"。按说青莎应该读qīng suō，可是百度百科上注音qīng shā。我手里没有别的工具书，只能暂时存疑。这句大概是说，敬神仪式结束之后，剩的酒就泡了药，肉拿来喂了乌鸦。

也有无聊的宫女欺负乌鸦年幼，逗弄调戏它：

避暑昭阳不掷卢（掷卢是一种掷骰子的游戏），
井边含水喷鸦雏。
……

（王建《宫词一百首》）

这个鸦雏大概是从树上的巢里不小心掉下来的吧？我有点担心乌鸦爹妈对宫女的报复，据说乌鸦特别能记仇。

乌鸦是留鸟，天冷了也不飞到温暖的南方过冬。在雪地里一身漆黑的乌鸦特别醒目，让人感觉楚楚可怜，所以唐诗中有很多"寒鸦"，比如：

荒山野水照斜晖，
啄雪寒鸦趁始飞。
……

（韩愈《宿神龟招李二十八冯十七》）

（五）感伤和变态

怀古伤今的时候，乌鸦的出场频率很高。为什么呢？因为乌鸦喜欢在废墟里面生活。且不说宋代辛弃疾的《永遇乐·京口北固亭怀古》

了，就在唐朝，也有不少的乌鸦住在旧宫、废城里。例如：

> 东人望幸久咨嗟，
> 四海于今是一家。
> 犹锁平时旧行殿，
> 尽无宫户有宫鸦。
> [李商隐《旧顿（顿，宿食处也，天子行幸住宿处亦曰顿）》]

下面这一首，写得很好，但是背后的故事有点变态：

> 杨白花，
> 风吹度江水。
> 坐令宫树无颜色，
> 摇荡春光千万里。
> 茫茫晓日下长秋，
> 哀歌未断城鸦起。
>
> （柳宗元《杨白花》）

　　杨白花是南北朝北魏的一个英俊少年。北魏宣武帝去世后，他的老婆胡承华做了太后，趁机败坏了一下朝纲。她看上了小鲜肉杨白花，逼着他侍寝。杨白花害怕将来成为药渣子被倒掉，就趁父亲去世，借口奔丧，没命地逃出了魔爪，再也不肯回来。这个胡太后竟然割舍不下，写了一首歌来表达她深深的思念之情，还让宫人（我估计是男性宫人）白天黑夜地唱这首歌，唱的时候还要手挽手，做出抬腿踢脚之类的动作，就跟有一年春晚时台湾歌星万沙浪唱《娜鲁湾情歌》差不多。据说这首歌写得非常悲伤感人。在我看来，悲伤是肯定的，感人倒未必。为什么这么说呢？不是歌曲感人，而是唱歌的那些宫人心里惨啊！没日没夜无休无止单曲循环地又唱又跳，就是铁打的身子骨也受不了，他们能不悲伤吗？恐怕每个人都是鼻涕眼泪横流，然后就该又心塞又虚脱地趴地上了。柳宗元这首诗最后两句就是写的这一项国家级"重点工程"的开展情况，诉说悲愤、哀婉之情。

（六）飞行模式

作为格物致知的实例，有个别的诗人观察到，乌鸦的飞行可以达到很高的速度：

> 老鸦拍翼盘空疾，
> 准拟浮生如瞬息。
> ……

（张碧《惜花三首》其二）

一般人读了曹操《短歌行》，可能以为乌鸦飞得不快。实际上，乌鸦可以慢飞，也可以疾飞。乌鸦的飞行能力超越了很多同行，它们甚至掌握了很多飞行特技，据说可以在空中戏弄秃鹫、白头鹰之类的猛禽。

我在阿尔卑斯山上多次见到乌鸦像直升机一样悬停在空中，然后又像战斗机一样飞走。我在一首诗中特意写下了这种飞行模式：

> 旗云黯淡日将暝，
> 乌鹊懒飞如浮萍，

翅色消入暮色青。

我当初没做注解，估计很多人没看懂我写乌鸦为什么要说它"懒飞"，为什么"如浮萍"。我的确见到它们就是这么飞的，它们还能像浮萍一样漂到人们手边，叼走面包。

有一次，我们去看阿莱奇冰川（Aletsch Glacier），结果走错了路，跑到一个没人的大山坡上去了。天空很蓝，云彩很白，然后大群大群的乌鸦飞了过来，在我们的头顶盘旋。那一刻，我感觉我们好像获得了某种神秘的力量，成了乌鸦之王。

隐士出悖论

关于归隐的口是心非

李白、孟浩然等人是如何表达愿望的？王维修禅，是否到达了最高层次？

有一种东西，你不说，它在；你一说，它就没了。

这种东西，叫做"沉默"。

这是一个悖论：它在，你不能说，可是你不说，别人又怎么知道它在？当你提醒别人注意它，或者想证明它的存在时，你需要说话，而你一说话，它就不在了。

有一种人，跟沉默类似，那就是"隐士"。

隐士都是本事很大的人，一般都是士人。但是他们要躲起来，不在社会上招摇，以免爱才的明君或者野心家请他们当大臣或者当谋士。你要真的躲得好，人们就不知道你是个隐士，也就不知道你到底有没有本事，你就没法证明你是个隐士了。你既然躲着，又想让别人知道你本事大，那就不是真躲，也就不算真的隐士。所以，你躲得好不算隐士，躲得不好更不是隐士。

这就是隐士的悖论：凡是真正的隐士，我们都不知道他；凡是我们知道的，都不是真正的隐士。

要当真隐士，其实是很寂寞的，而且有点自决于人民的意思，一般人都不愿意真的得到那个结果。但是有本事的人又太多，千军万马都想通过科举考试这个独木桥去谋功名，竞争激烈、残酷。那么，当隐士也算别出心裁，另辟蹊径，所以被人们称为"终南捷径"。可以推知，隐士这个群体当中，有不少人其实是待价而沽、口是心非的，他们并非真的要"小舟从此逝，江海寄余生"（苏轼《临江仙·夜归临皋》）。

大诗人李白就有点口是心非。他在《梦游天姥吟留别》中写下这样的豪言壮语：

> ……
> 别君去兮何时还？
> 且放白鹿青崖间，
> 须行即骑访名山。
> 安能摧眉折腰事权贵，
> 使我不得开心颜！

这就让人误以为他跟陶渊明一样，原本在官场上并没有多大的追求，只想挣钱养家糊口，一旦发现还需要在上级面前低眉顺目，立马就下决心丢下那五斗米归去来兮，彻底断了升官发财的念想。

事实上，李白并不是这样洁净的人。他从来就、一直就想当官。刚开始，他向本州地方官自荐，被拒。随即去投靠宰相，并想办法巴结宰相的儿子，结果又没成功，这才跑到终南山去"隐居"。隐居中，他还隔三岔五地去拜访各种权贵望族，但都没听见个响声。隐居这条路没走通，他又跑到长安，却同样是没有任何机会，于是自暴自弃，成了一个问题青年。年岁渐长，变成了问题中年。然后，他又在都市和乡下折腾了好几次，直到后来找机会向玉真公主献了一首拍马屁的诗，并且滴水穿石，接近了贺知章。获得公主和贺知章的推荐，才有了命运的转机。当他终于得到人生中第一次当官的机会时，他手舞足蹈，简直像是中了五百万巨奖，却骂自己的老婆跟汉代朱买臣的蠢婆娘一样，看不出自己的丈夫是晚成之大器，因此李白一秒钟都不耽误地要丢下她，去首都长安实现自己的大唐梦：

……
会稽愚妇轻买臣，
余亦辞家西入秦。
仰天大笑出门去，
我辈岂是蓬蒿人！

（《南陵别儿童入京》）

李白毕竟是诗仙，本事大，本事大的人有更多理由得到人们的理解和包容，因此也就往往我行我素，言行乖张。一般人呢，就算本事不小，一般都还有自控力，相对来说要低调一些。但是低调并不意味着没有欲望。实际上有本事的人往往都有很多欲望，要不然他们练那些本事干什么？

我们来看看那些低调诗人的作品。

王维、孟浩然是两位著名的山水田园诗人，他们的诗中都描写了田园隐居生活的闲适、自得。孟浩然一辈子没当官，可以说一直都在隐居。他的《过故人庄》有陶渊明的遗风：

故人具鸡黍，邀我至田家。
绿树村边合，青山郭外斜。

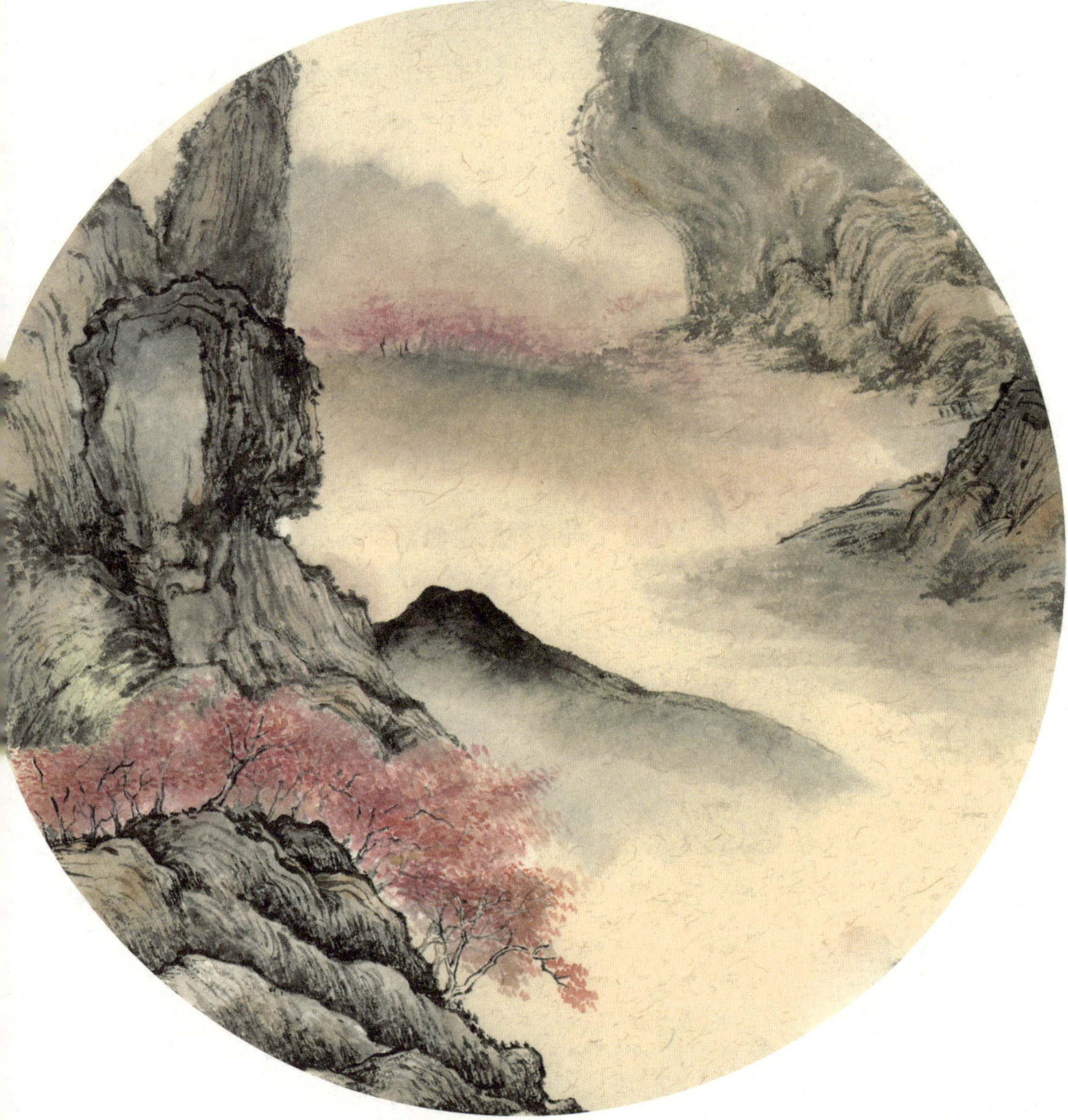

开轩面场圃，把酒话桑麻。
待到重阳日，还来就菊花。

但是孟浩然并不是心甘情愿当隐士。他一直想进入公务员队伍，只是运气比李白差，一次也没成功而已。他的《望洞庭湖赠张丞相》后面四句证明了他希望得到当权者的特殊照顾，走一条入仕的捷径：

八月湖水平，涵虚混太清。
气蒸云梦泽，波撼岳阳城。
欲济无舟楫，端居耻圣明。
坐观垂钓者，徒有羡鱼情。

王维跟孟浩然不同。他总是有各种机会做官，只是在当官的间隙有些隐居的经历。这或许正好解释了，隐士就是候任的官员，官员就是跳槽的隐士。不过王维的那些反映隐居生活的诗还真的有淡泊宁静、远离尘世喧嚣的感觉。明朝胡应麟特别推崇王维的下面两首诗，说它们"读之身世两忘，万念皆寂"。一是《鸟鸣涧》：

人闲桂花落，夜静春山空。
月出惊山鸟，时鸣春涧中。

一是《辛夷坞》：

木末芙蓉花，山中发红萼（è）。
涧户寂无人，纷纷开且落。

我喜欢孟浩然、王维的诗，佩服他们的才能，但我不同意胡应麟对王维的盲目拔高。他推崇的这两首诗，的确写得非常好，但要说是"读之身世两忘，万念皆寂"，还真不是那么回事。真的要忘掉，要沉寂的话，就不应该在写纯自然景观的时候，对"人"念念不忘。哪怕"人闲"只是一个背景，一个坐标，哪怕诗中说的是"无人"，但毕竟，提到什么，就说明心中有什么。他的另外两首代表作也有同样的问题。一首是《鹿柴》（柴：zhài，寨，栅栏）：

空山不见人，但闻人语响。
返景（返景：落日返照）入深林，复照青苔上。

第二首是《竹里馆》：

独坐幽篁（huáng，竹园，竹子）里，弹琴复长啸。
深林人不知，明月来相照。

这两首实际上暴露了王维的心理，并不是那么四大皆空，了无挂碍。虽然眼前空无人，可是耳朵里人声扰攘；虽然独坐而弹琴，实际上却操心着没有听众欣赏这琴声。深夜长啸，莫非也是为了让空山中那个不见之人能够"但闻"一下？

有人夸王维的诗有禅意。的确是有。但只到"身是菩提树，心如明镜台，时时勤拂拭，莫使惹尘埃"（神秀）的境界，还没到"菩提本无树，明镜亦非台，本来无一物，何处惹尘埃"（惠能）的最高境界。要做真的隐士，可弹琴，可长啸，但不要有表演欲，不要有舞台感，不要假想着听众。

话说回来，王维虽然没到最高境界，却也轻灵飘逸，有神仙气。刘长卿的两首诗就要重浊一些。一首是《听弹琴》：

泠泠（línglíng，形容琴声清幽）七弦上，静听松风寒。
古调虽自爱，今人多不弹。

你自爱古调，这是多高的境界！可是你何必惦记别人弹不弹？一下子把境界降下来了。

另一首是《送上人》：

孤云将野鹤，岂向人间住。
莫买沃州山，时人已知处。

这后一首好像是刘长卿看出了我们提到的这个悖论，所以拿它来提醒或者揶揄他送别的"上人"。但在我看来，上人未必有凡心，倒是刘长卿凡心太重，暴露了自己：左一个"人间"，右一个"时人"，一首诗二十个字，"人"倒占了两个；上人来去自如，随处可隐，就像老和尚虽有戒律，却可以坦然背妇女过河，过了河就放下；倒是你这个小和尚，身体不近女色，心里却一直惦记着，离河几十里了还在琢磨师父做得对不对。难怪你当不了上人。

诗人写战争

战争经验的虚虚实实

生活经验对诗人的创作有多大影响？最真实感人的战争诗是什么样的？

唐代诗人多，诗作当然也很多。这些诗歌里面，有各种不同的题材。诗人有自己的直接生活经验，有通过阅读、社交获得的间接经验，也有艺术想象力。以这三种资源作基础，诗人们就能对当时的社会生活进行全面的描写，从而大大扩展题材范围。当然，毕竟直接生活经验更具体、厚重，它是文学创作最丰富的源泉，所以诗人们描写自己熟悉的生活更加拿手，数量也最多。比如王维、孟浩然曾在乡下隐居，就写了大量优美的山水田园诗；高适、岑参曾经在部队挂职锻炼，就成了边塞诗人；唐朝的诗人经常参加以赶考、升职、贬官、探亲、访友为原因或目的的旅行，所以他们写了大量行旅诗、聚会诗、送别诗……

这里想说说边塞诗。要知道，诗人毕竟大都不是军人，他们想用诗歌反映军旅生活的时候，比较缺乏直接经验。就算入过伍的高适、岑参，他们也只是文职，属于非战斗人员，他们也没有直接参加战斗的经历。所以，尽管唐代诗人们对军旅生活非常痴迷，甚至弄出了一个诗歌流派，后人称之为"边塞诗派"，导致"边塞诗"在《全唐诗》里面占了两千多首，诗人们却很少直接描写战斗场面。这也是可以理解的。毕竟诗人们大都没有武功，不可亲自参战，没有直接经验（李白据说练过剑术，但是剑并非唐军常用装备，剑术一般也不适用于军队作战）。而向军官、士兵们做调查采访，以获取间接经验吧，他们的文化程度又不高，说不清楚。所以，真要写的话，就只能凭想象了。但军事战斗这个东西，凭想象写出来的，和真实的有很大不同。当然我也没参加过战斗，也没有直接经验，似乎跟唐朝诗人们半斤八两。可是，生活在现代，发言权要稍稍大一点。因为我们看过大量反映战争、战斗的电影电视、报告文学、回忆录，其中有很大一部分都是非虚构的作品。因此，我们可以大致知道真实战斗的样子。

比如两首著名的《凉州词》，王之涣的这首根本就不写人，当然也就谈不上军人、战争了：

> 黄河远上白云间，
> 一片孤城万仞山。
> 羌笛何须怨杨柳，
> 春风不度玉门关。

王翰的这首写了军人，可是没有写战斗场景，军人们此刻并没有做战斗动作：

> 葡萄美酒夜光杯，
> 欲饮琵琶马上催。
> 醉卧沙场君莫笑，
> 古来征战几人回。

卢纶的《塞下曲》的第二首写了军人,也有战斗动作,但却没有遇到敌人,而且都是事后的传说,不是现场观察:

林暗草惊风,将军夜引弓。
平明寻白羽,没在石棱中。

王昌龄的《出塞》倒是既写了出征的军人,又写了入侵的敌人,但是很明显缺乏近距离观察,所以干脆一开口就怀古,往遥远的秦朝、汉朝去说,免得读者关心敌我双方那些人到底长什么样:

秦时明月汉时关,
万里长征人未还。
但使龙城飞将在,
不教胡马度阴山。

按说,诗人不敢接近"胡马",以免发生危险,这可以理解,可是你都提到自己的战士了,干吗还不让他们露面,却要让他们"人未还"呢?我的解释是:王昌龄虽然去过边塞,但当时他只有二十多岁,还没登第,只是凭个人兴趣穷游到西北边境的一个小军迷,他根本就没有机会去参与或观察军旅生活,所以只能这样避重就轻、虚虚实实了。他倒也真是有才,凭着东一耳朵西一耳朵听来的那些小道消息,加上自己强大的想象力,结果写出了不少有着生动细节的好作品。比如七首《从军行》中的第四首:

青海长云暗雪山,

孤城遥望玉门关。
黄沙百战穿金甲，
不破楼兰终不还。

还有第五首：

大漠风尘日色昏，
红旗半卷出辕门。
前军夜战洮河北，
已报生擒吐谷浑（Tǔyùhún）。

上面提到的这些诗人的作品，虽然也都是名篇佳作，但是跟岑参的比较起来，都缺少对于真实军事生活的第一手资料。岑参的作品，看起来真的像是一个士兵的视角，有强烈的画面感和全方位的现场参与感。比如《走马川行奉送封大夫出师西征》：

君不见走马川行雪海边，
平沙莽莽黄入天。
轮台九月风夜吼，
一川碎石大如斗，
随风满地石乱走。
匈奴草黄马正肥，
金山西见烟尘飞，
汉家大将西出师。
将军金甲夜不脱，

半夜军行戈相拨，
风头如刀面如割。
马毛带雪汗气蒸，
五花连钱旋作冰，
幕中草檄砚水凝。
虏骑闻之应胆慑，
料知短兵不敢接，
车师西门伫献捷。

这一首是边塞诗中的代表作，被历代评论家反复夸奖点赞。人们主要夸赞的一个优点就是"奇"。我猜想，评论家们觉得奇，是因为他们被岑参的笔下那些毛茸茸、活生生的细节惊吓住了。我相信岑参真的曾经跟部队战士一起在雪夜行军，曾经在冰天雪地驻扎，曾经在军营中敲开结冰的墨水来写文书。否则，一个诗人凭空想象，真的难以获得这些细节。当然，这一次送封大夫封常清出征，岑参应该没必要陪着他的部下走那么远，所以这些行军场面，应该是岑参在与封常清的部队分手之后，对他们的未来行动步骤的一个设想。岑参能把行军、驻扎设想得那么细腻真实，却不愿意顺理成章地继续设想，写一写他们是如何与敌军交战并战胜敌军的，我相信，那是因为岑参从来没有参加过战斗。这也就使得这首诗略有美中不足：前面浓墨重彩，把封大夫的军队写得如狼似虎，去势汹汹，读者的胃口被吊得高高的，最后却突然泄了气，两三句话就草草收兵。收兵的理由，看起来威风八面，实际上非常搞笑，很难令人信服：我军收兵，是因为我军胜利了；我军胜利了，是因为敌人根本没打就跑了；敌人不打就跑，是因为，他们听说我们很厉害，就吓坏了！

还好，唐朝的诗人们并非全都不描写真实的战斗场面。与岑参齐名的另一个边塞诗人高适，就是个例外。他的《燕歌行》非常有名，里面就有血淋淋的战斗。诗是这样的：

汉家烟尘在东北，
汉将辞家破残贼。
男儿本自重横行，
天子非常赐颜色。
摐（chuāng，用棍敲击）金伐鼓下榆关，
旌旗逶迤碣石间。
校尉羽书飞瀚海，
单于猎火照狼山。
山川萧条极边土，
胡骑凭陵杂风雨。
战士军前半死生，
美人帐下犹歌舞。
大漠穷秋塞草腓（féi，枯黄），
孤城落日斗兵稀。
身当恩遇常轻敌，
力尽关山未解围。
铁衣远戍辛勤久，
玉箸应啼别离后。
少妇城南欲断肠，
征人蓟北空回首。
边风飘飘那可度，

绝域苍茫更何有。
杀气三时作阵云，
寒声一夜传刁斗。
相看白刃血纷纷，
死节从来岂顾勋。
君不见沙场征战苦，
至今犹忆李将军。

这里有好几个地方写了战场上真刀真枪的战斗。但是也有点疑问，就是这首诗也是凭想象写的。诗前面有个序，说的是："开元二十六年，客有从御史大夫张公出塞而还者，作《燕歌行》以示适。感征戍之事，因而和焉。"按这个序的意思，高适写这首边塞诗的时候，并不在边塞。所以，诗中描写的战斗，并不是他当场亲眼看到的。那么，他是不是以前的确亲身参加过战斗，现在只不过移花接木，把以前的经历通过想象而写到这首诗里面了？不是没有这种可能，但我还是有点怀疑。主要是因为，这首诗总体来看，似乎太杂乱了，跟上面提到的岑参那一首完全不一样。你看，高适这首诗里面，对于我军将士，一会儿夸，一会儿骂，一会儿怜，一会儿赞，一会儿从前线写到后方，一会儿又从后方写回到前方，到最后回过头来讴歌当朝将士，话音未落，突然又以怀念前朝的将军煞了尾。你不知道作者到底是个什么态度，因为他所有的态度都写到了，而且声东击西，闪转腾挪，点到即止，来去无踪。这种写法，真的让人怀疑，莫非他根本就不熟悉战斗中的军人？

我在这里提到了这么多诗人诗篇，得到的推论是这些诗人们都没有参加过战斗。这其实不是我在责怪他们，也不是说我就特别想看战争场面。我只不过希望能读到一首写战争的诗，它里面有着来自真实生活经

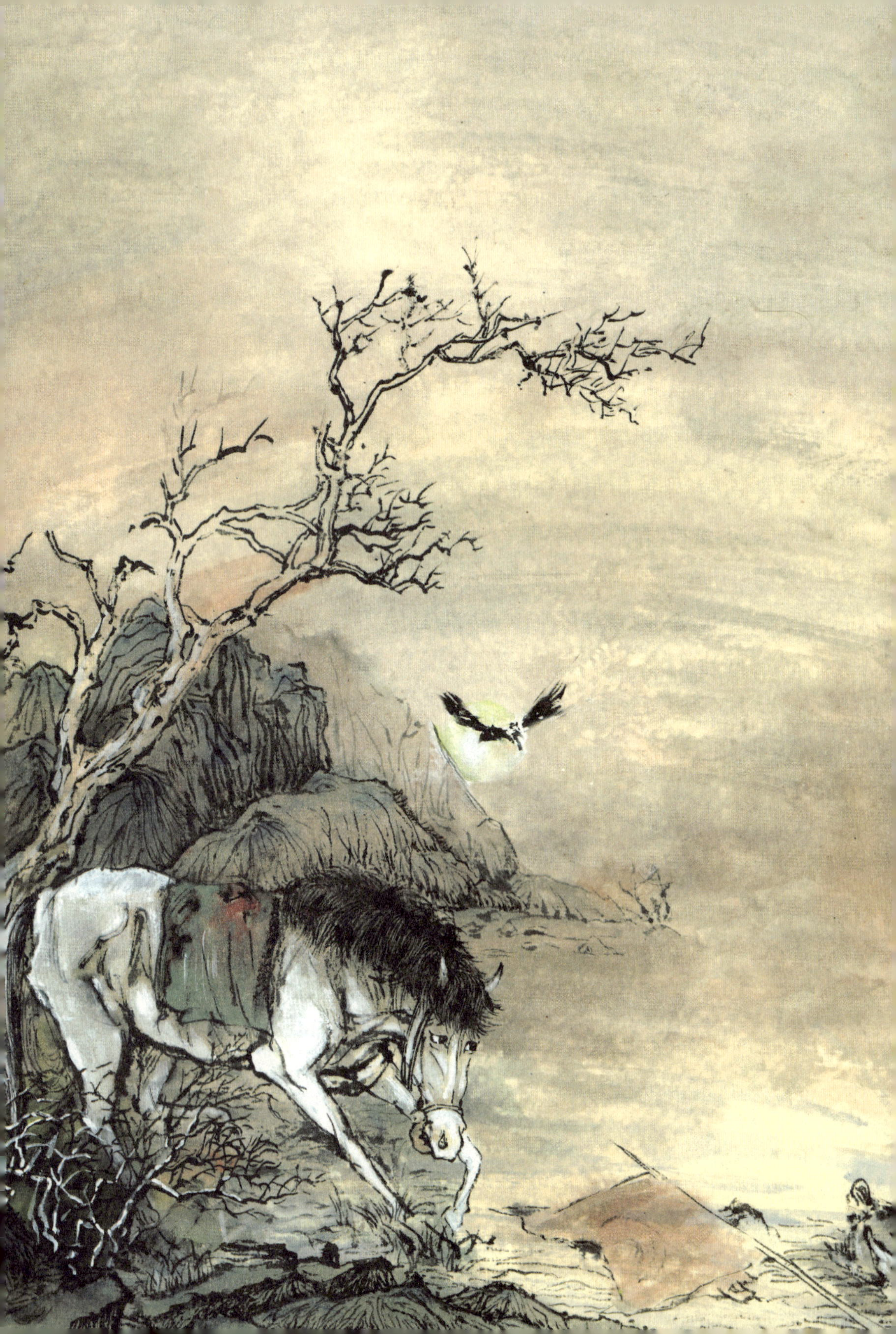

验的、特别打动人的细节。这样的诗，能找到吗？能。因为我已经找到了。张籍的《没蕃故人》就是这样一首诗。

诗是这样写的：

> 前年戍月支，城下没全师。
> 蕃汉断消息，死生长别离。
> 无人收废帐，归马识残旗。
> 欲祭疑君在，天涯哭此时。

先来解释第一句中的"戍月支"。"月支"旧读 Ròuzhī，现在读 Yuèzhī。"月支"本是汉代西域国名，也写成"月氏""禺氏"等。唐朝时这个国家已经不复存在，所以有的唐诗选本将张籍这首诗中的"戍"解释成"征讨、讨伐"，"月支"解释成"借指吐蕃"。这是不对的。"戍"的意思是防守边疆、驻守，而不是征讨、讨伐。"戍月支"的意思是"在月支驻守"。如果解释成"征讨吐蕃"，那是把"戍"和"月支"两个词都解错了。根据《新唐书·地理志（七下）》，唐高宗时期，在于阗以西、波斯以东设置了十六个都督州府（羁縻州、羁縻府，相当于少数民族自治地区）。其中就有一个月支都督府，府治在吐火罗的阿缓城（今阿富汗昆都士），管辖蓝氏、大夏、汉楼、弗敌等二十五个州。唐朝与吐蕃经常发生战争，诗中所写的这位"故人"是在戍守月支的时候与吐蕃作战而遭遇覆没，月支并不等于吐蕃。

这首诗没有直接描写战争进行中的场面，但是它更加真实、更加感人。它有着极大的深度和广度，能够从四面八方敲打读者的感官和内心。时间上，穿越了战争之前（前年）、战争之中（没全师）以及战争之后（此时）。地域空间上，从遥远西域的月支城下（陷落之后被吐蕃控制），一直跨越到唐王朝（汉）所在的核心地区，也即诗人所处的地方，并且指明这两地相距非常遥远（天涯）。生命的想象空间上，串联了阴间和阳界（死生长别离）。生命的实体空间上，则同时写到了已消亡的人类群体（全师）和幸免于难的动物个体（归马）。废帐和残旗，似乎是所有这些时间和空间端点连线的交点，而"欲祭"的作者和"疑在"的故人却无论在哪一度空间都阴差阳错，断无联络沟通的可能。这首诗也写了很多事件，如果展开来，完全有可能写成一部浩大的史诗。如果真有那样的大手笔，这部史诗的力度，大概能够与列夫·托尔斯泰的《战争与和平》比肩。

在我看来，这是唐朝边塞诗中最令人难忘的一首。它里面的细节，不是一般的能打动人，而是打得人心里一阵阵疼。

白话入诗句

唐诗之中的直言粗语

好诗人也用大白话？唐诗中最长的诗句有多长？

　　诗歌的语言跟文章的语言不同，跟大白话更是不同。这句话如果是说现代诗歌，肯定有很多人不同意，但若说的是唐诗，就基本上没人反对了。唐诗无论是格律诗还是古风、乐府，其语言都很优美、典雅，除了合辙押韵、朗朗上口，还很讲究炼字炼句，讲究意境，这跟文章和大白话应该有较大的差距。就算是白居易这样特别追求语言通俗易懂的诗人，他的诗歌语言尽管通俗，却一点也不直白朴实。

　　但是，我们也知道，唐朝是一个内涵特别丰富的朝代，在这里，一切皆有可能。在随意浏览《唐诗三百首》的时候，我们发现其中有不少诗句，跟一般的诗歌语言有很大的不同，真的很像文章的语言。

　　韩愈"文起八代之衰，而道济天下之溺"，是一个作文高手。他当然也写诗，虽然不如杜甫、李白、王维，在某种意义上也不如陈子昂、贺知章、李商隐，可毕竟也有诗作入选《唐诗三百首》。前人已经指出过韩愈"以文为诗"的特点，有人褒，有人贬，他也有不少这样的经典样例被人晒出来。我自己在读《唐诗三百首》的时候，发现韩愈的《山石》简直就是一篇游记。

有意思的是，诗才比韩愈高妙不少的李商隐写过一首为韩愈打抱不平的七言古诗，题目叫《韩碑》，其中有这样的句子：

帝曰汝度功第一汝从事愈宜为辞

哈哈哈，如果加上文章的标点符号，就更有意思了：

帝曰："汝度，功第一。汝从事愈，宜为辞。"

李商隐，他是个很好的诗人，写出过"身无彩凤双飞翼，心有灵犀一点通"[《无题》（昨夜星辰昨夜风）]、"春蚕到死丝方尽，蜡炬成灰泪始干"[《无题》（相见时难别亦难）]、"沧海月明珠有泪，蓝田日暖玉生烟"（《锦瑟》）这样的千古名句，现在竟然也写"帝曰汝度功第一汝从事愈宜为辞"这种口语化的散句，我怀疑他是故意这样写，目的是向以文为诗的韩愈致敬。

其实诗圣杜甫也有这种风格的句子，比如《韦讽录事宅观曹将军画马图》：

今之新图有二马，……其余七匹亦殊绝，……可怜九马争神骏……

真是交代得清清楚楚啊，先说那"二马"，然后说那"其余七匹"，最后再来个合计，"九马"，嗯，清点无误。

杜甫这几句还不算最散淡的。要说灵活散淡，飘逸洒脱，还得数诗仙李白。他的著名诗篇《蜀道难》中是这样写的：

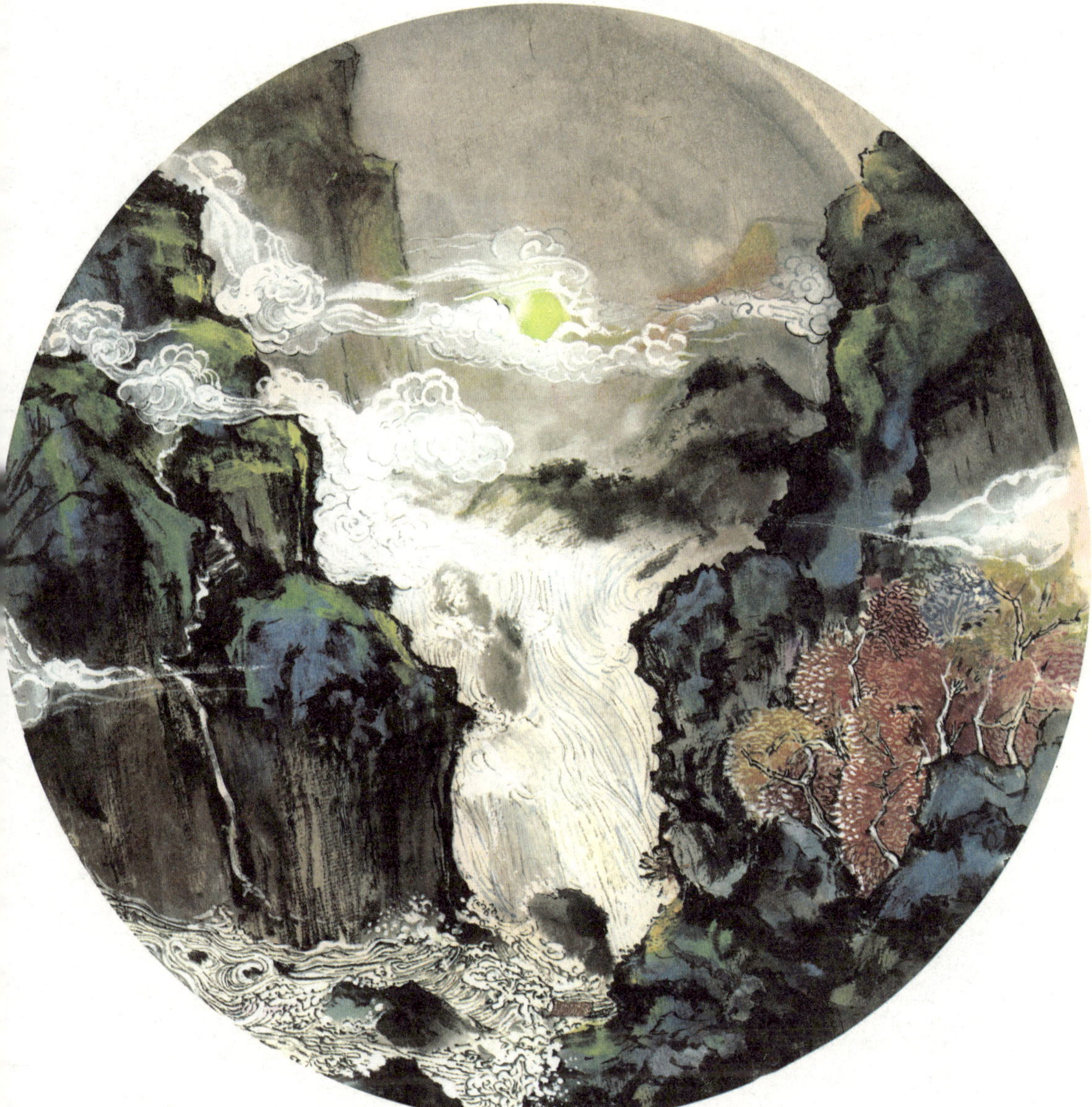

> 其险也若此，嗟尔远道之人胡为乎来哉！

要是你以前没注意过这两句，现在仔细看看，是不是有点毁三观的感觉？这明明，明明就像是某篇文章中的名句嘛！

我估计，李白的这一句，"嗟尔远道之人胡为乎来哉"，应该算是唐朝优秀诗歌当中最长、也最像文章的一句了吧？

不过话说回来，由于《蜀道难》是七言乐府诗，它的句子本来就长短不一，节律变化多端。如果唐人的诗歌都能拿来唱的话，那么《韩碑》和《韦讽录事宅观曹将军画马图》就是严肃场合的主旋律歌曲，而《蜀道难》就应该是一首边说边唱的 RAP 了。"尔来四万八千岁，不与秦塞通人烟。西当太白有鸟道，可以横绝峨眉巅"这些句子是唱词，"噫吁嚱，危乎高哉！蜀道之难，难于上青天"是开场的一声喊叫，而"又闻子规啼夜月，愁空山"一定是用来说的。"其险也若此，嗟尔远道之人胡为乎来哉"当然也是用来说的，它最长，最考验歌唱家的肺活量。

假设现代的好事者把《蜀道难》拿来演唱，你认为由谁来唱最好？我推荐周杰伦。他不仅唱得好，还能够自己谱曲。不过这就没有方文山什么事了，歌词是现成的，李白原创，水平比他的高多了。

野炊引话题

关于野炊的大俗大雅

野炊也分好几种？孟浩然还想来看菊花吗？

这首七言绝句名叫《野炊》，是我写的：

> 路畔香椿揪愈短，
> 田间野蒜掘堪危。
> 松毛截竹胡烧饭，
> 自古顽童爱野炊。

内容取材于小时候的经历。这是第一种野炊，是我认为最原初意义上的野炊，即：在野外做饭吃。

这种玩法有很多的好处，很多的乐趣。但似乎只有儿童把这当做一种游戏，成人一般不在野外做饭。当然，特殊情况下也会有的，比如军人行军中。

普通的成人，有时会在家里把饭做好，然后搬到外面去吃。这是第二种野炊，就是只在外面吃。其实严格来说是"野餐"。王维的《积雨辋川庄作》里面提到这种吃法：

积雨空林烟火迟,

蒸藜炊黍饷东菑(zī,新开一年的土地)。

后一句是说,把饭做好了,送到别墅东边的地里去吃。这当然是地里的劳作者愿意在外面吃。久雨之后,家里闷热潮湿,刚做过饭的烟火太重,不如就在地头吃,空气好,视野还开阔。

除了农人,修身养性的道士大概在外面吃饭,上面这首诗里面还有这样两句表明了这一点:

山中习静观朝槿,

松下清斋折露葵。

显贵之家的妇女也可能在春游踏青的时候顺便吃一顿露天的午餐,杜甫的《丽人行》就是这么写的:

三月三日天气新,

长安水边多丽人。

……

紫驼之峰出翠釜,

水精之盘行素鳞。

犀箸厌饫(yù.厌饫,吃饱)久未下,

鸾刀缕切空纷纶。

黄门飞鞚(kòng,马笼头。飞鞚:飞马)不动尘,

御厨络绎送八珍。

这种草地上的野餐，在西方倒是很流行，至少是曾经很流行。马奈和莫奈都有题为《草地上的野餐》的著名画作，给我们留下了这方面的证据。

　　第三种野炊，就是乡野的伙食，也就是农家饭。一般来说，农家饭都是粗茶淡饭，生活水平低的人赖以为生。元稹的《遣悲怀》（其一）就把它写成了贫苦生活的代表性特征：

　　……
　　野蔬充膳甘长藿（huò，豆叶），
　　落叶添薪仰古槐。

　　如果只是偶尔吃一顿忆苦饭，一般人都不会太排斥。韩愈的《山石》写到他的一次徒步活动中吃的最简陋的"野炊"：

　　……
　　铺床拂席置羹饭，
　　疏粒亦足饱我饥。

　　当然，农家生活也并非都是那么清苦，富农家吃的好东西，城里人一般都吃不上。孟浩然的《过故人庄》写他酒足饭饱、告辞回城的时候还跟人约了下次再来吃，可见他吃得相当满意：

　　故人具鸡黍，邀我至田家。
　　绿树村边合，青山郭外斜。
　　开轩面场圃，把酒话桑麻。

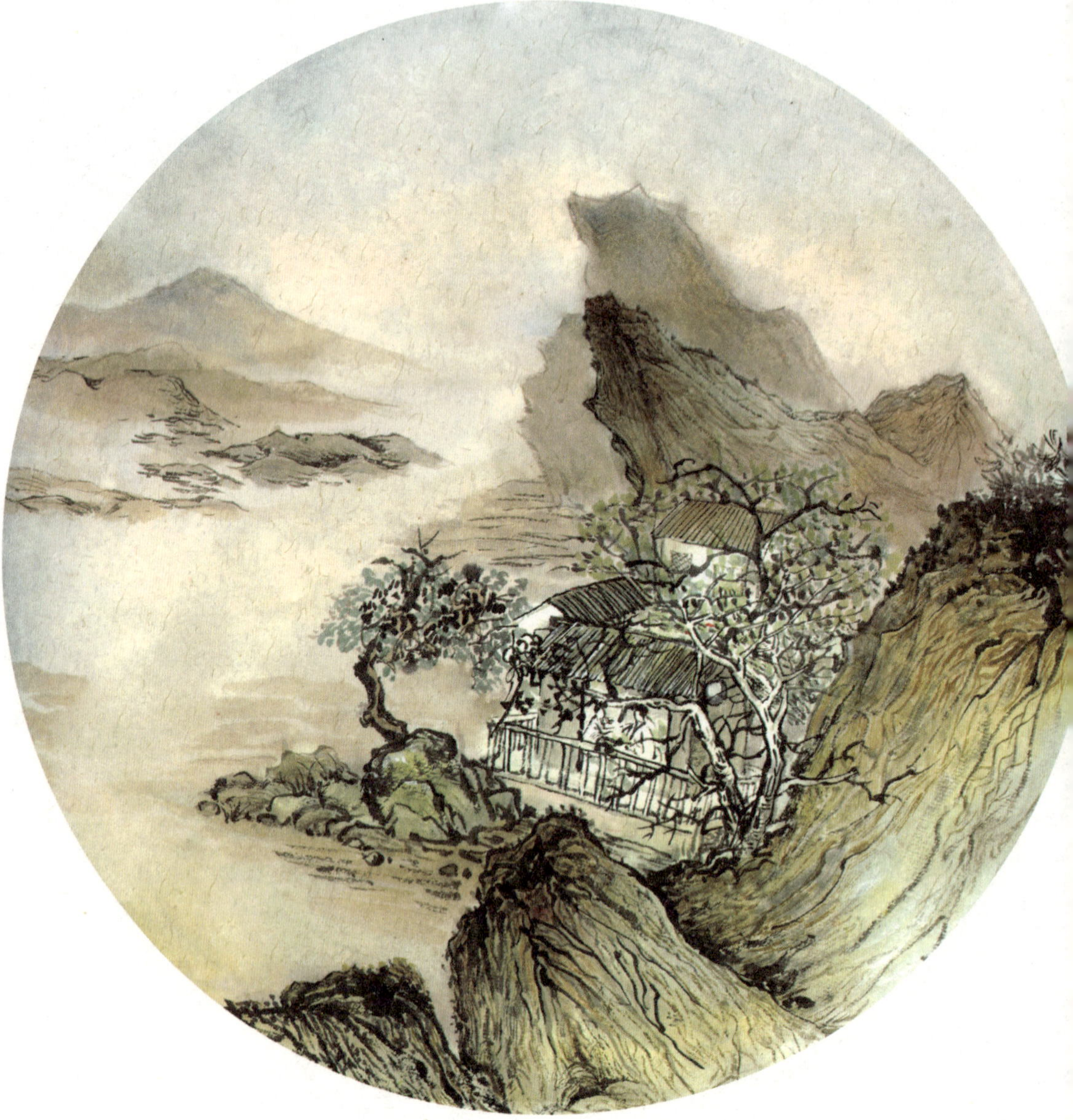

待到重阳日，还来就菊花。

现在，城里人吃腻了大鱼大肉，时兴吃农家饭了。到乡下去吃又懒得跑，于是有人把农家饭搬到了城里，方便那些偏好这一口的城里人。

这种餐馆，现在在很多地方都很吃香。我的一个发小，多年前在一家国企当过中层管理人员。后来下岗，摸索了好几年，终于在餐饮业找到了自己的位置。他开了家餐馆，名字就叫"野炊"，主打菜品都是按照富农的生活标准来设计的，我估计孟浩然要是吃过，一定会等不及重阳节就要来吃第二顿。

发小的餐馆经营得很认真，回头客很多。最近又开了一家分店，装修上了一个台阶，达到地主的水平了。

名字还是叫"野炊"。这个名字，总是让我回忆起跟一帮发小的快乐童年。于是忍不住又写了一首绝句，题目叫《夏日田园》。诗曰：

半亩茶园萤戏火，
三分菜地露沾瓜。
蝉鸣午后怡清梦，
一缕炊烟醉晚霞。

两首诗都送给这位发小，希望他当了地主之后不要当恶霸，要当善人。

元宵读诗词

诗人笔下的上元佳节

不识月的小孩怎么知道白玉盘？唐人和宋人元宵节各自做什么？

前段时间，很多人都在谈论央视的一个节目，叫做"诗词大会"，朋友建议我了解一下。我找到武亦姝与彭敏总决赛的视频看了一下，看完之后猜想：多数观众看了这个节目之后，都会拿自己跟这些选手作一番比较。我也如此。其结果就是：非常佩服、非常羡慕。

说佩服，主要佩服的是二位这么年轻就掌握了这么多古诗词。这个"掌握"，说的还不仅仅是"背诵"，而是能够透彻地理解这些诗词，欣赏其中的韵味，甚至把它们融入自己的言谈举止，影响自己的思维方式。夺冠的武亦姝才17岁，还是个中学生。彭敏比武亦姝稍年长一点，生于1983年，就这还被更年轻的孩子们称为"敏叔"。他这次虽然惜败给了武亦姝，可是他是北大的硕士，2015年曾夺得"中国成语大会"的冠军，可见他的功底了得。跟他们比起来，我不仅记忆力没他们好，古诗词方面的知识没有他们丰富，更主要的是才思远不如他们敏捷，风度也远远不如他们那么儒雅。

除了佩服，就是羡慕。现在的时代比我们那个时候强多了，想读古诗词的话就有条件读，甚至一分钱都不用花。我小时候要是有这样的条件，估计应该也能背诵很多诗词，至少可以去参加海选。

武亦姝在决赛中，背诵了李白的五言古诗《古朗月行》中的开头两句。全诗是这样的：

小时不识月，呼作白玉盘。
又疑瑶台镜，飞在青云端。
仙人垂两足，桂树何团团。
白兔捣药成，问言与谁餐？
蟾蜍蚀圆影，大明夜已残。
羿昔落九乌，天人清且安。
阴精此沦惑，去去不足观。
忧来其如何？凄怆摧心肝。

有一些幼童背诵用的古诗词选本节选了前面四句。恰恰是这四句，我读的时候有一点疑惑。按说，无论从词汇学习还是实体认知来说，"白玉盘"的难度等级都要高于"月"，一个还不认识月亮、不知道它名字的小孩子，却能用"白玉盘"来称呼它，这很难令人相信。就算李白家财大气粗，从小就见惯了玉盘珍馐，他小小年纪也很难产生"瑶台镜"这样的想象啊！

李白是剑南道巴西郡人（也有人说他是中亚人，我们取巴西说），剑南道就是现在的四川、重庆一带，这个地区多雾，晴天少，见到"朗月"的机会不多。那么，在唐代的剑南道这个特殊的时间和空间，一个小孩子都知道白玉盘、瑶台镜了之后却还不识月，这个可能性还是有的。不是还有"蜀犬吠日"这个成语吗？不知道四川、重庆的朋友们能不能接受这种解释。

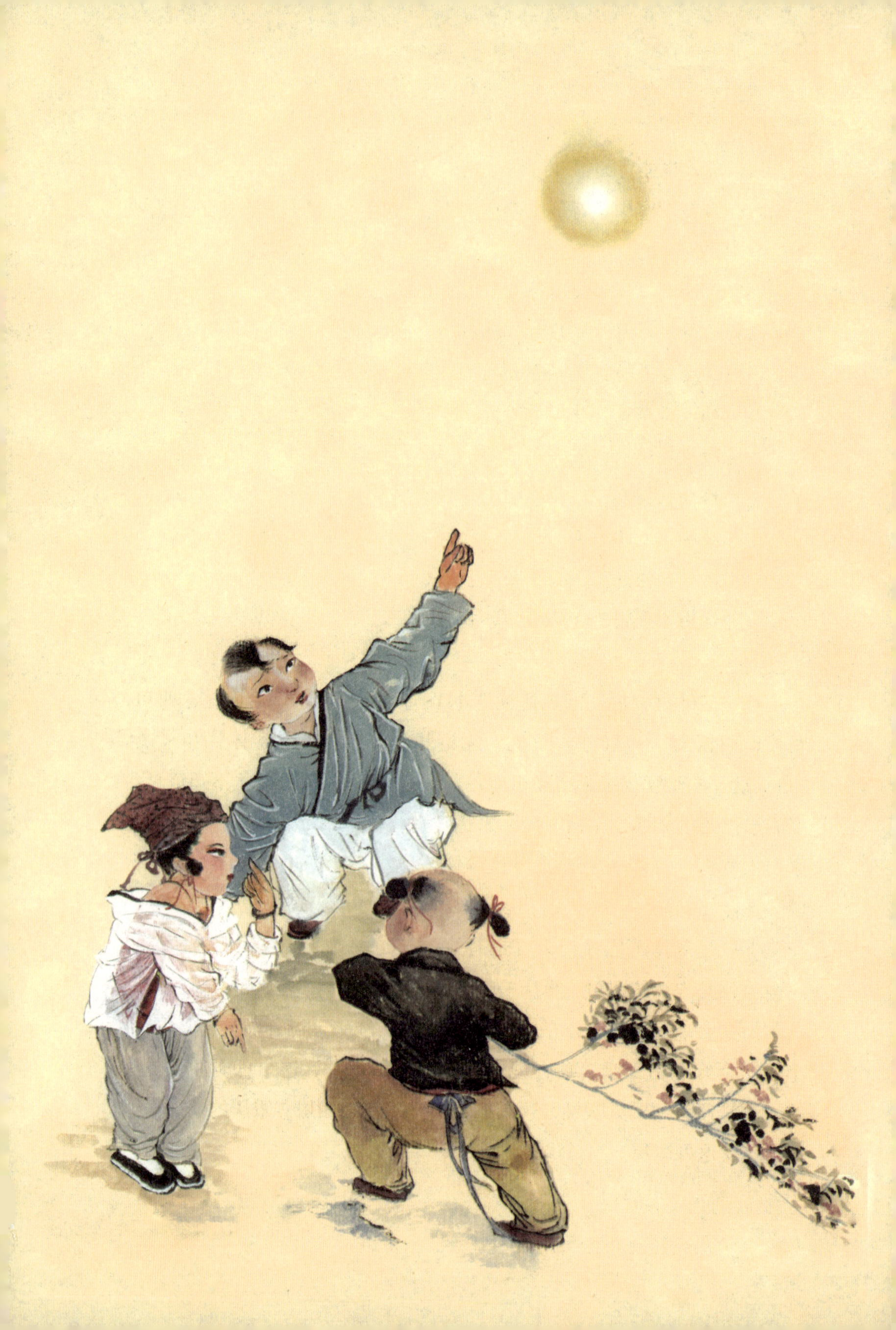

说到月亮,我们还想再说说正月十五的月亮。农历正月十五是春节的最后一天,这一天大概是含蓄内敛的古代中国人最快乐、最奔放的一天,大致相当于一年当中仅有的一个狂欢节。这一天,很多人都拖家带口地去看灯、猜谜,其实也是看人。青年男女更是借此机会光明正大地看异性。

尽管正月十五的月亮也很大、很圆,但由于灯火通明,月亮就显得黯淡了,而且灯火和月亮的焦距不一样,所以看灯的人一般都不会去注意月亮。但是,那些心不在灯的青年男女,有可能远远避开人头攒动、人声鼎沸的灯市,跑到人少的地方去幽会。这时候,月亮就很重要了,月光不仅可以让人看清爱恋对象的容貌、表情,还能制造一种浪漫温馨的气氛。所以,古人写正月十五的诗词,往往就会把灯市、月下作为两个极端的场景来对照着写。

比如欧阳修的《生查子·元夕》:

去年元夜时,花市灯如昼。月上柳梢头,人约黄昏后。
今年元夜时,月与灯依旧。不见去年人,泪湿春衫袖。

再如辛弃疾的《青玉案·元夕》:

东风夜放花千树,更吹落,星如雨。宝马雕车香满路,凤箫声动,玉壶光转,一夜鱼龙舞。
蛾儿雪柳黄金缕,笑语盈盈暗香去。众里寻他千百度,蓦然回首,那人却在,灯火阑珊处。

这两首都是宋人写的。跟唐人比起来,宋人都可以算是情圣。唐人在正月十五干些什么？他们大都不谈恋爱，都是老老实实去看灯。

比如张祜的《正月十五夜灯》是这么写的：

千门开锁万灯明，
正月中旬动帝京。
三百内人连袖舞，
一时天上著词声。

再如苏味道的《正月十五夜》：

火树银花合，星桥铁锁开。
暗尘随马去，明月逐人来。
游伎皆秾（nóng，美艳）李，行歌尽落梅。
金吾不禁夜，玉漏莫相催。

张祜这一首提到了"人"，却是三百人的集体舞！想两个人卿卿我我谈个恋爱，门也没有。苏味道的这一首提到人是"明月逐人来"，似乎远离了灯火辉煌的大舞台，跑到花前月下去了。但是不，并非如此。这句的意思是：明月都跟着游人，跑到灯树下来了。你看后面写的是浓妆艳抹、唱着歌随意游走的歌伎，这当然不是个情人幽会的场合。这么没心没肺只看灯、只点歌、只看热闹，竟然还流连忘返，想要通宵达旦，"玉漏莫相催"——别跟我提时间！

你看，多么清白单纯的大唐，真有"小时不识月"的憨萌。要是想谈个情、说个爱，您只好移步去宋朝了。

外族作唐诗

新罗诗人的艺术人生

这个新罗留学生的中文水平怎么样？他在大唐干了些什么？

很多人对"崔致远"这个名字比较陌生，实际上他是个名人。他是新罗人，用中文写诗的水平放在晚唐诗人群里也毫不逊色。

新罗曾经是朝鲜半岛上"三国"之一，崔致远出生时，新罗已经统一了朝鲜半岛。有人把崔致远看成韩国文学史上的第一位诗人。这么说稍微夸张了一些，因为比崔致远早很多年，已经有人写诗了。

这一首《箜篌引》，据说是韩国最早的汉文诗歌，记录在汉朝的《琴操》和西晋的《古今注》里面，读起来令人哀痛：

公无渡河，
公竟渡河！
堕河而死，
当奈公何！

这首诗的起因，是一个心智不太正常（可能是缺心眼，也可能是喝高了）的男人不顾老婆的哀求阻拦，执意要涉水过河，结果不幸淹死。

老婆在岸上一边痛哭一边弹着箜篌数落亡夫，然后也投河而死。渡口的艄公霍里子高作为目击者，回家跟他老婆丽玉一五一十地讲了这件事。丽玉听完，也拿起箜篌，即兴弹了一首新曲子，并把渡河者妻子哭诉时口中的言辞编成了歌词，就是这一首《箜篌引》，也叫做《公无渡河曲》。这事发生在汉朝，地点是现在的平壤大同江畔，当时归汉朝乐浪郡朝鲜县管辖。按说，这首歌词不太好看成韩国的诗歌，但是韩国人愿意这么看，我们且由它去吧。我想说的是，眼看着两条生命的消失，这个艄公有见死不救的嫌疑，而丽玉的弹唱似乎是在消费死者。

新罗人崔致远的诗歌创作是在晚唐时期，但他的诗没有收入《全唐诗》。《全唐诗》中倒是收了其他一些新罗人的作品，有的比他早，比如真德女王金胜曼的《太平诗》（《全唐诗》卷797）（唐高宗永徽元年，公元650年）。不过，要论作品数量多、质量高，在新罗时代，崔致远的确当得上第一人。根据《新唐书·艺文志》记载，崔致远著有《四六集》（骈文作品）一卷，《桂苑笔耕集》二十卷。前者今已失传，后者收在《四部丛刊》之中。另外，日本人编的《全唐诗逸》、李氏朝鲜人编的《东文选》收录有他的作品。

下面说说崔致远的生平。

这个人是韩国来华留学生的鼻祖之一，公元856年（一说857年）出生于新罗王朝的首都王京。这个地方现在属于韩国的庆尚北道，地名叫庆州。当时，新罗民间子弟和寺庙僧人有入唐留学的风尚，仅公元840年学成回国的就超过了一百人。崔致远家条件不好，他爹在他12岁的时候就打发他来中土留学，希望能够靠知识改变家族的命运。他爹为了激励他，临别时说了几句狠话："给你十年时间，你一定要在大唐考取功名、当上官，否则你就别说我是你爹，我也就当没有你这个儿子！"于是在唐懿宗咸通九年（公元868年），崔致远搭乘商船，西渡入唐。

崔致远是个聪明、勤奋的孩子，他爹也并非因望子成龙心切而盲目给他施加压力，因为他仅仅学了6年，在公元874年就考中了进士。考虑到汉语并非他的母语，他来中土时多半是初级或入门级水平，当时还没有北京语言学院，不存在专业的对外汉语教师，对外汉语教学作为一门学科还没有确立，他能在6年内就达到相当于现在的博士生入学水平，的确令人叹服。

这时期他就开始写诗，《秋夜雨中》（收录于《东文选》）描写了他是如何苦读的：

秋风唯苦吟，举世少知音。
窗外三更雨，灯前万里心。

这首诗的水平不错。后面两句致敬了很多诗人，例如王维——"雨中山果落，灯下草虫鸣"（《秋夜独坐》），司空曙——"雨中黄叶树，灯下白头人"（《喜外弟卢纶见宿》），李商隐——"何当共剪西窗烛，却话巴山夜雨时"（《夜雨寄北》）。

当年的留学生教育政策还是比较友好的。来自世界各国（主要是新罗、日本）的留学生参加一个入门考试（可能是学能测试），通过了之后就能获得中国政府奖学金，在"国子监"就读。国子监大概相当于古代中国的大学，中外学生混招，以公费生为主，也有少量自费生。外国留学生都是公费，唐朝时由鸿胪寺负责留学生的学籍管理和生活安置，鸿胪寺大概相当于现在的国家留学基金管理委员会（CSC）。汉语水平较低的留学生，鸿胪寺还会安排教师辅导他们。留学生的类型主要是学问生、请益生、还学生，学问生、请益生大致相当于现在的学历生、进修生，还学生则是跟随遣唐使来、跟随他们回国，在此期间作短期学习，大致相当于速成班学员。

话说这个崔致远经过6年苦读就一举及第，这个消息传回到了他的故乡，整个崔氏家族奔走相告，欢天喜地。但是崔致远却不肯回国，而是跑到东都洛阳，当起了"洛漂"。考试通过，他的学籍就没有了，奖学金停发，生活无着。按当时的政策，及第两年之后才能列入吏部的人才选拔计划，获得公务员资格。这两年当中，他必须自己找饭吃。这是与现在形式不同的"下基层"吧。崔致远靠给人写东西赚钱谋生，这段时间过得比较艰苦。不过也有收获：以前在国子监，身边的大都是留学生，现在是混社会，跟大唐社会各阶层有了广泛的接触，结识了一帮朋友，建立了自己的人脉，汉语听说读写能力也有了很大的提高，逐渐达到了准母语者的水平。他在这个时期创作的诗、赋等文学作品编成了三卷，不过都没有流传下来。

两年之后的876年，崔致远如愿谋得了公职，出任溧水县尉，一干三年多。溧水县在南京附近，县尉相当于县公安局长。这个地方没有多少治安案件，他的工作很清闲，很多时候都是在冶游交友，吟诗作赋。他把这三年的诗赋编成了一个集子，叫做《中山覆匮集》，一共有5卷。后来没有流传下来。但我们能够见到其中的一些作品，比如比较有名的《江南女》：

江南荡风俗，养女娇且怜。
性冶耻针线，妆成调管弦。
所学非雅音，多被春心牵。
自谓芳华色，长占艳阳年。
却笑邻家女，终朝弄机杼。
机杼纵劳身，罗衣不到汝。

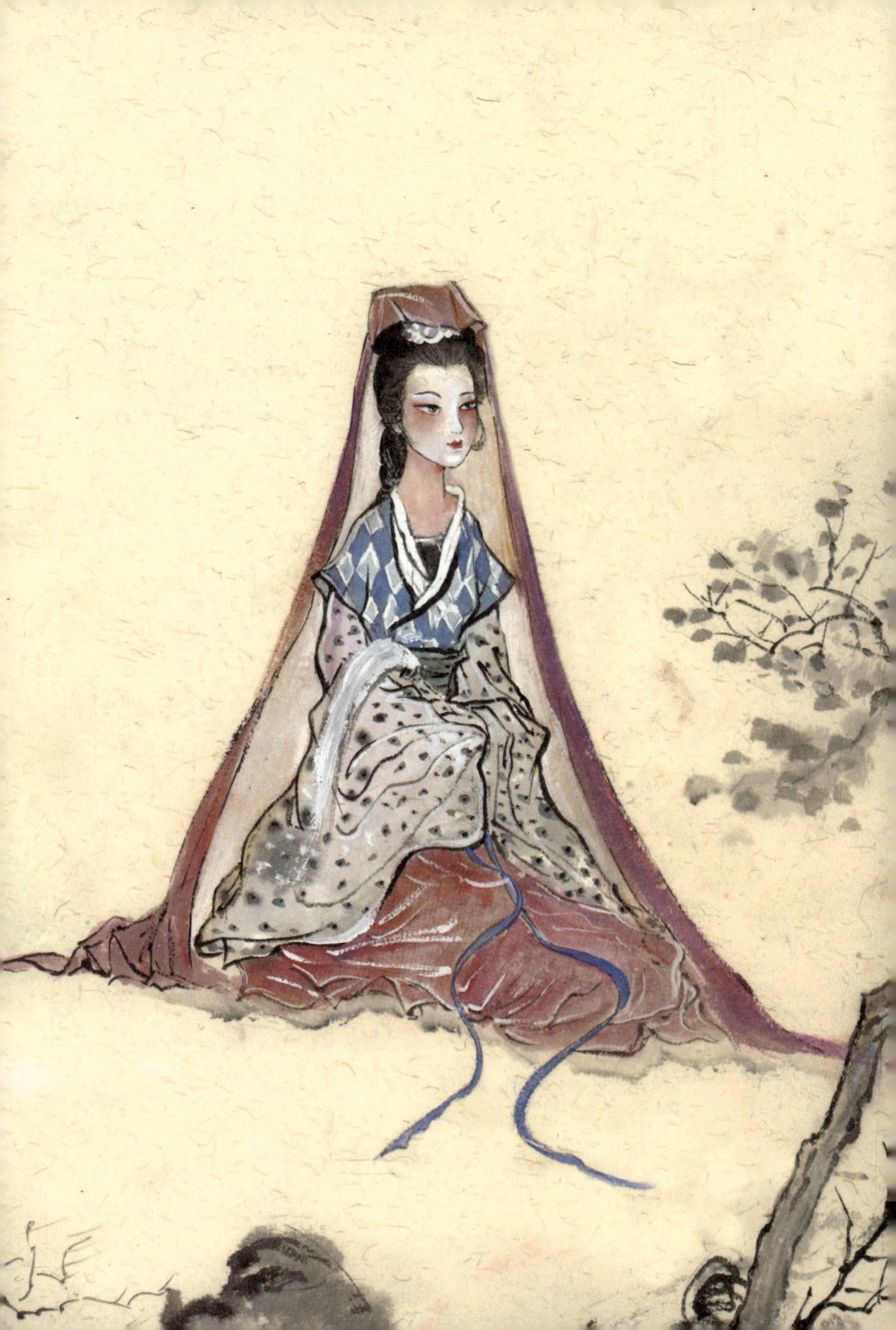

有人说，这首诗是讽刺富家女娇生惯养、年少怀春、看不起劳动人民子弟。我倒觉得未必。前面8句对富家女的确是批评的态度，后面4句由平声韵转为上声韵，态度也扭转了180度，转而以富家女的口吻嘲讽贫家女，看不出作者本人的立场与富家女有什么不同、与贫家女有什么一致。原文照抄富家女对贫家女的嘲讽，这本身并不能构成对富家女的反讽。所以我认为这首诗的立场是矛盾的。这个时候崔致远只有20岁出头，对于异性可能还未形成正确的认识，他的婚恋择偶观还在摇摆之中，他对富家女和贫家女都没有特殊的感情。

我这么说还有别的根据。没听说崔致远在这段时间有作风问题，他显得好像不太近人间女色，但他对狐妖仙鬼却很有热情。他写过这么一个离奇的故事：南京附近花山的山脚下有一座古墓，里面埋着两位才貌双全的少女（她们俩生前正好就是《江南女》所描写的那种富家女）。崔致远从此经过，听说了坟主人的故事，不免有些怜惜，于是写了一首诗来凭吊她俩。结果当天夜里，一个使女飘然而至，来到崔致远歇息的驿馆，送给他一只红色的袋子。打开一看，里面有两首诗，原来是两位坟主的回信⋯⋯崔致远也不害怕，竟然又写了一首诗来回复她俩，还让使女带回。然后，就是两位美女竟然亲自来了！来了！⋯⋯二十岁出头、才华横溢的崔致远同学主要关心的是中国语文，在其他方面还有些懵懂，故事接下来是这样的：他跟两位美女秉烛围坐一整晚，只是谈文学、玩飞花令而已，其他什么也没做。不知不觉过了很久，突然从窗外传来一声鸡鸣，两位美女惊慌失色，匆忙告辞。临走既没约定下次见面，也没留下个丝巾、玉环什么的。由此可见这时候的崔致远对于异性的观点和态度，与其他人有较大的差距。这个故事，他是写在长诗《双女坟》中的，这首诗没有流传下来，但是里面的故事却被人记录下来了。有人说他是开了《聊斋志异》的先河，但是我觉得，蒲松龄才不会这么编故事呢，蒲松龄多么老成。

崔致远后来一直这么冰清玉洁，好不容易有了一位红颜知己，却是个出家人——请看《留别女道士》：

> 每恨尘中厄宦涂，
> 数年深喜识麻姑。
> 临行与为真心说，
> 海水何时得尽枯？

一般人说到"海枯石烂"之类的话语，都是恋人之间赌咒发誓。韩国留学生崔致远跟一位中国女道士临别赠言，竟然热切地盼望海水尽枯，真不知道他俩到底有一个什么样惊世骇俗的约定。

公元880年，崔致远卸任，本打算回长安述职的。可是，回不去了，因为黄巢起义爆发了。这一年年底，黄巢攻入长安，"满城尽带黄金甲"。崔致远无处可去，只好投入镇海军节度使高骈的幕府，做了个秘书。他的主要职责是为高骈写公文，工作之余他也自觉写了不少拍高骈马屁的作品。这么做，说明他还是很有上进心的。高骈征讨黄巢时，崔致远写了一篇言辞凌厉、气焰万丈的檄文，其中有这样凶悍的句子："不惟天下之人皆思显戮，抑亦地中之鬼已议阴诛。"这让人不由想到骆宾王的《讨武曌檄》。据说黄巢本人看到之后，也有几分胆寒。可惜高骈这个人有军阀的通病，为了保存实力，拥兵拒战，害惨了朝廷，最终被朝廷罢了官。

在高骈这样的领导手下，崔致远的仕途上进之路没法走通。不过他的文学创作倒是有很大收获。在高骈幕府，著名诗人罗隐（833—910年）跟崔致远是同事。崔致远比罗隐小两轮，此前一直很崇敬罗隐，现在既然是同事，少不了当面请教。有学者认为崔致远的作品受到了罗隐很大的影响。在高骈幕府这几年，崔致远的作品数量很多，其中不乏精品。后来这些作品被他编成20卷的《桂苑笔耕集》。

突然有一天，有一个说话很难懂的人来找崔致远。来人进屋后，崔致远觉得他的样子好熟，可是一时又想不起是谁。这时，来人突然说起了朝鲜语。他说他是崔致远的弟弟，名字叫崔栖远。崔致远这才想起弟弟小时候的模样，那时候崔致远本人12岁，弟弟才几岁，还是个小跟屁虫。一转眼16年过去了，哥俩的样子都变了，要是走在大街上碰到，根本就认不出来。

原来弟弟是来叫哥哥回国的。哥哥正在犹豫，弟弟从怀里掏出父亲写的信。虽然是少小离家，今已老大，这么多年没回家看看，崔致远却是个孝子，二话不说就收拾行李回国。这一年是公元884年。当时的交通不太方便，他们第二年才到家。

后面的事情我简单点说：衣锦还乡，无限风光；远拜宗亲，近奉高堂；认证学历，投奔国王；加官进爵，公务繁忙；政坛风浪，贬到远乡；身处江湖，心忧庙堂。然后是公元899年辞官归隐，到处游玩、交友、讲学、创作，在朝鲜文学史上占据了一个非常重要的地位，百世流芳。据说他是公元951年去世的，活了95岁（或96岁）。身后还得到一个谥号，叫"文昌侯"。

第三编
真相的花束

侠客不行（上）

李白崇尚什么样的人

庄子难道是一条好汉？侯嬴、朱亥又有哪些问题？

全唐诗中只有李白、元稹、温庭筠各写了一首《侠客行》，可见唐朝诗人们在这个主题上的成功经验不多。《唐诗三百首》和《唐诗鉴赏词典》中也都没有任何一首《侠客行》，可见无论清朝还是现在，大家都看不上这几首《侠客行》。

李白的《侠客行》水平一般，但是喜欢它的人很多。金庸的武侠小说《侠客行》不仅借用了它的标题，还把它作为情节推进的一条关键线索。诗不算太长，先抄在下面。

> 赵客缦胡缨（粗糙无纹理的帽带），
> 吴钩（一种弯刀）霜雪明。
> 银鞍照白马，飒沓（sàtà，速度快）如流星。
> 十步杀一人，千里不留行。
> 事了拂衣去，深藏身与名。
>
> 闲过信陵饮，脱剑膝前横。

将炙啖朱亥，持觞劝侯嬴。
三杯吐然诺，五岳倒为轻。
眼花耳热后，意气素霓生。
救赵挥金槌，邯郸先震惊。
千秋二壮士，烜赫大梁城。

纵死侠骨香，不惭世上英。
谁能书阁下，白首太玄经。

原诗没有分节，我是为了解说的方便，把它分成了三节。三节分别有8、12、4句。

先说前八句。这几句是李白对于他想象的这位"侠客"的籍贯、装扮、武器装备、交通工具、行为方式、犯罪情节的描写，有点像公安机关的案情通报。不过李白显然不是站在警方的立场，而是充当了侠客的崇拜者的角色，甚至可以认为李白有很强的代入感，他恨不得自己就是那个像风一样自由的侠客。

一般人可能没想到，这个侠客不是李白原创的形象，他是在用《庄子》的典故。《庄子》的《杂篇》中有一篇《说剑》，记录了以庄子为男主角的一个离奇故事。作为男一号的庄子不仅有武功、有勇气，而且有智谋、有口才，简直就是集关云长与诸葛亮于一体的超级无敌大男神（不过文中并没有出现女性形象）。话说赵文王养了一帮剑客，每天拿着冷兵器格斗厮杀，只为了给他近距离欣赏，这样平均三天就会挂掉一个，场面非常血腥。文王的儿子——赵太子忍了三年，实在受不了了，就悬赏请人去做他爹的思想工作。这活儿不好干，后来就找到庄子这个大知识分子，可庄子竟然一口就答应了，而且说，我为了国家利益去当说客，赏金什么的就不要给我了。我们知道庄子是搞哲学的，一贯主张保身全生、清静无为，不爱掺和俗世是非，在这个故事里凭什么就华丽转身了呢？难怪很多人都认为《说剑》这一篇绝不是庄子的作品。这个问题我们就不去讨论了，我们要言归正传。接着说庄子，他先把自己打扮成文王门下剑客的模样——"蓬头、突鬓、垂冠、缦胡之缨、短后之衣"，也就是头发乱糟糟，鬓角硬翘翘，帽子歪吊吊，帽带麻糙糙，衣服露后腰——然后去见赵文王。见到文王，他故意端着架子，成功地吊起了文王的胃口。然后吹牛说，我手里这把剑啊，"十步一人，千里不留行"，意思是说，你隔十步摆一个对手来阻拦我，我能一直杀过去，一千里之内都拦不住我——本事大得快赶上《西游记》里面的那些大妖怪了。文王这个武术粉听了哪里受得了，于是在门下剑客中组织了一场古罗马角斗士一样的淘汰赛。为期一周的实战赛程之后，有五六个人成为最后的优胜者，另外六十多位选手就被人世间永远淘汰了。这几个优胜者即将与庄子展开最后的决战。其实文王应该让这六七十人都来跟庄子比试，看看庄子到底能走多远。印堂发黑、命悬一线的庄子，像紫霞仙子剑下的至尊宝一样，凭自己的急智忽悠，成功地给文王洗了脑。洗脑之所以成功，主要是提出了"三剑"理论。简单来说，就是威震四海的天子剑、知人善任的诸侯剑，以及头发乱糟糟、鬓角硬翘翘……的庶人剑。庄子说，这个庶人之剑吧，跟斗鸡差不多，您现在担任崇高伟大的领导人职务，却偏偏喜欢上了底层群众喜闻乐见的庶人剑……文王一听，什么，我真的给人留下这样的印象吗？伤自尊哪！上正殿，你继续说！于是两人挪到正殿上，庄子趁机展开了更加耐心细致的思想工作。结果文王表现出各种悔恨、焦虑、内心崩溃，最后把自己关在宫里深刻反省，三个月都不出来。剩下的那些剑客呢，三个月见不到老板，竟然像中了邪似的纷纷自裁。于是，整个世界清净了。

看来李白特别喜欢这个故事。但是在我看来，他根本没有读懂，或者说是有意误读了这个故事。这个故事的寓意是让人不要舞刀弄枪，要干点正事，李白却买椟还珠，对舞刀弄枪的剑客们崇拜得一塌糊涂。从具体细节上看，"缦胡之缨"这种装扮在《说剑》中是夸张滑稽的负面形象，是为夸下"十步一人，千里不留行"的海口而实际上只有三寸不烂之舌的庄子所不齿的"庶人之剑"的标配，可是李白却跟脑残粉一样，把它们都打包到一起，一律作为正面形象来歌颂。他还给主角定了籍贯，换了兵器，添了战马，有点像是动漫和电脑游戏。鉴于唐朝是法治社会，跟无法无天的战国不一样，不能像庄子所吹嘘的那样，杀了人也不必承担法律后果，李白为了解决这个漏洞，特别补充了一个细节，那就是他心目中的这位侠客杀了人之后是要跑路的，要隐姓埋名，躲避风头，以免被官府抓住。这是李白的细心之处，不过花这么多笔墨来给庄子打上一个小补丁，未免显得有些稚拙。

可能这个侠客的形象还不够具体，不利于读者脑补，李白在后面的十二句中举了个例子，那就是战国时跟着信陵君完成窃符救赵英雄壮举的两位壮士——侯嬴、朱亥。他俩的事迹在《史记·魏公子列传》有记载，高中语文课上学过，一般读者都很熟悉。有意思的是李白的叙事方式，他对史实作了裁剪和加工，打上他个人的烙印，结果却几乎毁掉了这个故事。这十二句又可分为三个部分，第一部分4句，"闲过信陵饮，脱剑膝前横。将炙啖朱亥，持觞劝侯嬴"。是说信陵君请客，跟侯嬴、朱亥一起吃吃喝喝，还给朱亥喂烤肉、给侯嬴劝酒来着。可是根据历史记载，朱亥在仗义行侠之前，根本就没怎么搭理信陵君，更是没有参加过他的饭局，李白这是在胡编。第二部分4句，"三杯吐然诺，五岳倒为轻。眼花耳热后，意气素霓生"。这一部分本意是要夸奖几位豪杰的英雄气概，但是实际效果倒像是在丑化他们。"吐然诺"是说他们作出了承诺,"五岳倒为轻"是说跟他们的承诺比起来,五座名山倒显得分量很轻了,也就是说他们的诺言分量很重。可是,这些承诺是在三杯酒下肚之后说的,要知道酒桌上大家都喜欢说大话,席散了之后都可以不认账的。所以李白你想夸他们信守承诺,为什么要把他们放在你个人嗜之如命、却与作品主题思想不协调的酒桌上?后面的"眼花耳热"明明是酒精中毒的症状,天上冒出一道白虹(素霓)恐怕不是因为壮士们豪气干云而激发出来的,而多半是醉酒之后的幻觉。事实上,根据司马迁的记载,侯嬴虽然的确吃过信陵君的酒席,而且喝得比较透彻,但是他当时并没有对信陵君作出什么承诺,只是说了一大段思路清楚、逻辑严密的话,可见压根没有喝醉。李白自己爱喝酒,喝高了之后也可能喜欢夸海口,这个我们可以理解,但是人家战国的壮士都很清醒理智,才不会如此酒壮尿人胆呢。第三部分4句,"救赵挥金槌,邯郸先震惊。千秋二壮士,煊赫大梁城"。是说朱亥一锤子砸死了魏国的老将晋鄙,调动了魏军,挽救了赵国,邯郸朋友圈都转疯了,然后几位英雄在魏国首都大梁也都成了名人。这也是李白作为一个书生的见识,朱亥本人恐怕不是为了出名,他是在豪赌,是在以生命报答看得起他的朋友。对于这场代价极大、风险极大的残酷游戏,念念不忘"震惊""煊赫"的,只能是少不更事的脑残粉。

诗歌的最后四句:"纵死侠骨香,不惭世上英。谁能书阁下,白首太玄经。"这四句含有两个意思,前两句是从正面拼命抬高自己心目中这个"侠客"的地位,后面两句是把汉代著名的知识分子扬雄拉过来垫脚,以便从反面衬托这个侠客的高大形象。我不反对李白使用反衬手法来表明自己重武轻文的志向,但是让扬雄躺枪,我坚决反对。刘禹锡《陋室铭》中,把扬雄与诸葛亮并举,可见他是多么令人仰慕的一个鸿儒。事实上,扬雄从来不是个酸腐文人,而是才华横溢、思维敏捷、成就非凡的文学家、哲学家、语言学家，当官也当到了一定的级别。一个成熟稳重的读书人，无论如何也不会通过贬低大知识分子扬雄，来抬高杀猪匠朱亥、保安侯嬴，以及头发乱糟糟、鬓角硬翘翘、帽子威吊吊、帽带麻糙糙、衣服露后腰的杀人凶犯。

　　李白少年时有当侠客的梦想，后来虽然一辈子身为文人，任侠之气却一直没有消除。在诗歌创作中，他时不时要贬一下儒生、褒一下游侠（如《白马篇》《侠客行》《行行且游猎篇》），这种矛盾、分裂的状况，也是李白思想复杂性的一个方面。

侠客不行（中）

元稹、温庭筠怎么写侠客

元稹写了什么样的侠客？温庭筠写得不是挺好吗？

（一）

《全唐诗》中，题名《侠客行》的一共有三首，除了李白（701—762年），还有元稹（779—831年）和温庭筠（约812—约866年）各一首。这三人的生卒年跨度一百多年。整个唐朝的文人中虽然都流行好武之风，产生了两千多首边塞诗，其中名为《从军行》的就有十多首，但是《侠客行》却只有这三首，而且断断续续拖了一百多年才凑足这个数字，这是为什么？我推测，"侠客"并不是唐朝的一种现实存在，而更多的只是一种虚幻的传说，而且真正相信这个传说的人并不多。只有在社会不公现象普遍存在，底层民众通过正常渠道无法申诉冤屈，并且无法反抗时，才可能幻想出现侠客来替他们锄奸扶弱、伸张正义。唐朝在多数时候并没有呈现这种局面，所以侠客的传说没有广泛流行。

元稹、温庭筠的《侠客行》比李白的难懂一些，资料也比较少，我只能试着自己解读一下。

（二）

先看元稹的《侠客行》：

> 侠客不怕死，
> 怕在事不成。
> 事成不肯藏姓名，
> 我非窃贼谁夜行。
> 白日堂堂杀袁盎，
> 九衢草草人面青。
> 此客此心师海鲸，
> 海鲸露背横沧溟，
> 海滨分作两处生。
> 海鲸分海减海力，
> 侠客有谋人不测，
> 三尺铁蛇延二国。

"侠客不怕死，怕在事不成"两句好理解。要当侠客去杀人，必然会面临自己被杀的危险。元稹强调"侠客不怕死"，应该能吓阻一部分做着侠客梦的青少年。但也可能让另一部分偏要追逐侠客梦的青少年更加不珍惜自己的生命，李颀《古意》写的那个"少小幽燕客"就是这样："赌胜马蹄下，由来轻七尺。"

"事成不肯藏姓名，我非窃贼谁夜行"这两句是在跟李白唱反调，因为李白笔下那位侠客是"事了拂衣去，深藏身与名"。其实当侠客要不要隐姓埋名，这自古就是一个两难的结，就跟隐士的悖论一样。李白自己也没有解开，他的《侠客行》前面说侠客杀了人要隐姓埋名，以免吃官司（当然如果是见义勇为，也可以说隐姓埋名是要甘当无名英雄），后面却又羡慕侯嬴、朱亥的好名声："千秋二壮士，煊赫大梁城。"看来成为名人被大众敬仰，这个诱惑还是挺大的，竟然能使李白忽然忘了前面的茬，弄得自相矛盾了。元稹大概是看出了这个矛盾，干脆把隐姓埋名斥责为窃贼的勾当，侠客不屑于如此作为。这固然更有敢做敢当的英雄气概，可是这又回到原来的那个问题了，就是侠客并没有杀人执照，他犯了法难道不需要负法律责任吗？

诗的后面部分，元稹提出了解决办法。

"白日堂堂杀袁盎，九衢草草人面青"说的是汉初名臣袁盎（约前200—前150年）因为劝谏景帝刘启不要立弟弟梁王刘武为储君，结果被刘武指使刺客杀死。当时刘武派出的第一位刺客还算有头脑，也有正义感，他在领命之后、动手之前打听了一下袁盎的为人，结果众人都说袁盎是个好人。于是他放弃了刺杀计划，并且警告袁盎，说后续还有十几批刺客跟进，让他注意安全。但结果袁盎就在城门外被杀了。"九衢草草人面青"是说繁华闹市上一片骚乱，目击者们都吓得脸色发黑。这次刺杀行动根本不能算是"暗杀"，而是光天化日之下明目张胆地残害忠良，造成的效果是让正义之士与平民百姓心生恐惧。真正的政治暗杀一般不会如此胆大妄为，总会尽量做得隐秘一些。在这首诗中，元稹高调宣扬刘武雇佣的恐怖杀手，在立场和导向上出了大问题。这哪里是在褒奖"侠客"，这明明是在给见义勇为、除暴安良的侠客脸上抹黑。这也怪元稹观念先行，非要找一个"事成不肯藏姓名"的侠客的实例来叫板李白，实在找不到，结果就采用了这么一个极不恰当的例子。

可能为了挽回这个效果，元稹接下来又往回撤了几步，以免在政治不正确的路上走得太远。"此客此心师海鲸，海鲸露背横沧溟，海滨分作两处生。海鲸分海减海力，侠客有谋人不测，三尺铁蛇延二国。"这几句先笼统而夸张地评价了他所说的这种刺客所起的作用，然后举例来说明。他认为侠客们是在师从海里的大鲸鱼。鲸鱼不得了，它们从水里露出后背，横在大海上，能够把海滨分开，减弱海潮的能量。元稹大概是以此比喻侠客们平时藏在人海里，一旦出头露面，却能对社会造成重大影响。我读到这里，感觉这个大鲸鱼倒像是在海滩上搁浅的姿势，似乎并没有元稹想象的那么势不可挡、气壮山河。而且真正的侠客所起的历史作用并没有那么大，老百姓所喜闻乐见的侠客也主要不是做大事，干预国家、民族的历史进程，而是要对失序的社会作一些小的修补，恢复正常的社会秩序。诗歌最后提到的侠客到底是谁？我没查到可靠的资料，只能暂且当成是说侯嬴、朱亥的。元稹在前面既然把刺客的作用说得那么大，接下来只好还是跟李白一样，拿侯嬴、朱亥来说事了，毕竟中国历史上有名的刺客（元稹说的侠客就是刺客）就那么几个，排名靠前的荆轲、豫让等人又把事情搞砸了，只有侯嬴、朱亥是仅有的成功典范。侠客给人的感觉往往是勇武有余而谋略不足，元稹当然要扭转人们的这个印象，所以偏要说他们有一般人想不到的谋略。信陵君结交的侯嬴的确有见识、有谋略，颇有侠义之风，不过他只是贡献了谋略，他本人只是一个看城门的老人，干不了力气活，不太好算是侠客。论力气活，得让屠夫朱亥来干，他才是侠客，可是又不好说朱亥"有谋"了。"延二国"是说朱亥协助信陵君击退了秦国，解了赵国之围（公元前258年），客观效果是使得赵国、魏国在秦国威胁之下多存续了几十年——秦灭魏是在公元前225年，灭赵是公元前222年。"三尺铁蛇"大概指的是朱亥用来杀死魏国老将晋鄙的武器。《史记》说他"袖四十斤铁椎椎杀晋鄙"（40斤，约合现在的10千克），也就是用藏在衣袖里面的铁椎把晋鄙砸死。根据司马迁的原文以及我对当时情景的推想，能把晋鄙这位久经沙场并且已经对信陵君一行产生怀疑的老将打得措手不及，朱亥的出手必然像闪电一样快，所以他根本就不可能先把铁槌从衣袖里面拿出来，再挥过去，而只能是直接裹在衣袖里面，连衣袖带铁槌猛然砸向晋鄙的脑袋。那么，这个铁槌是什么样子的呢？目前没有可靠的资料。张良请来的沧浪力士在博浪沙刺杀秦始皇时，用的是120斤重（约合现在的30千克）的大铁槌，结果把秦始皇的副车砸得稀巴烂。那个大铁槌，非常沉重，要想让它飞那么远砸死车中乘客，恐怕得像链球一样，带一根长长的铁链子，这样才能助力。因此，这个120斤，应该是连球带链子的合计重量。球本身没那么大，太大了容易被人发现。朱亥的铁槌应该也是带链子的，否则不好藏在袖子里。所以，把这个带着铁链子的铁槌比喻成"三尺铁蛇"，还是可以接受的，尽管它的头小了点儿。当然，这个三尺铁蛇也说不定是别的武器。明代梅鼎祚的杂剧《昆仑奴》里有这样的句子："腰悬着百炼锤，胸挂着双文镜，袖三尺青蛇炯炯，写太乙神名头上顶。"看来这个"三尺青蛇"与锤是两种不同的兵器，也是藏在袖子里，不知到底是个什么玩意。如果说是剑，又是如何藏在袖子里的？更早的唐人传奇《昆仑奴》里面，说昆仑奴"携链椎而往"，说明唐朝已经有了"链椎"这种武器，想来应该就是带链子的铁槌。就是不知道这种武器到底是否可以比喻成"三尺铁蛇"？

总的来说，元稹这首诗比李白的《侠客行》要稍微逊色一些，这未免令人失望。你既然要跟几十年之前的李白唱对台戏，结果文笔没他好，逻辑上的漏洞比他多，价值观比他更不合乎公序良俗，这简直是自讨没趣嘛。

（三）

温庭筠的《侠客行》比前两首都好，让我们不至于太失望。诗曰：

欲出鸿都门，阴云蔽城阙。
宝剑黯如水，微红湿馀血。
白马夜频嘶，三更霸陵雪。

先说说鸿都门。东汉灵帝时在洛阳设有"鸿都门学"，是一所艺术专科学校，据说校址在鸿都门。汉朝的洛阳城并没有这个城门，专家推测鸿都门是东汉洛阳南宫的一个宫门。到了唐朝，据说鸿都门在洛阳城的北边，可是我查了关于唐代洛阳城的资料，甚至连宫城、皇城都不放过，也没有发现一个叫做"鸿都门"的城门。长安也没有这个门。只能先假设故事的发生地点在洛阳一带。虽说"鸿都门"很可能是皇宫大门的名称，但是后文内容是说这位侠客在鸿都门内杀了人之后携带作案工具大摇大摆出城，这也太骇人听闻、不可思议了。我们还是暂且把它当成洛阳的一个比较僻静、行人稀少的城门吧。

再说整首诗的内容。这位侠客正要从鸿都门出城时，黑云压城，连城门楼子都看不见了。侠客手里的宝剑黯淡如水，没有光泽——因为它刚刚用过，还没有仔细擦拭，上面还沾着一些红色的、还没凝固的血迹。侠客骑着白马，跑了一整夜。这马真是一匹好牲口，它跑得这么辛苦，竟然还顾得上嘶鸣，而不是只剩下喘气了。马为什么要嘶鸣？可能它听力、视力都很敏锐，也很警觉，一路上只要发现不安全因素，就会通过叫声来提醒主人。三更时候，来到了霸陵，已经离长安不远了。从洛阳过来，有三百多公里路程，这更加证明马是宝马。那么侠客连夜跑这么远的路程，是为了"跑路"吗？不是没有这种可能，但我觉得，更有可能的是，侠客一不做二不休，他打算连续作案，跑到长安城里去杀其他的目标。

这首诗的写法很有意思。它篇幅短，内容紧，节奏快，不跟你交代前因后果，不夸张，不议论，只给你最关键、最触动人感官的干硬信息，剩下的让读者自己去脑补。就跟真正的侠客一样，简捷，神秘，冷艳。

很像古龙的小说，很像那个出场费最高、最讲信用的杀手——中原一点红。

可是，这其实只是一个心狠手辣的职业杀手，而不是传说中的侠客。行侠仗义、劫富济贫、锄强扶弱跟他无关，至少字面上没有透露这方面的丝毫信息。

所以，综观这三首《侠客行》，艺术水准最高的这一篇，却疑似写了一个非侠客——至少你无法把他与非侠客区分开来。另外两篇在内容上和形式上都有这样那样的问题。至此，我所得到的结论是：侠客不行。也就是说，唐朝的诗人们没能成功地塑造出老百姓喜闻乐见的侠客形象。

侠客不行(下)

从贾岛的剑客到史蒂文森的化身博士

贾岛写的剑客很受群众欢迎,他为什么不行?到底有没有好的侠客?

前面两篇我们解读了唐朝全部三首《侠客行》,得出的结论是:唐朝的诗人们没能成功地塑造出老百姓喜闻乐见的侠客形象。

老百姓喜闻乐见的侠客,有三个要点:一、身手不凡;二、行踪隐蔽;三、除暴安良。身手不凡使他所向披靡,像上海滩的王亚樵一样爽性地打打杀杀;行踪隐蔽使他神出鬼没,让作恶者胆战心惊,而可怜的民众则幻想他像超人一样总在危难关头从天而降;除暴安良使他成为正义的化身,获得人民的拥戴,就像传说中的佐罗(Zorro)一样。

三首《侠客行》里面写的那些人都没有满足这一点。谋杀仁者袁盎的刺客和温庭筠笔下那个无名杀手自不待言。李白和元稹共同推崇的侯赢没有武功,不满足第一条;侯赢和朱亥都有正当职业,业余时间跟信陵君一起厮混也是合法娱乐活动,他们俩都不满足第二条;他们俩策划或参与的是政治谋杀,受害人晋鄙不是坏人,不满足第三条。综上所述,侯赢一条都不满足,朱亥只是勉强满足了第一条——他能战胜晋鄙,主要靠的是蛮力加偷袭,很难证明他身手不凡。

想想也是,身手不凡的也可能是杨康,行踪隐蔽的也可能是开膛手

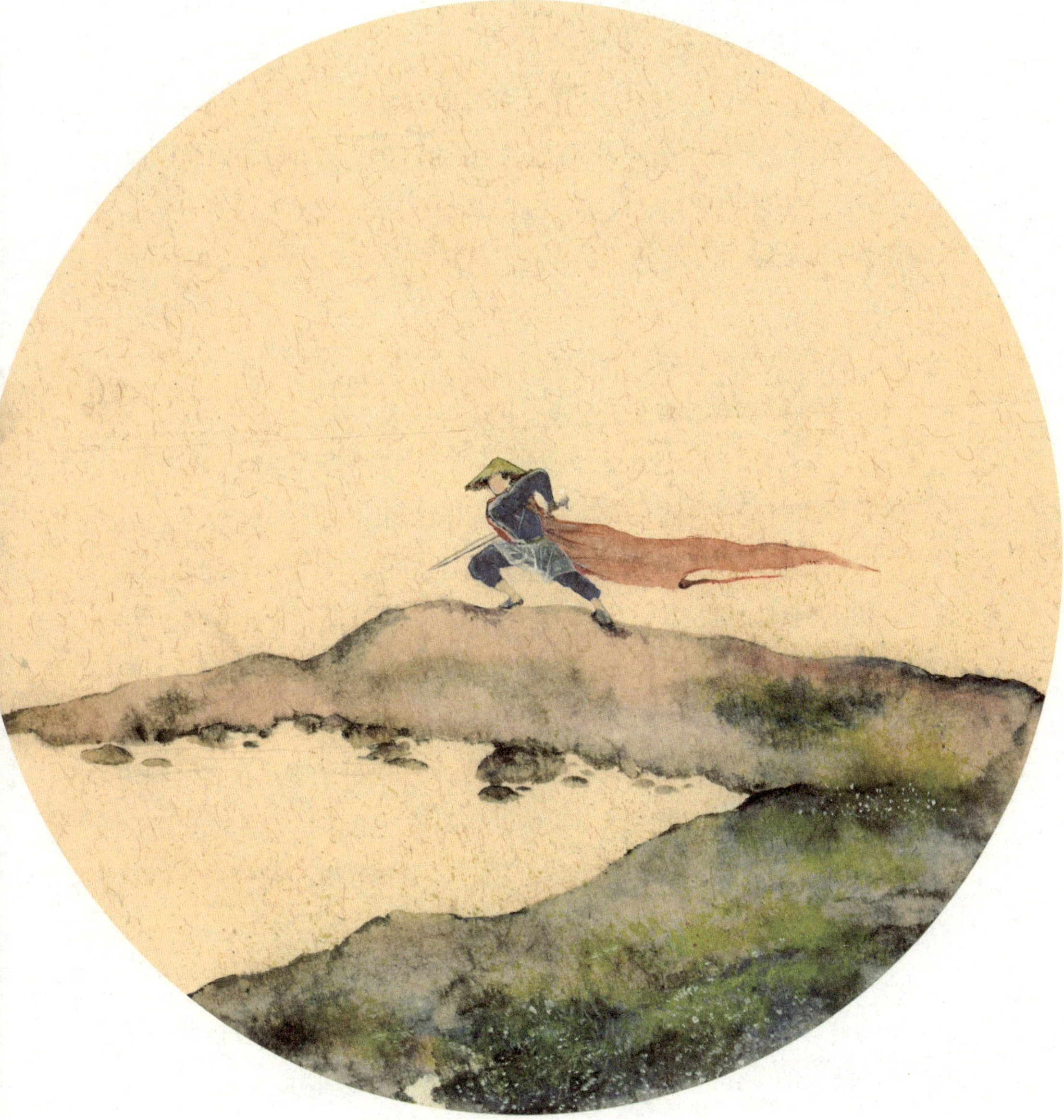

杰克（Jack the Ripper）——一个变态连环杀手，除暴安良的也可能是黑脸包公。他们都不是侠客。

别的题目的诗歌，是否写出了真正的侠客呢？

跟元稹同一年出生的诗人贾岛（779—843年）有一首五言诗，名字叫《剑客》，主题跟李白、元稹、温庭筠的三首《侠客行》差不多，境界却高多了，给人留下了深刻的印象。诗曰：

　　十年磨一剑，霜刃未曾试。
　　今日把示君，谁有不平事？

这首诗押的是去声韵，读起来像剑一样锋利。

有人说这首诗字面上是写剑客，其实是在隐喻自己的经历和抱负。这一点我不反对，但是我认为要先把字面的意思读懂，在此基础上才能去揣摩作者的言外之意。如果字面上不够完美，隐喻的效果也会打折扣。现在就来看看这首诗从字面上能读出什么来。

这首诗在政治上相当正确，迎合了人民群众对于真正侠客的呼声。它写的是一个修行十年刚刚满期突然见到朋友（不知是老朋友还是新朋友）的这么一个怪杰，正打算踏入江湖，开始他仗义行侠的宏伟事业，在这个历史性时刻所发生的一个小故事。

这位主角就是题目所说的"剑客"，他身上有这样几大优点：

一、有耐心，有毅力。他能够十年如一日地坚持做一件极其枯燥、进展极其缓慢的工作。这个心理素质，比一般人强大多了。

二、自信心强。这一点，可以从如下三方面看出来。首先，这十年期间，只有坚信能得到"霜刃"的结果，才能够坚持下来。其次，磨成之后，要试验一下它的性能，一般人会选用水果、蔬菜，或者头发、树桩之类来做这个试验，而这位剑客要直接发动实战，可见他胸有成竹。最后，他要拿真人来试剑，打的旗号是铲除不平，可见他相信自己即将开展的是正确的事业，能得到人民支持的正义的事业。

三、乐于助人。他甘愿冒着失败和犯法的危险去帮不确定的人打抱不平，而不是为自己谋利益，这完全是一种无私的奉献。可见他的道德品质非常高尚。

四、价值观正确。他打听不平之事，目的是要除暴安良，可见他胸中充满了正义感，疾恶如仇，同情弱势群体，站对了政治立场。

除了上述四条内在优点，剑客的装备先进，这种外在的优点也是值得夸说的，因为这个优势为他参与的正义事业提供了成功的保证。

诗歌最后这个问句简直是掷地有声，我仿佛看到字里行间噌噌往外冒、怎么也按捺不住的万丈英雄气概。

这才是真正的侠客，在我们普通群众心目中，他是神一般的存在。

可是，你要是换个角度去看，会发现剑客不是神。甚至，他身上还颇有一些令人疑惑的地方。

比如说，磨一柄剑，真的需要十年吗？水滴石穿，绳锯木断，别说在磨刀石上磨，就算拿剑砍十年的豆腐，估计剑身也该磨损完了。所以，有理由怀疑他工作起来并不专心，多半采取了有一搭没一搭、三天打鱼两天晒网的节奏。

再比如说，他为什么要通过一件与自己完全无关的事情来试剑？这个跟他见面的"君"怎么这么凑巧，正好就赶上了剑客枯燥漫长的磨剑期结束、腥风血雨的仗剑期即将开始的这么一个历史性的时刻？其中颇有蹊跷。把新鲜玩意拿给人看，这是人之常情。可是，看剑就看剑吧，看完了却让看剑的朋友跟他一起策划杀人，这个水就有点深了，这就有点令人毛骨悚然了。你问的不是我有没有被人欺负，你问的是跟咱俩八竿子打不着的"谁",你要去杀那个谁谁谁,你让我来给你提供信息,这不是把我往火坑里推吗?你杀了人犯了法,我岂不成了共犯,甚至是主谋?

又比如说,剑客他有锄强扶弱的崇高理想,有相应的技术和设备,却不知道强暴势力和弱势群体在哪里,这是为什么?我们只能猜测,这位剑客,他在磨剑的时候与世隔绝,闭目塞听,出道后跟不上时代,也不愿意做足够的功课。这是很危险的一种生活态度。可是他却又是一个有毅力的人,换成不好听的话来说,他是一个偏执的人,这就更加危险了。这样的人,真要是让他出来在江湖上行走,恐怕早晚会成为天下一大祸害。东吴的周处年轻时就是这样一个"凶强侠气,为乡里所患"的危险人物。幸亏他幡然悔悟,不当侠客了,终于走到了正确的轨道上。

最后,我觉得这位剑客是不是太凶残、霸道了一点?他都不知道出了什么事,就打算去谋杀与他素不相识的一方当事人。他所知有限,却自视甚高,把自己当成救世主。这样的做法和心态,往往会造就一个独断专行的杀人狂魔,而不是一个助弱扶残的义工。真的有德行、有慧根的修道者,一朝悟道,都会尽量救人出苦海,而不是扮演超级审判者兼执行者的角色。

贾岛的诗说完了,但我还有些未尽之言。我想说,不仅诗人们所描写的侠客不行,实际存在的侠客(如果存在的话)也不行。真正的侠客,他们游离于正常社会之外,获取的信息不足,难免对社会、人生产生错误的认知。他们缺乏正常的社会交际,会造成一系列心理问题。如果像超人和佐罗一样,以两种身份出现,一种公开的身份用于搜集信息、维持正常的社会交往,另一种隐蔽的身份用于行侠仗义,这看上去不错,但实际上却往往造成主人公人格分裂,就像化身博士(Dr. Jekyll and Mr. Hyde),最后要么毁灭他人,要么毁灭自己。弱势群体寄望于侠客来为他们主持正义，这种心态也是要不得的。它让人推卸自己的责任，不思进取，指望天上掉馅儿饼，让自己不费吹灰之力就得到自己想要的公正。沉溺于这种梦想当中的人，正是鲁迅等人"哀其不幸，怒其不争"的对象，他们若不抛弃幻想，恐怕终将摆脱不了被侮辱与被损害的命运。

射虎射雕看李广(上)

李广的性格和命运

司马迁为什么如此同情李广?文帝在李广心里埋下了什么种子?

唐朝的军迷们不泡铁血论坛、超级大本营。他们文化水平高,军迷中有很多诗人,跟现在不一样。当然你也可以反过来说,唐朝的诗人中有不少军迷。

这些既热爱军事又擅长写诗的人,他们总是喜欢在诗歌中对政治、军事、国防等等敏感话题说三道四。他们有时候借古讽今,有时候甚至直接揭露现实社会的阴暗面。我们知道,就连一贯政治正确的高适,也曾一时糊涂,写过这样的句子:

君不见沙场征战苦,
至今犹忆李将军。

(《燕歌行》)

这两句完全可以上纲上线:公开散布对现实不满的言论,为将近一千年前旧社会的军官李广招魂,在意识形态上是有严重问题的。幸亏当时的皇上李隆基忙于跟杨玉环谈恋爱,温泉水滑、芙蓉帐暖,没工夫搭理他，否则高适的政治生命就该结束了。

　　不过说来也挺有意思，无论是不是军迷，唐朝的很多诗人都写到过李广，而且内容和态度几乎都是一致的。主要有两种，一是描写、渲染、赞颂李广的能耐。这一类的作品数量不算多，但是赞美的力度很猛，感觉像是在表彰英雄模范。其中的代表性作品是王昌龄的《出塞》：

　　秦时明月汉时关，
　　万里长征人未还。
　　但使龙城飞将在，
　　不教胡马度阴山。

　　这首诗的大意是：明月照耀着边塞关卡，多少军人从这里出发远征，却一去不回。从秦、汉一直到现在，这一切都没有什么改变。如果卫青、李广那样能征善战的名将还在世的话，敌人的军队就不会越过阴山来骚扰边地了。这里顺便说明一下：龙城为汉时匈奴祭天处，卫青曾征战至此，斩首数百。李广一生与龙城无涉，所以我把"龙城"解释成卫青的代称。也可以认为"龙城飞将"泛指有勇有谋的将领。

　　这首诗在赞美卫青、李广这些古人的同时，也委婉地指责了当朝将士，可见王昌龄也是有自己立场的。后世有人把这首诗归为"神品"，甚至推举为唐人绝句第一名。

　　另一种是感叹李广运气不好，没有享受到封侯的待遇。这一类的作品数量非常多，却没有什么新意，无非是重复王勃在《滕王阁序》中"李广难封"的观点。例如：

　　……

苦战功不赏，忠诚难可宣。
谁怜李飞将，白首没三边。

（李白《古风》其六）

王维的《老将行》中间有两句算是比较有名的：

卫青不败由天幸，
李广无功缘数奇（jī.数奇：命不好）。

这两句把卫青不败、李广无功全都归结为天意、命数，好像跟他们的个性、能力都没有关系。王维的态度很明确，他对卫青是羡慕嫉妒恨，对李广是怜惜同情爱。对于汉朝的朝廷，他似乎还有些不满，可见王维也有跟高适相类似的问题。当然，由于批评的对象是古人，也不算什么大错。

写李广的这两类唐诗，主题其实是相通的：因为李广能耐大，所以他本应该封侯；他有能耐却没有封侯，这就颇令人有想法：要么是皇上不公平，要么是李广命运太差。

其实，当我们夸李广的能耐时，要看到李广身上也有很多弱点；当我们惋惜李广一辈子没封侯的时候，我们又必须承认，李广没有立下足够的战功，如果不破格提拔，他就真不应该封侯。

话要从司马迁说起。

司马迁年轻时见过老将李广，李广在他面前没有倚老卖老不尊重年轻人，也没有摆架子、打官腔，反而谦虚谨慎，甚至像个乡下人一样笨拙木讷，令司马迁肃然起敬。李广60多岁时自杀身亡，听到消息后，司马迁悲伤得不能自已。20年后，李广的孙子李陵以骑都尉的身份与匈奴作战，兵败被俘，最终投降。消息传来，朝中群臣争先恐后地批判李陵的卖国主义、投降主义行为，唯独司马迁没有表态。汉武帝问他：看样子，你好像有什么不同意见是吧？司马迁是个有主见、讲逻辑的人，却不注意察言观色，也不懂得明哲保身的道理。皇上一问，他就直接说出了自己的真实想法。他根据自己与李家几代人交往的经验，推断李陵并非真心叛国投敌，而是诈降。司马迁没有任何事实根据，却说得那么肯定，这是很冒风险的，万一被证伪，就不好收场了。果然，没多久，一个叫公孙敖的人从境外带来了李陵的消息，说李陵正在为匈奴练兵，准备犯我强汉。皇上大怒：李陵虽远，家人必诛！于是杀了李陵全家。司马迁也受到牵连，罪名是"诬罔"，这是古代言论罪的一种，按律当斩。可是由于他手头的重要工作《太史公书》（后来被称为《史记》）还没完成，于是以腐刑（也叫宫刑）来替代死刑。八年之后，司马迁的著作终于完成了。我们不知道这八年他忍受了多少痛苦、屈辱，我们知道的是，这部书浸透了司马迁的心血，因此饱含着他的个人感情。无怪乎鲁迅评价《史记》是"史家之绝唱，无韵之离骚"。

正由于司马迁与李家的不解之缘，在写《李将军列传》时，难免主观性大爆棚，对李广多有美化，而不是尊重事实、尽量客观公允。

如果想了解历史的真相，就不能完全跟着司马迁的思路走。

李广经历了汉文帝、景帝、武帝三朝。文帝时，他还年轻，参加了与匈奴的战争，因为骑马、射箭的基本功过硬，杀了一些敌人，然后就当上了汉中郎，也就是皇帝的贴身侍从。在皇帝面前，有了敌情他敢冲敢杀，甚至还曾跟猛兽角斗，充分显示出一位战斗高手的武艺和勇气。平易近人的文帝为了显示他对普通警卫战士的鼓励和关心，亲切地对他说了这么一句话："惜乎，子不遇时！如令子当高帝时，万户侯岂足道哉！"意思就是说：可惜呀，你没遇到好时候，你要是赶上了我爹刘邦创业的阶段，机会比现在多多了，你完全可以凭本事当上万户侯。这句话其实应该分两面来理解。一面就是，文帝确实比较欣赏李广的武艺和勇气。另一面就是，文帝那时候的基本国策是安民固本，休养生息，他承认匈奴政权，延续刘邦亲手缔造的和亲之约，在边境地区以积极防御政策为主，尽量避免发动大规模的战争。因此，在他的统治时期，武将立功封侯的可能性不大。文帝这句话，重点在"惜乎，子不遇时"，而不是"万户侯岂足道哉"，实际上堵死了李广晋升的道路。

　　但是李广鬼使神差，他一辈子就认死了后面几个字："万户侯岂足道哉！"这就要命了，它就像一粒毒种子，在他年轻的心里慢慢地生根发芽，让他的后半生扭曲地生长，直到最后，在他六十多岁的时候，彻底将他毁灭。这让我们想起了麦克白（Macbeth）的故事。

射虎射雕看李广（中）

射雕和射石的闲言碎语

射雕者的故事有什么蹊跷？那块石头又有什么蹊跷？

唐诗中，李广是一个热门题材，为了读这些诗的时候有更准确的把握、更深刻的体会，我们干脆接着上一篇的内容，继续说李广的生平。我依据的材料主要还是《史记·李将军列传》，只是尽量平视李广，而不是跟司马迁一样，以粉丝的眼光仰视李广。

文帝时期，虽然也遇到一些内外矛盾，但社会基本上是和谐稳定的。李广作为一个军人的确没有多少立功的机会。好在那时他还年轻，等得起。

很快就到了景帝时代。景帝即位不久，就发生了七国之乱。战争只持续了三个月，不过对于李广来说，三个月时间已经足够他表现自己了。李广在太尉周亚夫手下，在昌邑跟吴楚叛军有了交战的机会。战斗中，他艺高人胆大，竟然把对方的军旗抢了过来，一下出了名。李广一生刀头舔血，与匈奴交战七十余次，也赢过其中一些战局，却从来没有像这次内战中赢得这么体面。在领导和群众眼皮子底下立下这么大个功劳，只要不出意外，战事结束之后获奖、受封也是理所当然，通往"万户侯"的道路将从此开启。

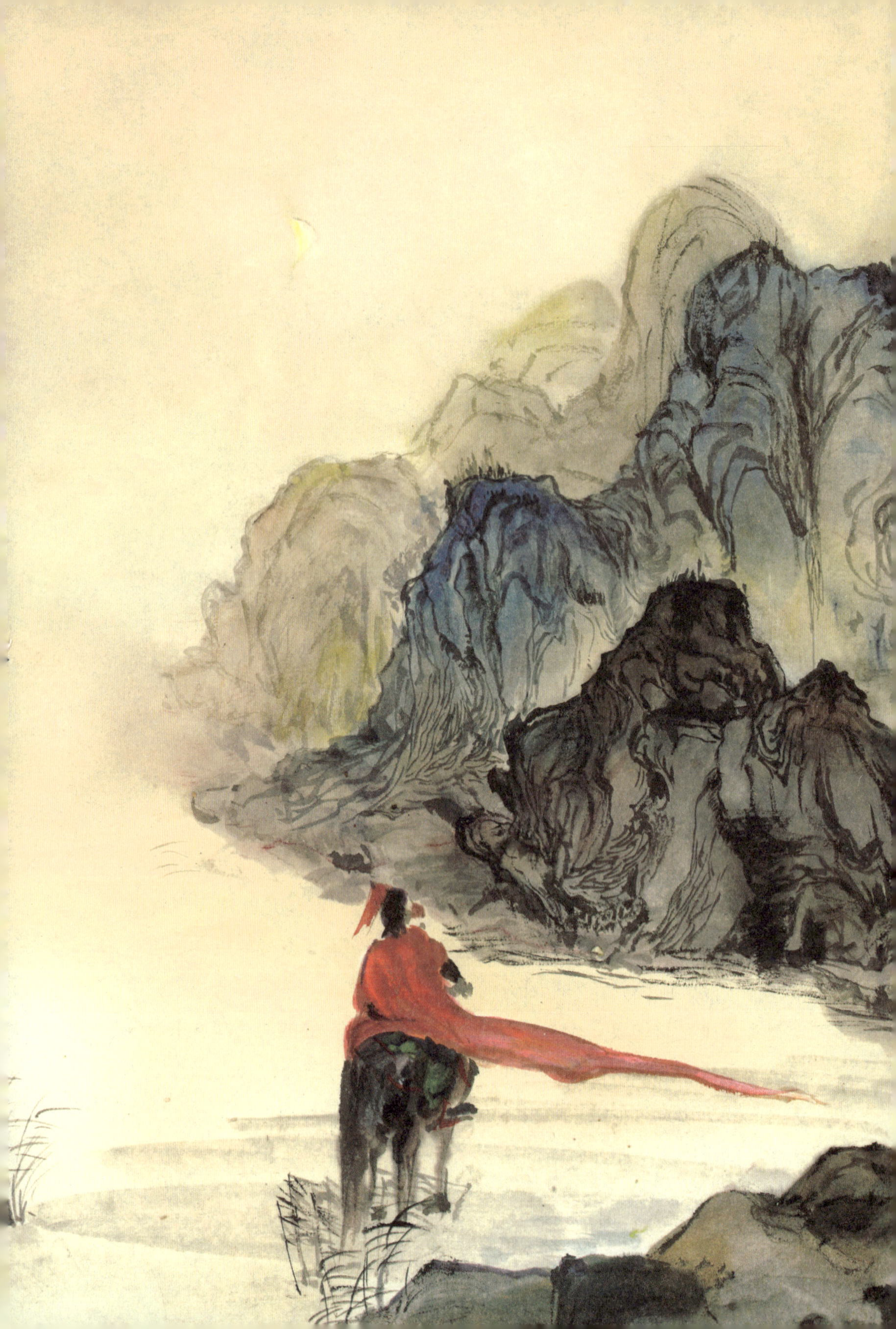

结果偏偏出了意外。主要是李广升迁心切，犯了一个大错，彻底抹杀了这个夺旗之功。梦想中的万户侯，像烟花一样绚烂地开放在夜空，转瞬之间却又冷冷地熄灭无踪。

原来，吴楚叛军要向长安进攻，就必然经过河南，那是梁王刘武的地盘。刘武就是派刺客"白日堂堂杀袁盎"、想要接景帝的班当皇上的那个人，他的治所在现在的河南商丘附近。叛军猛烈攻打商丘，梁王撑不住了，向朝廷派来平叛的周亚夫求援。周亚夫的军队从长安向东，明明都已经到了洛阳，眼看就能解梁国之危了，他却没有这么做，而是匪夷所思地绕了个弯，绕过危在旦夕的商丘之后继续东进，跑到了昌邑（现在的山东巨野附近）。他龟缩在昌邑城里，任凭外面打翻天，他也坚决不肯出来。梁王急得蹦蹦跳，直接央求景帝。景帝看这也不是个事啊，于是亲自敦促周亚夫，让他赶紧出战。周亚夫却不受君命，依旧按兵不动。直到最后，叛军的后勤供应不上，打算作战略性撤退。这时候，周亚夫瞅准机会，猛地蹿出来，一举击溃了叛军，捡了一个大便宜。可以想见，周亚夫跟梁王结下的梁子有多深，这也能解释为什么梁王随即使了个坏，给周亚夫手下的猛人李广颁发了一枚将军大印。按说李广这时早已不是毛头小伙子了，应该知道这种僭越的封赏是一个坑，可他竟然跳了进去。我估计，还是因为他太在意功名，太想实现那个封侯的理想了。战争结束之后，该作总结。李广夺旗有功，本该表彰，可是当了几天"伪将军"，犯了逆。或许是景帝暂时还不想跟梁王撕破脸，也就没有过多追究李广的错误。只是功过相抵，不再给他任何奖励。

这件事之后，李广大概是长了记性。在战斗中犯的错，就要在战斗中去改正。他担任上谷太守的时候，只要听说哪里出现了匈奴人，他就发疯似的跑过去跟人以命相搏，搞得匈奴人很害怕。可是底下人也怕了他。毕竟战争不是个人的行为艺术，要讲究团队意识，而且要服从整个国家大政方针的需要。跟匈奴人还是要以和为主，战争只是追求和平的手段。负责外交事务的公孙昆（hún）邪（yé）拿他没办法，在景帝面前哭了一鼻子，说："李广这人有才啊，满天下再也找不出第二个来了。可是他仗着自己本事大，总这么冲锋陷阵，打打杀杀，万一不小心英勇捐躯了，那可怎么办哪？"按我的理解，这句"李广才气，天下无双"其实并不是对李广的真心赞美，而是一个铺垫，重点是后面的意思，是想让皇上出面管管李广，不要这么逞英雄。因为打仗勇敢，表现出来的只是勇气，而不是才气。从用词来说，夸一个武将有才，其实是委婉地批评他做事天马行空，不靠谱。皇上对此心知肚明，可是也不好对李广明说，毕竟勇气可嘉，不能泼冷水。无奈之下，只好把李广从一个地方调到另一个地方，然后又调到第三、第四个地方。李广无论到哪儿，从不改变的还是那两个字——"勇猛"。因此更加出名。

然而，有名不能当饭吃，李广调来调去都还是太守，职称上不去。李广多半也为此而苦恼。于是，在这期间，发生了射雕的故事。

我没查到比《李将军列传》更早的与"射雕"有关的文献，目前来看，李广跟三位匈奴射雕者的战斗故事就是射雕最早的出处了。故事大意是：皇上派一个太监来视察军队，这太监没事带着几十个骑兵在草原上瞎跑，碰到了三个匈奴人。太监二话不说，冲过去就想欺负人家。没想到三个匈奴人噼里啪啦放了一通箭，把这几十个骑兵几乎全都射杀，太监也受了伤，逃回了兵营。李广一听，告诉太监：这几个人肯定是射雕者。然后亲自出马，就带了一百来个人，去找那三个射雕者。跑了几十里，终于追上了，李广也对他们放箭。结果射死了两个，活捉了一个。正打算往回走，却突然发现前面乌央乌央冒出来一千多名匈奴士兵。这下傻眼了，手下只有一百多人，怎么对付十倍数量的敌人？自己的大军虽然就在几十里之外，可是联络不上李广，他们也不敢走动，压根不知道李广遇到了危险。正在无奈之际，李广急中生智，命令大家解鞍下马，躺在草地上晒太阳，就跟在夏威夷的海滩上一样。这一招后来被诸葛亮学了去，就是鼎鼎大名的"空城计"。也是李广运气好，遇上的这些匈奴人都跟司马懿一样谨慎多疑，他们没见过这种晒太阳的姿势，不敢贸然进攻，怕中了计。最后李广的人马总算全身而退。

这个故事既反映了李广的优点，也暴露了他的缺点。如此冲动、不守规矩的将领，哪怕他有多少勇气，还有一定的小聪明，却没人放心让他挑重担。

至于那三个倒霉的匈奴人到底是怎么回事，也是令人不解。既然称之为"射雕者"，看来射雕是一种正当的职业。可是，游牧民族有养雕狩猎的，有玩雕休闲的，却很难想象还有人拿射雕来养家活口，因为射下来的死雕怎么可能换成收入呢？金庸的小说中，铁木真、窝阔台、拖雷、郭靖都射过雕，他们那是一时兴起，射几只雕来显摆自己的箭术。我怀疑，李广听到太监的哭诉，脱口而出"是必射雕者也"，恐怕是他随口这么一说，安慰太监来着，当不得真的。

这一仗，打得很狼狈。尽管最终化险为夷，作为指挥官的李广却有很多值得批评的地方。

时光蹉跎，景帝在位十六年，李广打了不少仗，却没有能实现他封侯的理想。他不太强调军纪，部下跟着他都很轻松愉快。行军、驻营也不太注重队列、阵势，讲究的是舒服、随意。打起仗来灵活机动，异想天开，经常出人意料地获胜，有时候也莫名其妙地打败仗。他依旧那么有名，人们常拿他跟另一个有名的武将程不识相比。程不识的治军风格与李广截然相反，严谨、烦琐，部下都很辛苦。没打过大胜仗，可也从来没打过败仗。一番比较下来，在众人口中，两人竟是不相上下。当然，在司马迁的书中，李广的待遇高多了，以至于唐代诗人们争相夸赞李广的同时，对程不识却提都没人提。

终于，汉武帝上位了。在国防政策上，他不再韬光养晦，而是开疆拓土，四处征伐。名将李广首次得到重用。他正式当上了将军，领命出雁门关，大规模地进攻匈奴。等了这么久，封侯之路的入口又一次向李广敞开，李广进入了绿色通道。

可是这一次，李广比以前输得更惨。一场战斗下来，不仅伤亡惨重，他本人也受伤被擒。幸亏他本事大、运气好，竟然找机会跑了回来。按当时的法律，他应该判死刑，又幸亏那时还有一条规矩，就是可以花钱赎死。李广交了钱，保住了性命。将军当不成了，李广回到了人民群众的队伍中。

当了群众，李广无事可干，只好跟朋友一起喝酒、打猎。有一天，他带着一个伙计去乡下喝酒，一高兴喝大了，回家时天色已晚。路上要经过霸陵驿亭，亭尉也喝大了，让李广站住。伙计说："这是前任李将军呢。"亭尉说："什么前任将军，就是现任将军也不许夜行！"其实驿亭只不过是政府的一个小接待站，与普通行人毫无关系。不过，毕竟亭尉大小是个官家人，这条路是官家修的，他不让你从这儿过，你也没办法。李广不敢硬闯，只好忍气吞声在这里蜷缩了一晚上，心里恨死了霸陵尉。小心眼的李广很快就等到了报仇的机会。匈奴打到辽西，太守、将军吃了败仗，武帝起用李广，让他当右北平太守（右北平大概在现在的内蒙古宁城县），以便对匈奴的侧面形成压力。重新操刀在手的李广只提了一个要求，就是把霸陵尉调给他，两人一起去右北平从军。到了部队，李广一刻也没耽搁，就把霸陵尉杀了。

我们要感谢司马迁，尽管他对李广的赞美之情如长江之水滔滔不绝，但他没有丧失历史学家基本的职业操守，没有把这个有损李广光辉形象的故事略过不写。后人对这事有很多议论，多数人都认为李广心胸狭隘，事情做得太过分。

但是李广从没为此事忏悔过，他甚至可能觉得自己干得挺漂亮的。他绝对不会想到，自己三个儿子中仅存的小儿子李敢，就在他死后的第二年，也死于一个小心眼的复仇，对方同样是用阴谋手段谋杀了他。这难道不是一场报应吗？

李广的生平介绍暂停一下，我们该谈唐诗了。

根据司马迁的记载，就在右北平太守任上，李广射中了那一块著名的石头。

唐朝的边塞诗大多实写边塞生活，就算有时提到秦汉，最终也要回到现实中来。卢纶六首《塞下曲》（全称是《和张仆射塞下曲》）的第二首有些特殊，它整个写的就是李广射石的故事：

　　林暗草惊风，将军夜引弓。
　　平明寻白羽，没在石棱中。

这首诗脍炙人口，也很容易理解。

从写作手法上看，诗写得很好。先描述静态的环境——阴森幽暗的树林，时间是夜晚，大概略微有些星光。然后，一阵阴风掠过草丛，打破了这个恐怖而又寂静的脆弱平衡。随即，情节的高潮猝不及防地来临，如闪电一般照亮了舞台中央的故事主角——将军。主角简单干脆的动作一触即发——朝着阴风起处射了一箭。再无他言，再无他事，舞台复归幽暗，幕落。待得第二幕启，已经是第二天早上了。将军带着几个士兵来到原地，寻找被那一箭射杀的、躺在草丛中的猛虎尸体。将军对自己的箭法有绝对的自信，任何活物，不需要射第二箭，更不需要补刀，它一定会死。可是，令人瞠目结舌的是，草丛之中根本没有猛虎。

只找到一块大石头，上面插着一支箭。其实只是半支，因为箭头深深地钻进了石头里，外面能看到的只是箭尾的白羽。这首诗的艺术手法非常高超：在短短20个字之内，能做到情节完整，且有张有弛；只凭典型环境中一个瞬间的动作，就塑造了一个军神形象——警觉、机敏、箭法神准、孔武有力、自信心强，等等。

从主题思想上看，这首诗也很不错。立意正面积极，能调动读者的爱国热情，能鼓舞我军将士的英雄气概。故事虽然近似于传奇，却是以《史记》中的记载为依据，让人无法怀疑、辩驳。《史记·李将军列传》说：

广出猎，见草中石。以为虎而射之，中石，没（mò）镞（zú，箭头）。视之，石也。因复更射之，终不能复入石矣。

卢纶的诗歌以司马迁的记载为蓝本，略有剪裁修改，比如故事发生的时间原本是白天，卢纶改成了晚上，而且还专门渲染了环境气氛，以便使故事情节更引人入胜。司马迁说的是李广射完之后就去找虎，发现箭射入石头里面去了。之后继续射箭来试验，却无法重复"没镞"的结果。卢纶给改成了当时没检查，第二天才来找，而且没写将军是否在好奇心驱动下做了再测实验。

这都没问题，卢纶写的是诗，文学作品允许对事实进行艺术加工，甚至允许虚构事实。只要司马迁写的是事实，李广的确威风八面地射过这么一次，我们就完全可以一边读卢纶，一边跟多数文学爱好者一样膜拜李广。

令人无比遗憾的是，这个故事是编造的。因为，正如学者们所说：故事中的石头，其实早就被人射过了。

先秦的神射手养由基射过，这事记录在秦朝吕不韦主持编纂的《吕氏春秋》里：

  养由基射兕（sì），中石，矢乃饮羽，诚乎兕也。

养由基射石头时以为是野牛。他射箭的后果更惊人，因为连箭尾的羽毛都进到石头里去了。这个养由基，简直比自由基还厉害。

还有一个叫熊渠子的人射过，这事写在一本叫做《韩诗外传》的书里，书的作者是韩婴，韩婴跟司马迁是同时代的人，没准还比司马迁略微年长一点。书中是这么说的：

  昔者楚熊渠子夜行，寝石以为伏虎，弯弓而射之，没金饮羽。下视，知其为石。

熊渠子射箭的起因跟李广一样，都是把石头当成老虎。射的后果则与养由基一样。

养由基、熊渠子的事迹后来还出现在别的书里。李广最先是在《史记》里面射，因为《史记》影响大，后世文人经常在诗文里复制粘贴这一箭。由于他们是文人，所以射箭的细节演绎出了各种版本，令人眼花缭乱。

现在我们要严肃地得出这么一个结论：李广射石纯属虚构，它与别人射石情节雷同，不属巧合。

那么，是谁虚构了这个故事呢？

我绝对相信司马迁的人品，他是一个优秀的历史学家，一个光明磊落的知识分子。尽管他对某些传主带有强烈的个人感情，但他绝不会主动编造故事,来美化他喜欢的传主。霸陵醉尉这种对传主不利的负面材料他都不肯删掉,怎么可能虚构英雄事迹?

　　司马迁一定是听到人说,或者看到人写李广射石了,他才把它作为历史,记录下来。

射虎射雕看李广（下）

李广的终局和诗人的态度

李广为什么是"飞将军"？他到底因何而死？

射石的故事，大概不是李广自己编的。李广本人拙于言辞，品行比较端正，他本人虚构射石故事的可能性不大。

不过，正因为他拙于言辞，叙述一件事情时可能过于简陋，听众听得不过瘾，就会脑补一些细节，添加一些修饰，这样会更具体、丰满、有趣。

所有的射石故事，主角都是历史上有名的神射手。李广也是个神射手，他自然听过这些故事。心智正常的神射手没人能忍住"我也试试"的念头，然后他们会真的试着来射石头，就跟做科学实验一样。无论实验是否成功，事情都可能被他本人或他手下那些士卒说出来。这样的事情一旦传播开，就免不了被人添枝加叶、添油加醋，到最后俨然成为一件真事，连司马迁也信了。

李广经常打败仗。败得最惨的那次是武帝时代初试身手，结果兵败被俘。他倒是孤身逃脱了，逃脱的故事非常复杂、精彩。故事大意是：受伤的李广被人放在绳网上，两个匈奴人骑着马把绳网抬在中间往回走，李广瞅准机会从绳网上一跃而起，跳到其中一个匈奴人的马背上，抢了该名匈奴人手里的弓,又把他推下去,骑着马往回跑,终于找到了大部队。这件事在汉方没有目击者,只能是李广自己说的。可是凭李广的口才,怎么能说出这么复杂、精彩的故事?只能是他的粉丝们在传播过程中加工的结果。也正因为后期加工幅度比较大,这个故事才有很多难以解释之处。一是,据说李广之所以被生擒而没有战死,是因为单于听说李广人品好,特意嘱咐手下如果碰到了李广,不许伤害他,要抓活的。可是,两国交战,互相敌对,越是作战勇猛、杀敌无情的将领,越是被敌方痛恨,一定要想方设法先把你整死了再说,只有在处理你的尸体的时候才可能表示一下对你的敬重——这也是为了抬高自己。既然李广那么勇猛,匈奴人就不可能对他手下留情。李广人品好主要是说他体恤士卒,与战士们同甘共苦,这个优点也不可能得到匈奴人的肯定,因为你只是对自己人好,我匈奴人哪管你对自己人好不好,我又不是你的自己人。二是,匈奴人抓到李广后,居然没有绑他的手脚,而是做了一张绳网,支在两匹马之间,让李广舒舒服服在上面躺着,然后带着他往回走。匈奴人是游牧民族,机动性强,生活条件简陋,打仗时有什么理由带着一张网(或者带着好多绳子,临时编了一张网)?三是,这张类似于蹦床的绳网,要在两匹马身上打不少扣,才能固定住,才能承受一个人的重量。李广在对方来不及反应的短暂时间内,从蹦床上跳起来、跳上马背、把人推下去,在他跌下马之前抢走他手里的弓、摘掉他腰上挎着的箭囊,然后又解开这么多绳结,拍马逃走,这期间骑在另外一匹马上的匈奴兵势必要攻击李广,李广还得腾出手来对付他。除非他死守单于的命令,不许伤害李广,因此一直就这么呆呆地看着李广做完这一整套令人眼花缭乱的动作,然后目送他逃走。可这哪像是对付俘虏,明明是对待表演艺术家嘛。这个戏码,拍起来太容易穿帮了。

考虑到李广有过拿钱买命的记录,我们猜想,李广的这一次逃亡,未必不是花了钱被人放走的。只是跑回来之后不敢明说，只好支支吾吾说是逃回来的，然后被粉丝们添油加醋，编成了一个神奇的英雄故事。

李广这一生，跟匈奴打了七十多仗，大概胜负各半吧。失败这么多次，每次都能死里逃生，证明了他是一位逃脱大师。难怪匈奴人称他为"飞将军"。

说实话，再精彩的"逃脱"都不体面，丝毫不值得吹嘘，尤其是堂堂的将军。真正的大英雄，应该追逐对手，而不是像可怜的狐狸、野兔一样在猎人的枪口下慌张逃窜。

李广大半生的经历，大都是些奇奇怪怪的事情，正面一点的只有夺旗、狩猎等少数几桩，逃亡、射石、射雕之类只能算是亦正亦邪，杀霸陵尉报酒醉之仇就特别不入流了。至于官兵一致同甘苦、革命理想高于天，只是个人思想觉悟，跟立功受奖不相干。这些经历，用作说唱的素材还不错，用来作为申报材料，想要以此立功封侯，还真的不太够条件。

可是李广不这么想。他一直都认为自己做得已经不错了。看到很多过去基础比自己差的，乃至于自己特别看不起的人，后来的功名、地位都超过了自己，他觉得很憋屈。文帝在他心里种下的那颗"万户侯"的种子，经过了几十个春秋，早就过了收获的季节，可是现在还颗粒无收。李广实在不知道事情为什么会是这样，他怀疑自己的长相有问题，或者命理不对，于是去做了一个心理咨询。那时候心理咨询不叫心理咨询，叫做"望气"。心理咨询师有点像神父，引导他说出自己这辈子所犯的值得忏悔的罪过。李广没有提霸陵尉的事，因为还有比这更严重的，比较起来谋杀一个两个已经不算什么罪行了。原来，李广在当陇西太守时，一些正当提意见的羌人被诬为反叛，李广诱骗他们投诚，有八百多人上了当，向李广投降，结果这些人被他一口气给杀光了。听到这里，望气的先生吓了一跳，连忙说：你这个罪孽呀，太重了，就别想封侯了吧！

李广只是口才不够好，而并非我们想的那样胸怀坦荡、毫无心机。杀羌人，杀霸陵尉，证明他也有毒辣的算计。

可惜李广的算计，在杰出青年卫青面前输得一塌糊涂。

望气之后不久，大将军卫青和他的外甥骠骑将军霍去病将要指挥一场与匈奴的大会战。他们不想带李广出征，这也是武帝的主意，李广对此并不知情。他在武帝面前软磨硬泡，非要跟着去。最后，武帝实在却不过这位老将的情面，准了他，并任命他为"前将军"。其实没人打算让他冲锋在前，因为武帝叮嘱过卫青：李广老了，不中用了，而且他一生坎坷曲折，为了避免影响整个战局，你不要让他从正面跟单于作战。只有李广自己把这个"前将军"当了真，以为自己要打头阵。出征之后，卫青发现了单于的行踪，决定亲自带一支精兵去抓单于，让李广跟右将军一起，走另一条路去包抄。所谓的包抄，路径比较迂回，而且比较生僻荒凉，缺少水草。这是李广不习惯的，因为他用兵从来都是单刀直入，从不拐弯抹角。而且，李广总是要让士兵们走得舒服、住得方便，士兵们对此已经习以为常，都坚决拥护、誓死捍卫李广路线。对卫青的安排，李广颇有不满，表示希望能有所调整。可是卫青态度很坚决：执行命令！李广一肚子怨气，就这么带着人马上路了。结果走得很狼狈，七弯八拐走了不少岔路，没有完成包抄计划，让单于轻松跑掉了。等他到了最发憷的沙漠边上，打算硬着头皮穿过去的时候，却见到大将军已经带着人马从北边战场上穿过沙漠回来了，搞得前将军和右将军很难堪。大将军心里很不爽，但是没有当面责怪他，而是派手下给他们送主食、酒水，嘘寒问暖，顺便打听他们走得这么慢到底是怎么回事，还说大将军我这也是没办法，得把事实调查清楚，好向最高领导汇报。李广不肯说。既然李广不说，大将军就派了手下人，来请李广的参谋、秘书们去大将军那里交代问题。李广知道这事还是躲不过去，矛头是针对自己的。就说："别为难我的手下人了，他们没有责任。一切后果都是我造成的，现在我亲自去跟大将军交代。"到了大将军的幕府，李广一腔悲愤，缓缓说道："我跟匈奴打了七十多仗，还算有些资历吧。这次，大将军偏要安排我去搞什么迂回包抄，结果就走岔了。当然，不怪大将军，是天意如此！现在要跟你们这些秘书、参谋交代问题，我这一张老脸没地方搁呀！我死了算了吧！"然后当场拔刀自裁。很奇怪，在场有那么多人，竟然没能阻止这个悲剧。不知道大家是看呆了没人去夺刀呢，还是根本夺不下来他的刀，反正结果是李广真的死了。

李广死了，不再追究；右将军是跟李广一起走的，还是依法受到了处罚——死刑，交钱免死，贬为庶人。

深受人民群众爱戴、怜惜的李广死了，这个结果大家没想到。凡是听到这个消息的人，都忍不住掬一把热泪，为他惋惜。他年纪轻轻就被最高领导夸奖，可是领导随口一个"万户侯"竟唆使他踏上了一条不归路，万户侯的理想成了口渴难耐的坦塔罗斯（Tantalus）下巴颏下面的湖水，明明只要一低头就够得着，却永远喝不到嘴里。他像个行为艺术大师，玩了一辈子的惊险杂技，最擅长的是逃脱，却在最后一场演出中迷失了方向，再也逃脱不了命运的掌控，只好主动追随死神而去。

李广的悲剧在他的子孙身上延续。长子、次子先他而亡，三子李敢在骠骑将军霍去病手下当差。李广死后，李敢找到卫青，把他胖揍了一顿。事后，卫青提都不提，就当没这事一样。李广生前也玩过一些心机，占过一些小便宜。他心里看不起卫青，言行上也不太尊重这位年纪轻轻的大将军，没想到人家只是比他年轻而已，可是人家不仅打仗比他本事大，玩起心机来也比他老辣。卫青挨了揍而不声张，其实就是不想让李敢得便宜——如果声张开来，无非是军法处置，李敢恐怕没有死罪。就算有死罪，也可以拿钱买命。堂堂大将军被一个下级军官殴打，此事如果传开，大将军的名誉将严重受损，李敢反而会成为人们心目中的英雄。

李敢这位愣头青，他可能还庆幸自己不仅躲过了卫青的报复，还躲过了军事审判。他说不定还觉得卫青这人还算仁慈大度嘛，或者是不是内心有愧，因而不再追究我呢？

李敢没想到，战神卫青的报复只是走得迂回了一点，他一点都不仁慈。李敢啊李敢，你既然敢做，为什么不敢承当？大将军受到下属袭击而不追究，这很不合常理，你以下犯上，你该赶紧向皇上自首才对啊！

可惜李敢没那么多想法。他的直接领导霍去病是卫青的外甥。霍去病替舅舅报了仇，非常轻松，没什么后果，就像踩死一只蚂蚁。李敢是在打猎的时候被霍去病射杀的，当然是"误射"，让人无话可说。你李广射石不也是误射吗？

李陵是李敢的大哥的儿子，他也是一个悲剧人物。他的悲剧，竟然还殃及司马迁，害他惨遭宫刑。"刑余之人"司马迁，把满腔的悲愤投入了《史记》的创作之中，他写李广，怎么可能不带有强烈的个人感情呢？

唐朝那些诗人，还有我们这些读者，都可能受到了司马迁的影响，对李广先入为主、盲目崇拜，乃至于使得作为艺术形象的李广、作为民间形象的李广与作为历史形象的李广产生较为严重的脱节。我花这么大篇幅写李广，其实是把《李将军列传》中的主要内容重述了一遍。我的重述，尽量客观中立，力求摆脱司马迁的个人立场、思想感情的影响。

现在还是要回来读一下唐诗。唐诗中提到李广的不少，不过多数只是借用跟李广有关的典故，或者顺便对李广的命运发表一下感慨。

李广也射过真老虎。真老虎是很凶猛的，李广还受过伤。可是在杜甫心目中，只要跟着李广打酱油，来了真老虎也不必害怕，我们就围观他射虎就行了：

> 自断此生休问天，
> 杜曲幸有桑麻田，
> 故将移住南山边。
> 短衣匹马随李广，
> 看射猛虎终残年。

（《曲江三章，章五句》其三）

李白年轻时练过武，他不像杜甫那样崇拜李广，而是同情他：

> ……
> 苦战功不赏，忠诚难可宣。
> 谁怜李飞将，白首没三边。

（《古风》其六）

下面这一首，代表着很多诗人的共同观点：

> 昨夜秋风入汉关，
> 朔云边月满西山。
> 更催飞将追骄虏，
> 莫遣沙场匹马还。

（严武《军城早秋》）

他们只记得李广追击敌人的时候多么威风，却忘了李广被敌人追击的时候，敌人也很威风，李广却很狼狈。不要吹牛不让敌人"匹马还"，李广自己就曾经"匹马还"。李广看不起的晚辈卫青，倒是历来只有他追击敌人，从来没被敌人追击过。

你所不知道的张祜（上）

从《何满子》到唐诗中的数量对举

张祜的《何满子》好在哪里？数量对举为什么容易出佳句？

中唐有个诗人名叫张祜（Hù），字承吉。他是个比较特别的人，写了一些比较特别的诗。今天先说说《何满子》。诗曰：

故国三千里，深宫二十年。
一声何满子，双泪落君前。

这首诗比较容易理解，只有其中"何满子"一词需要解释一下。"何满子"最初是个人名，据说此人生活在唐玄宗时期。但是奇怪的是，几十年之后，他的故事才开始流传。元白二人的诗中都写到了这个故事，具体细节有很大不同。这些情况都提示我们，它很可能不是真事，而只是个传说。简单说来就是，有个音乐人名叫何满（或何满子），犯了死罪。在临刑之前，何满子唱了一首特别悲伤的歌曲，希望能够得到豁免。按照白居易的版本，何满子是个男歌手，音乐才能虽然很高，唱完歌之后还是没有免罪，开元年间被执行了死刑。元稹的说法似乎有点高级黑。他说何满子是个女明星，通晓音律、爱惜人才的皇上在天宝年间听了她的歌之后不仅宽免了她的死罪，还把她召入宫中，宠幸有加。这岂不是说唐玄宗在跟杨贵妃"春从春游夜专夜"的同时，还忙里偷闲，宠幸着另外一位女人？这太让人疑惑了，所以我还是相信白居易的说法。我的另外一个重要根据就是，这样的故事我们这个年代也发生过。几年前一个学音乐的大学生杀了人，他在监狱里也唱过一首歌，但是视频流传出来之后反而让全国人民气炸了肺，最后他被宣判了死刑，体现了法律面前人人平等的原则。不过话说回来，元稹的说法也不是一点道理都没有。

根据传说，后来就有了一个词牌名叫《何满子》，其曲调大概就是当事人何满子临刑之前唱的那首歌吧。按白居易版，则何满子一死，"广陵散于今绝矣"，后人所唱《何满子》只能是好事者的再创作，音乐风格应该是凄凉哀婉、催人泪下，类似于《把悲伤留给自己》或者《不要为我哭泣阿根廷》；按元稹版，何满子没死，还成了文艺战线的标兵，鉴于她的结局是柳暗花明、苦尽甘来，她审订发表的歌曲《何满子》就不可能太过悲伤，而只能是跟《因为爱情》或者《友谊地久天长》差不多的励志和向善。这两种说法差别太大，考虑到后来人填的《何满子》词或者写的同题诗歌都是走的悲情路线，白居易版更加可信。

杜牧特别喜欢张祜的这首五言绝句《何满子》。作为张祜的铁哥们，杜牧夸起张祜来，可谓心狠手辣、惨绝人寰。他在《酬张祜处士见寄长句四韵》一诗中，把建安七子和曹操父子都拉过来塞在张祜的身下给他垫背，并将《何满子》列为张祜的代表作。诗曰：

　　七子论诗谁似公？
　　曹刘须在指挥中。
　　荐衡昔日知文举，

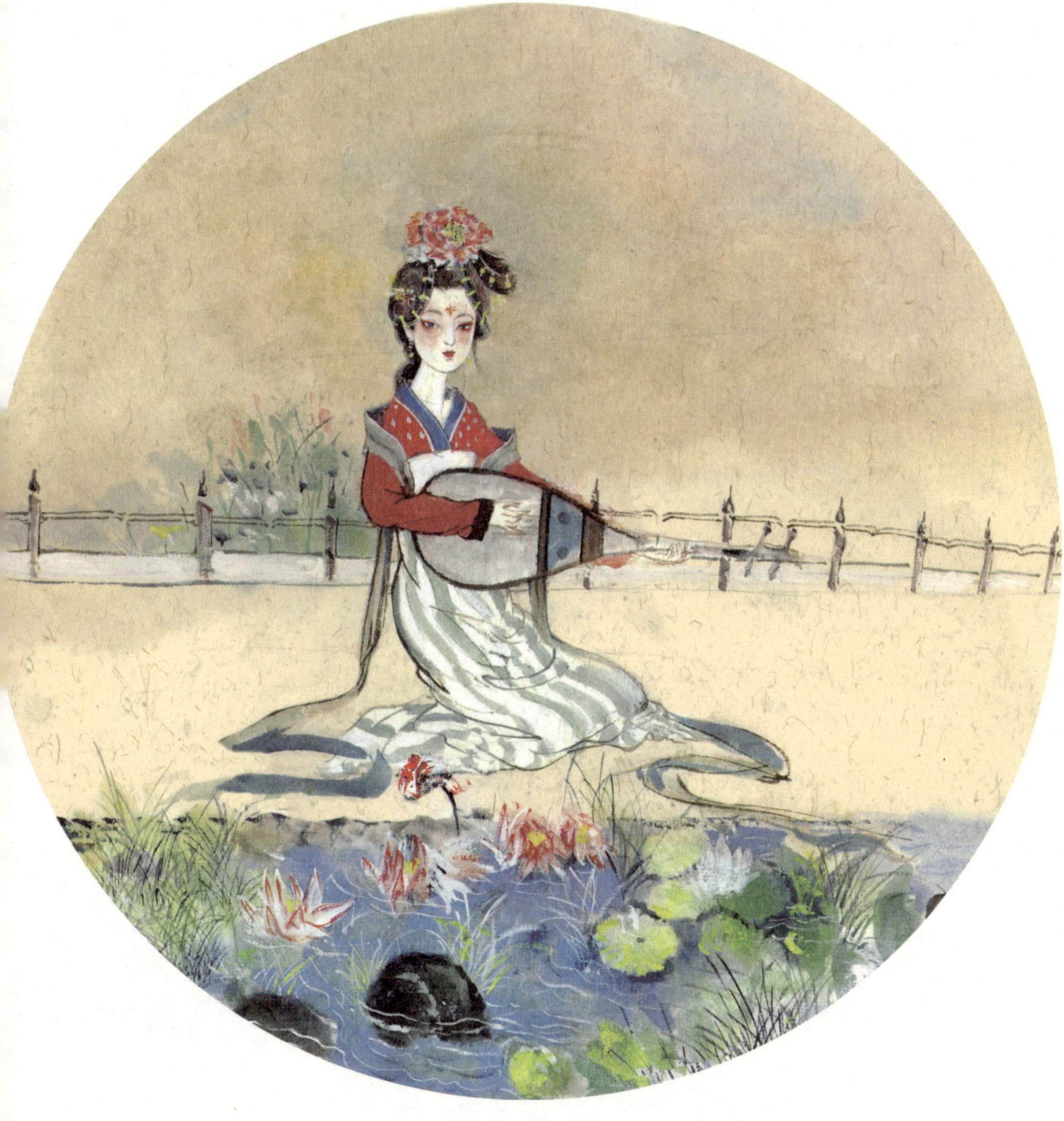

乞火无人作蒯通。
北极楼台长挂梦,
西江波浪远吞空。
可怜故国三千里,
虚唱歌辞满六宫。

这首诗既吹捧了张祜,又为他鸣了不平。最后两句诗说"故国三千里",这首诗在皇宫内院广为传唱,可是这有什么用呢?(因为没有人举荐他,他还是没官可做,只是一个"处士"。)

后来也有不少人觉得张祜的这首《何满子》写得不错。除了"衷情古韵"(明·桂天祥)、"其声最悲"(清·宋顾乐)之类说法所表彰的作品思想感情之外,此诗形式上的特色也被人作了充分的总结和肯定。比如,全诗四句二十字,只有最后一句是动词谓语句,出现了一个动词"落",这就显得更加简括凝练、强烈有力,给人留下深刻的印象。

对本诗的赏析,还需要提及"三千里"与"二十年"及"一声"与"双泪"这两组对举的数量词对于表现宫怨所起的作用。这点肯定已经有人提到过,我想把它说得全一点、细一点。

唐人诗歌中,数量词对举容易出佳句,这样的佳句往往有独特的表达作用,给读者极强的审美冲击力。比如:

两个黄鹂鸣翠柳,
一行白鹭上青天。

(杜甫《绝句》)

这两句中的数量较少,有点"历历可数"的意思。似乎杜甫对于入眼的任何景致都极为喜爱、珍视，对于世界和人生一片赤诚博爱。

下面李白的两句也是两个较小的数量，与上面的杜诗异曲同工：

三山半落青天外，
二水中分白鹭洲。

（《登金陵凤凰台》）

有的诗歌中，大数和小数对举，能够得到另外一种效果。比如：

山中一夜雨，树杪（miǎo，梢）百重泉。

（王维《送梓州李使君》）

再如：

星河秋一雁，砧杵夜千家。

（韩翃《酬程近秋夜即事见赠》）

有的是两个大数对举，我感觉不一定比一大一小更好。比如：

千山鸟飞绝，万径人踪灭。

（柳宗元《江雪》）

柳宗元这首绝句的确是经典中的经典。不过"千"与"万"的对举，总显得有些雷同和低效率。

概数与确数对举，效果也很好：

数丛沙草群鸥散，

万顷江田一鹭飞。

（温庭筠《利州南渡》）

"一鹭"很精确，它在宽阔的水田上较长时间地飞行，不仅容易看清，而且适合长时间观察，而身边的沙草丛中惊散了无数鸥鸟，仓皇之间的确说不清有多少只。这两句既表明了两种鸟的不同生活习性（鹭常独飞，鸥喜群集），而且侧面反映了它们不同的飞行模式（鹭飞得慢，方向比较稳定；鸥飞得快，方向杂乱，转向灵活）。

如果完全不写确数，只用两个概数来对举，效果就差了很多了，因为诗歌需要清晰的细节。比如：

巫峡啼猿数行泪，

衡阳归雁几封书。

（高适《送李少府贬峡中王少府贬长沙》）

同样是数量词的对举，这两个数量到底在什么维度上，也有一些讲究。一般来说，如果两个维度处在同一平面，得到的诗句，就欠缺一些厚度。比如：

城阙辅三秦，

风烟望五津。

（王勃《送杜少府之任蜀州》）

万里寒光生积雪，
三边曙色动危旌。

（祖咏《望蓟门》）

三湘愁鬓逢秋色，
万里归心对月明。

（卢纶《晚次鄂州》）

上面三例，都是在计量地图平面（地面）上的点（地点）的数量或者线段（路程）的长度，在单一维度上有量的大小变化，却略显单薄。

单一维度也可以是较为抽象的时间。比如：

九月寒砧催木叶，
十年征戍忆辽阳。

（沈佺期《独不见》）

"九月"是时间轴上的一个点，"十年"是时间轴上的一条线段。时点、时段的定位与计量，给人一种历史的沧桑感。

增加维度，所描写的事物就更加形象具体。比如：

霜皮溜雨四十围，
黛色参天二千尺。

（杜甫《古柏行》）

上联说的是周长，下联说的是高度。周长产生于二维平面，加上高度就成了三维的空间。这棵树活脱脱地成了一个立体图形，仿佛矗立在读者眼前。

时间和空间都出现的话，就相当于进入了四维空间，它能调动起读者更多角度的感悟体验。比如：

五更疏欲断，一树碧无情。

（李商隐《蝉》）

李商隐所写的那一只可怜的蝉，随着夜静更深，它的叫声越来越衰弱，它的身形在满树绿叶组成的庞大空间中愈益显得渺小、孤单。

柳宗元与张祜大致属于同一个时代。他俩在数量对举方面不分伯仲。柳宗元是这么写的：

一身去国六千里，
万死投荒十二年。

（《别舍弟宗一》）

两句诗写了四个数量，两两对举。"一身"与"万死"是角色与故事的关系，"六千里"与"十二年"是空间与时间的交互组合，两句诗写出了一部电影的分量。

张祜的四个数量分布在四句之中，不像柳宗元这么集中，而是娓娓道来，跌宕起伏，仿佛一部电视连续剧。

第1集"故国三千里"，是少女入宫，远离家乡，从此与家人天各一方，无缘再会。这一集，主要反映空间上的远。

第2集"深宫二十年"，女主人公百无聊赖，苦挨时光，这么一天一天熬成了阿香婆。这一集主要反映时间上的久。

第3集"一声何满子",阿香婆终于有机会在皇上面前秀才艺了,她唱的是悲伤的流行歌曲《何满子》。这一集主要营造听觉效果。

第4集"双泪落君前",故事的高潮,阿香婆终于崩溃了。男主角——皇上终于出场了,他看到,韶华易逝的阿香婆形容悲戚,唱着唱着就流下了两行清泪,原来她是在追忆似水年华,思念家乡父老。这一集主要营造视觉效果,并且对前面几集的精彩片段作出回顾,然后男女主角近距离地对望,面部特写,定格,画外音是带和声的著名歌曲《何满子》。

这首诗当然不全是靠数量词对举取胜,但这并不妨碍我们从这个角度来欣赏它。至于别的角度,相信每个人都可以有自己的心得,我就不必说尽道尽了。

你所不知道的张祜（中）

白衣卿相的自我炒作

张祜的宫词，素材从哪里来？为什么说孟才人的故事是他编造的？

张祜的很多事情都很矛盾。他的作品很多，《全唐诗》收了他三百多首诗歌，可是史书上却没有他的记载，以至于现在学者们还在考证他的生卒年月。为什么会这样？因为他一辈子都是个普通群众，没当过领导干部。他倒不是甘处陋巷，独善其身，事实上他一直热心于仕进。说他是个资深群众吧，据说他又是出身于豪门望族，所以人们常常美称他为"张公子"。在那个年代，一个不太傻的官二代想当官，是非常轻松的事情，可张祜奋斗终生，却一直找不到为人民服务的机会。这未免令人生疑。他的好朋友杜牧写诗替他打圆场，说他压根就没把钱财地位放在眼里。诗曰："谁人得似张公子，千首诗轻万户侯。"（《登九峰楼寄张祜》）同样是没当上官，要是都像孟浩然那样内敛低调，多写写山水田园诗歌，一般都会获得人们的理解和同情。而张祜却不是这样，他浪荡张狂，恃才傲物，搞得人际关系非常紧张。他还特别喜欢写容易惹是非的宫词。

张祜的三百多首诗歌里面，有将近百分之十是宫词，主要内容是描写帝王、妃嫔的私生活。唐朝其他诗人也有写宫词的，但是别人顶多撞上这样的题材了,写一两首体验一下就行了,比如顾况、元稹。张祜却吭哧吭哧写了三十多首,而且主要是写唐玄宗李隆基的。王建倒是比张祜写得多,他写了100首。但是王建毕竟是官场中人,知道的掌故多,有大量的间接生活经验作为创作的源泉,这是完全可以理解的。张祜一介布衣,只有很少几个官员愿意跟他做朋友,所谓出身名门望族也难以确认。那他埋头写了这么多宫词,素材从哪里来?只能一靠虚构,二靠猜想了。

说他虚构,话题要从"何满子"说起。关于何满子的传说,不知怎么起来的,反正在白居易、元稹、张祜的时代,这个传说很流行,大家都把它写到了诗里。张祜的《何满子》一诗,当时也不算太出众吧,但是张祜会包装。他的包装办法就是,虚构了一个动人的故事,把自己的这首代表作植入这个故事中。他虚构的故事就是"孟才人",事见《孟才人叹》诗并序。

序曰:

> 武宗皇帝疾笃,迁便殿。孟才人以歌笙获宠者,密侍其右。上目之曰:"吾当不讳,尔何为哉?"指笙囊泣曰:"请以此就缢。"上悯然。复曰:"妾尝艺歌,愿对上歌一曲,以泄其愤。"上以其恳,许之。乃歌一声何满子,气亟立殒。上令医候之,曰:"脉尚温,而肠已绝。"及帝崩,柩重不可举。议者曰:"非俟才人乎?"爰命其榇。榇至乃举。嗟夫!才人以诚死,上以诚命,虽古之义诚,无以过也。进士高璩登第年宴,传于禁伶。明年秋,贡士文人多以为之目。大中三年,遇高于由拳,哀话于余,聊为兴叹。

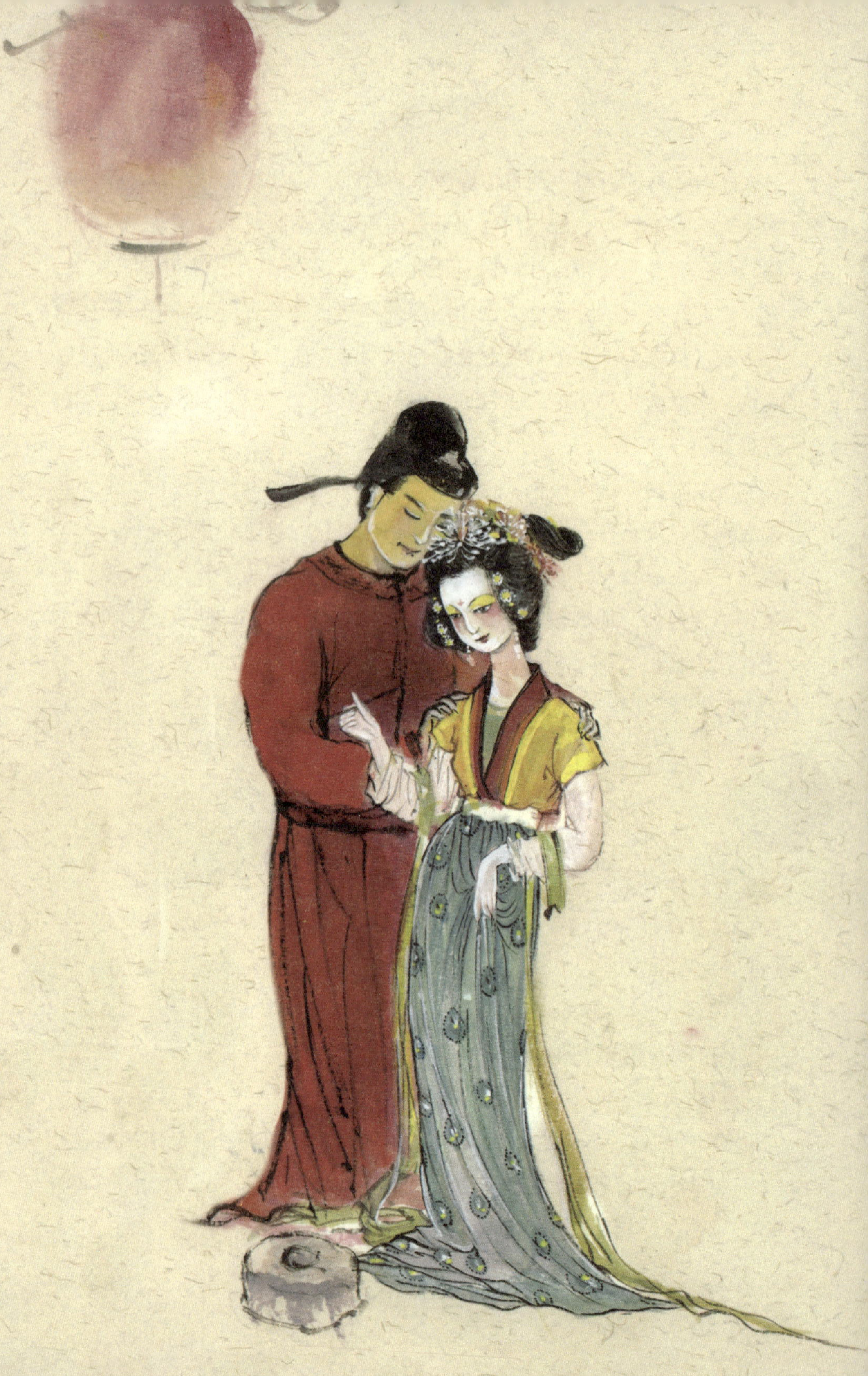

序的大概意思是说：唐武宗病重临终前，不放心他的宠姬孟才人，问她："我死了你怎么办？"孟才人说她将上吊殉情。武宗听了有点伤心（可是竟然没有反对）。孟才人可能觉得他不相信、不放心吧，就说："皇上，我给您唱首歌吧，不然我心里堵得慌。"皇上答应了，于是开唱。唱的是《何满子》，完了喘不过气来就死了。皇上让大夫来看看怎么回事，大夫说："她的血脉呢还是温热的呢，可是她的肠子已经断了。"皇上死后，棺材重得抬不动，有人说："莫非皇上是在等孟才人？"于是人们把孟才人的棺材搬过来放一起，果然就抬得动了。然后是张祜发的一通感慨，并介绍这首诗的写作缘起。

诗曰：

偶因歌态咏娇嚬（pín，同"颦"，皱眉），
传唱宫中十二春。
却为一声何满子，
下泉须吊旧才人。

诗和序里面反复提到"一声何满子"五字，原来并不是说这个所谓的孟才人把何满子的故事只唱了一声就死了，而是说，孟才人唱的歌词是"一声何满子"。何满子虽然是公共传说，大家都写过、都唱过，但是"一声何满子"五字，却是出自张祜的那首五言绝句《何满子》。这明明是张祜在宣传推介他的作品！

《新唐书》里面的确记有武宗贤妃王氏善歌舞，武宗临死前王氏自缢殉死。死之前并没有唱"一声何满子"，跟张祜沾不上边。而且人家压根不姓孟，死也死得明明白白，而不是心肌梗塞猝死却稀奇古怪地出现肠梗阻的症状。

我觉得张祜这个事做得有点过分。你那首诗就算的确写得不错，你也应该低调一点，让别人去夸，不要自己夸。你就算自己夸，也应该实事求是，不要吹得太狠，还把堂堂的武宗皇帝都编排进来了。你就算把皇帝编排进来，也多多表现他的英明神武，不应该一说起就是得了重病，然后凄凄惨惨地挂了，临死还让一个唱小曲的宠姬跟他纠缠不休，严重损害他的光辉形象。

我猜想这首《孟才人叹》的影响非常恶劣。一个后果就是，它把热热闹闹的一个"何满子"题材据为己有，从此以后的明白人再也没人愿意碰这个题材。另一个后果就是，它把张祜后半生翻盘当官发财的路彻底堵死了。唐末五代王定保编的《唐摭言》中说，皇上向元稹打听过张祜，元稹的回答是："张祜雕虫小巧，壮夫耻而不为者，或奖激之，恐变陛下风教。"皇上听了连连点头。后来人有的认为元稹是嫉贤妒能，但事实上元稹这句话基本上没说错。你写宫词，别人也写宫词，但别人没有你这么些小伎俩，并非别人没你聪明，而是别人丢不起那个人。

更要命的是，张祜后来又写了两首宫词，继续咏叹他编造的这个"孟才人"，说得跟真的似的。也可能他说多了之后自己也信了？

真是令人遗憾。

你所不知道的张祜（下）

对仕途理想的蹩脚追求

酗酒文人朱冲和如何挖苦张祜？张祜是怎么把干谒诗写砸的？

《旧唐书》《新唐书》这两部正规史书没有为张祜立传，张祜的生平事迹只能在杂书中寻找。但是这些书中所载只有一鳞半爪，而且往往互相矛盾，很难为我们还原历史上真实的张祜。不过我们可以把这些书中提到的张祜的事迹做一个简单的归纳，聊供参考。

有几本古书中提到一个关于"冬瓜堰"的故事。唐人范摅（shū）的《云溪友议》说张祜曾经当过一个芝麻小官，管理一个叫做冬瓜堰的水利水运设施（漕渠），我估计就是某处运河水坝上的一个闸口，堰官大致相当于该闸口收费站的主任。这段时间张祜正在闷声大发财，没想到一个酗酒的文人朱冲和（或作朱冲）写了一首诗来挖苦他，题目就叫《嘲张祜》。诗曰：

　　白在东都元已薨（hōng，死），
　　兰台凤阁少人登。
　　冬瓜堰下逢张祜，
　　牛屎堆边说我能。

诗的意思是说：白居易远在洛阳（不在首都长安），元稹已经死了，秘书省、中书省等部级领导的职位缺人啊！我在冬瓜堰下碰到了张祐，他守着这堆牛屎，说："我有本事，我可以去！"

以屎尿屁等秽物入诗，在唐朝，一般的诗人都做不出这种有辱斯文的事情来。这个不知出身的朱某想来是借酒撒疯吧，不然为何如此糟践张祐。人家张祐又没干什么伤天害理的事情，无非就是狂妄一点，你这个朱麻木不也如此狂妄吗？天下狂妄无高低，彼此彼此。

上面这个故事是唐朝人记载的，北宋的何薳（wěi，又音yuǎn）表示不同意，他在《春渚纪闻》中说，张祐多么清高孤傲的人，多少地市州抢着请他去担任县级干部，人家干几天就受不了那个鸟气，辞职不干了呢，怎么可能去当一个区区冬瓜堰的小科员！

这个何薳看来是张祐的一个隔朝粉丝，他说的不无道理。不过清高孤傲的人到了不得已的时候，也并非绝对不可能屈尊俯就。杨志不是还卖过刀吗，秦琼也卖过马，上海滩上的青帮大佬黄金荣解放后也老老实实扫过大街。

何薳的辟谣，只是说张祐本人跟冬瓜堰没有直接关系。这种正面的断然否定，只从情理上推断，没有任何事实上的说明，似乎难以阻断吃瓜群众们"无风不起浪"的猜疑。张祐的另外一些粉丝则用一种侧面迂回的办法来证明张祐的确没当过冬瓜堰的小主任，因为他们说，这个小主任当然不是张祐啦，他明明就是张祐的儿子嘛，你们把儿子的事张冠李戴到爹头上啦。唐人冯翊（yì）（或作冯翊子）的《桂苑丛谈》中记载了一个有趣的故事，说张祐写诗请托盐铁使，给儿子谋得了冬瓜堰的职缺，熟人开玩笑说这个职位太低了，你老张的儿子怎么能干这么个工作呢。张祐也开了个玩笑，他说："冬瓜合出瓠（hù）子。"冬瓜、瓠子都是瓜类蔬菜，张祐在这里玩了个谐音双关，"瓠子"谐音"祐子"，即张祜的儿子。南宋计有功在《唐诗纪事》中则说，颜萱、陆龟蒙等张祜旧友在他死后，为张祜的遗腹子张望虔帮忙谋得了冬瓜堰官的职位。这倒是把张祜本人撇得干净，但是冬瓜、瓠子的俏皮话就没人说了。

我在地图上还真找到了冬瓜堰（北纬27°49′05″，东经108°0′37.8″），是贵州省思南县的一个很小的村子，在一个大山坡上，它的周围方圆几十公里内都没有任何运河的痕迹。这肯定不是张祜或他的儿子谋职的地方。

现在且不管冬瓜堰了，让我们说说颜萱、陆龟蒙这两位老朋友。《全唐诗》中收录了二人在张祜死后去看望他家人时所写的诗。颜萱的诗题为《过张祜处士丹阳故居》，诗曰：

忆昔为儿逐我兄，
曾抛竹马拜先生。
书斋已换当时主，
诗壁空题故友名。
岂是争权留怨敌，
可怜当路尽公卿。
柴扉草屋无人问，
犹向荒田责地征。

陆龟蒙的诗题为《和过张祜处士丹阳故居》，诗曰：

胜华通子共悲辛，
荒径今为旧宅邻。
一代交游非不贵，

五湖风月合教贫。
　　魂应绝地为才鬼，
　　名与遗编在史臣。
　　闻道平生多爱石，
　　至今犹泣洞庭人。

　　这两首诗的内容无非是抚今追昔、悲悼故友。我们曾说过杜牧是张祜的好朋友，陆龟蒙的诗也说了他结交了不少有身份的人，由此看来张祜生前还是有不少朋友。可是他性格狂妄，这也是真的。我们都知道，狂妄的人朋友少。
　　张祜的一首长诗证明了他的确是个狂妄的人。
　　这首诗的题目也很长，叫做《戊午年感事书怀二百韵谨寄献太原裴令公淮南李相公汉南李仆射宣武李尚书》。这应该是一首干谒诗，就是说，是拿来做敲门砖，希望得到权贵的赏识、提拔。全诗196句、980字，竟然一韵到底，把"先"韵的很多生僻字都用上了。一首诗写这么长，同时献给四位官人，还不如写四首稍短一点的诗各赠一人，那样才显得有敬意、有诚意。另外，干谒诗也不一定要写这么长、韵脚用得这么险，一首绝句能搞定的事，写成二百韵反而可能弄巧成拙。人家欣赏的是你的文学创作的才能，而不是文字技巧（也就是元稹说的"雕虫小巧"）。朱庆余的《近试上张水部》只有28个字，不仅大获水部郎中张籍的赞赏，而且成为千古传颂的名篇：

　　洞房昨夜停红烛，
　　待晓堂前拜舅姑。
　　妆罢低声问夫婿，

画眉深浅入时无？

张祜的这首干谒诗，内容上也有欠考虑之处。别人都是用隐喻的手法来委婉曲折地表达诉求，张祜这首诗，却直来直去，一点转圜的余地都没有。诗中从各个角度诉说了自己的人生经历和性格志趣。有的句子非常轻狂，如：

戏傲东方朔，文轻司马迁。

又如：

读易删王注，通诗断郑笺。

有的句子又充满了激愤不满，如：

愤穷多自乐，不佞少人怜。

还有一些句子则直接表明自己想当官，如：

失路为闲物，无官入长钱。

又如：

长途思逐日，高阁梦凌烟。

大胆承认自己想当官，希望得到四位大人的赏识、提携，这也是豁出去了，虽然直接了一点，倒也不失豪爽干脆。可是张祜在诗的最后两句，竟然缩了回去：

侯王如重阻，归看数峰莲。

这两句的意思是说，我要是实在当不上官，那就还是回去隐居吧。

这简直有点莫名其妙——喂，老兄，你都豁出去了，又折回来害个什么臊嘛，没见过你这么首鼠两端、不敢承担的，你让那四位大人到底是帮你还是不帮你呢？难怪你当不上官。

主要参考文献

［唐］杜牧（1978），《樊川文集》，上海古籍出版社

［唐］范摅撰、唐雯校笺（2017），《云溪友议校笺》，中华书局

［唐］孟浩然撰、李景白校注（1988），《孟浩然诗集校注》，巴蜀书社

［唐］王勃著、蒋清翊注（1995），《王子安集注》，上海古籍出版社

［唐］王维撰、陈铁民校注（1997），《王维集校注》（全四册），中华书局

［五代］王定保（1957），《唐摭言》，古典文学出版社

［宋］计有功（2013），《唐诗纪事》，上海古籍出版社

［元］辛文房撰、孙映逵校注（2013），《唐才子传校注》，中国社会科学出版社

［明］胡应麟（1958），《诗薮》，中华书局

［明］胡震亨（1981），《唐音癸签》，上海古籍出版社

［明］陆时雍（2010），《诗镜》，河北大学出版社

［明］唐汝询选释、王振汉点校（2001），《唐诗解》，河北大学出版社

［明］钟惺、谭元春（1985），《诗归》，湖北人民出版社

［清］丁福保辑（1983），《历代诗话续编》（全三册），中华书局

［清］何文焕辑（1981），《历代诗话》（全二册），中华书局

［清］蘅塘退士编、［清］陈婉俊补注（1956），《唐诗三百首》，文学古籍刊行社

［清］沈德潜（2013），《唐诗别裁集》，上海古籍出版社

［清］王琦（1977），《李太白全集》（全三册），中华书局

［清］章燮（1931），《唐诗三百首注疏》，扫叶山房（影印）

［清］赵翼，《瓯北诗话》，《清诗话续编》

顾青（2005），《唐诗三百首（名家集评本）》，中华书局

华忱之、喻学才校注（1995），《孟郊诗集校注》，人民文学出版社

刘学锴、余恕诚（1988），《李商隐诗歌集解》，中华书局

马茂元、赵昌平（1985），《唐诗三百首新编》，岳麓书社

沈祖棻（1983），《唐人七绝诗浅释》，上海古籍出版社

汤贵仁（1984），《韩愈诗选注》，上海古籍出版社

王锳（1980），《诗词曲语辞例释》，中华书局

武汉大学中文系中国古代文学教研室（1980），《新选唐诗三百首》，人民文学出版社

萧涤非（2014），《杜甫全集校注》（1—12册），人民文学出版社

萧涤非、刘学锴、袁行霈等（2004），《唐诗鉴赏辞典》，上海辞书出版社

萧瑞峰、彭万隆（2002），《刘禹锡白居易诗选评》，上海古籍出版社

中国社会科学院文学研究所（2009），《唐诗选》，人民文学出版社

张相（1953），《诗词曲语辞汇释》（全二册），中华书局

后 记

　　人人皆知唐诗好，唐诗读法各不同。我花了几十年的时间，才找到最适合自己的一种读法。

　　我上中学、大学时，背过一些唐诗，但是除了看懂注释和翻译、理解编选者的评点之外，没想过还能自己去品读、深究诗歌本身。此后多年，偶尔也翻翻《唐诗三百首》，但并没有特别的感受。直到几年前，买了一本中华书局版的《唐诗三百首（名家集评本）》，作为旅途读物，才开始慢慢品尝唐诗的滋味。每次都是随手翻开一页，第一眼看到哪首就读哪首。先借助注释弄明白字句的意思，然后看诗后的点评。编者精选的这些历代名家点评，揭示了诗句后面的深刻含意，点明了篇章字句的精妙之处，逐渐把我带入了佳境，让我对很多作品有了比以往更深更广的理解。后来我不满足于此，尝试摆脱名家点评的辅助。读一首诗，先自己逐字逐句琢磨，有了一些心得之后，再去看点评。发现前人见解正好是我所想，就很得意。有前人指出、而我没看出来的地方，就好好体会，并提醒自己还可以从这个角度来读。后来，我跟前人的交集越来越多，也就越来越有成就感了。再到后来，我时不时地能得到一些前人也没说过的看法。这让我有了自信，我知道唐诗已然成了我的朋友，而不是高高在上、只可仰望的圣物了。

　　后来我就把自己的一些见解写出来，发在微信朋友圈。我的朋友刘学博士看了，建议我申请一个公众号，说是方便朋友们转发。我听从了他的建议，建了公众号"唐诗的真相"（后来改叫"清江一条鱼"），认真地把自己的见解写成易读好懂的文章，贴在上面。公众号的关注者不多，大都是我的亲友、学生。为了不让他们失望，我每次都尽量写得"有趣"，这是我解读唐诗的第一个原则。

如果过分追求有趣，有可能缺乏严谨，误导读者，那罪过就大了。所以，我把"严谨"当成第二条原则。解读一首唐诗，我要尽可能全面地搜集别人对这首诗的研究成果。到后来，除了作品本身，还要研究诗人的经历，他所处的时代，他在创作这首诗时的心态和社会背景。要看的资料太多，写得越来越慢。但我很享受这个过程。以前读一首诗，只是研究它的文本，而现在我知道一首诗的文本只是冰山露在水面的那一小部分，探寻水下的更多的那些部分能给我更多的乐趣。根据这条原则，在编订本书时，我删除了最初写的一些比较有趣但不够严谨的篇目。

解读一首唐诗，先了解、研究别人说过些什么固然很重要，但是如果只是重复别人已经说过的那些话，读者就没有理由来看我的文章。所以，我给自己定下了第三个原则，那就是"新颖"。每一篇解读文章，都要让读者发现新意。要做到新颖，其实并不容易。唐诗存在了一千多年，最值得读的那些唐诗早已被历朝历代的文人、专家和读者咀嚼了无数遍，要想读出新意来，真是谈何容易。可能是我幸运，也可能是我下的笨功夫较多，感动了上帝，有不少篇目，我读的时候获得了灵感，发现了别人没有说过的一些奥妙。我对某些篇目的解读，跟人们通常的理解差别很大，以至于有人说是"具有颠覆性"。比如《千年不识好儿童》，我认为《回乡偶书》中，贺知章是在正式社交场合见到这位"儿童"，贺知章心情愉悦，既欣赏这个孩子的成熟，又喜爱他的天真。还有一些诗，我跟前人对作品的理解并没有大的差别，我就在解说的方式上尽量求新。要么收集更多的新材料，或对旧材料挖掘更深；要么选择一个新的角度、新的思路去审读；要么就采用一种新鲜的话语方式去组织材料、表达观点。如果做到了"新颖"，实际上是让读者通过我的解读，看到了一幅新的景象。这幅新的景象，来源于我的眼里所看到的"相"。我把我看到的"相"认真写出来，就是描绘了我眼中的"真相"。这也是本书名字的本意。

我在一年多的时间里写成了五十来篇诗歌解读文章，在我的公众号上先后发布过。其中多数篇目都是解读唐诗的。老同学周北川先生偶然看到了我的朋友圈，他比较欣赏我的解说风格，答应在他供职的重庆出版社为我申报选题正式出版。选题很快就通过了，插画师也最后敲定。我通过朋友辗转相托，用老树先生的画作封面，封面图优雅高贵。书法家王强教授录了王翰《凉州词》，送给我做插页。业师谭邦和教授欣然答应赐序，并对我读诗多多鼓励。张一清、戴建业、梁晓声等三位教授很爽快地答应向读者推荐这本书，尤其是梁老师还特意打电话表扬我"写得好""文笔也不错"，并跟我讨论《隐士出悖论》，告诉我这个话题还值得进一步挖掘。这些支持和鼓励让我在忐忑之中有了靠山。青年画家簪霓绘制了25幅漂亮的插图，为本书增色不少。

在我读唐诗、写书稿过程中，很多专家给我鼓励和肯定，很多同仁、亲友、学生给我支持和关怀，我既感动，又感激。有些大学、中学的教师还把我的观点引入了课堂，让我既有些得意，又有些惶恐。本书得以出版，我的观点呈现在更多读者的面前，感动、感激、得意、惶恐的程度都成倍提高。真心希望读者能喜欢它，同时也希望读者指出拙作的不足，让我将来能做得更好。

黄理兵　于北京学院桥寓所
2019年9月10日编订，2020年3月16日改定

重印后记

《唐诗的真相》出版后，一直都在古诗词类图书排行榜上占有一席之地，这说明该书得到了读者的认可。首印即将售罄，出版社打算重印。趁这个机会，我对书中文字作了少量修改，希望它能达到更高的水平。

我是1967年出生的，从小没机会接触唐诗。小学四年级时，新调来的王世菊老师讲了一个反特故事，其中有一首唐诗是情节发展的关键线索，我一下就记住了。后来才知道诗的题目是《鹿柴》，王维写的。这是我平生接触的第一首唐诗。

1978年我在恩施市一中读初中。初三时，刘天赋老师给我们教语文，他让我们去舞阳坝的新华书店一人买一本他指定的唐诗选本，要求我们每天背诵一首。刚开始时他在自习课上逐一检查，一周之后不再检查，让我们自己继续背。到一个月时，大多数人都放弃了。三个多月后，坚持把书中一百首唐诗背完的，我们班恐怕只有我一个人。

1984年我考入华中师范大学中文系就读，又背诵了一些古代的诗词作品。1988年毕业分配到建始师范工作。课教得不好，只是每天早上我会在8804班的黑板上抄写一首古诗词，让学生们背诵。我这是在学刘天赋老师。多年以后，班上学生都忘了我在课堂上给他们教过什么有用的东西，却记得我抄写的那些诗词。

后来我读了研究生，毕业后来到北京语言大学任教。2004年，我从教学单位调入考试单位——汉语水平考试中心，主要搞汉语水平考试（HSK）研发。因为常常要去各地督考，出差期间我就带上中华书局版的

《唐诗三百首（名家集评本）》，坐火车、坐飞机、住宾馆，只要稍有空闲，我就翻开来看。这本书一直伴随我至今，我与唐诗的缘分也变得难分难解。现在，书已经快翻烂了，每一页都写满了我的批注。

2014年我去瑞士苏黎世大学任教，也带上了这本书。有一天突然想把我读唐诗的一些感受写出来，就在朋友圈说了说我对王维《送别》和王昌龄《芙蓉楼送辛渐》的理解。大学同学黄健云、林武给我点了赞，还鼓励了几句。后来又解读了几首，然后就是刘学博士建议我注册公众号。在公众号上，我断断续续又写了几篇，一直到2015年回国。潘虎师弟鼓励我说，你还要继续写，以后写得多了，可以考虑结集出版。我听了他的，再写的时候，就不像以前那样随意了，而是有意识地在"有趣"之外，进一步追求严谨、新颖。

到了2018年，我写的解读文章已经有将近50篇了。我的已毕业研究生王专也鼓励我把这些文章找个地方出版。我试着投了几家，结果不太理想。有的嫌它不够学术，有的嫌它不够通俗。直到有一天，重庆出版社的老朋友周北川认真读了我解读《清明》的文章，他问明情况后，就让我在他们社申报选题来出版。没想到，我这种既不是纯学术又不是特别通俗的写法正对他的胃口，说起来还真是缘分。他建议把书名定为《唐诗的真相》，给我充分的权限来选取篇目，同时提供了很多重要的建议。比如，各篇的标题风格要一致，最好是等长。我搞了这么多年汉语考试，调整文字长度是我的长项。每篇开头都要设两个问题，这也是我的长项。40多篇文章的编排也要有所考虑，我按照写作内容和风格，把它们分为三编，分别命名为真相的花朵、真相的花枝、真相的花束。花枝部分加上了《青桩少意象》《野炊引话题》两篇，这两篇稍微特殊一点，有点像文学创作。青桩这一篇实际上是旧作，是2001年左右我在泡清江论坛、清江聊天室的时候，为一位网友而写。最初解读《题诗后》

的那一篇，对贾岛不够尊重，北川建议我改改。我进一步查资料之后发现贾岛很无辜，于是重写了《忍见贾岛双泪流》。今年新冠疫情期间，书稿已经过了一校，这时因为日本捐赠中国救灾物资引发的议论，王昌龄的《送柴侍御》备受关注。北川建议我加写一篇，说说我对这首诗的理解，于是我又写了《美人赠我金错刀》。《莫待无花空折枝》这一篇最有意思。插画师簪霓绘完了全部插图，去乡下度假期间，看到篱笆上的蔷薇花略有些败了，于是摘了一朵，举在面前，让她先生拍了一张照片。她看这照片很有感触，决定把它画下来，放到我的书里面做插图。我看了她画的图后也很喜欢，但是翻遍全书觉得放到哪里都不合适，于是决定专门找一首诗来配她的图。我找到了《金缕衣》，写成了《莫待无花空折枝》。这样就最终定了稿。改写、新写的这3篇文章略微耽误了一些时间，原计划5月见书的，最后拖到了7月。

　　我很幸运，得到了很多老师、朋友的支持和帮助。其中包括为我写序的谭邦和老师，写书名和书法插页的王强老师，送给我封面画的刘树勇（老树）老师，给我写推荐语的张一清、梁晓声、戴建业老师，纠正了文中一些错误的黄悦老师，鼓励我解读、成书的刘学、林武、黄健云、潘虎、王专、张美涛，以及始终支持我做自己喜欢的事的郭树军老师等。这些支持和帮助，以及周北川的巧妙设计和编排，簪霓的精心绘图，都为这本书得到广大读者的喜爱打下了较好的基础。付梓之前，又得到了韩经太、聂丹老师的支持，可谓为《唐诗的真相》又添上了一朵花。

　　书印出来后，我在自己的公众号上写了一篇《诗歌有没有真相》，朋友们纷纷为我转发，让这本书为更多人所知。老同学林辉写了书评《一位恩施人这样解读唐诗》，发表在《恩施日报》上。恩施高中的彭志友老师在他的公众号"收心斋"上有好几期对这本书和谭老师的序文作了介绍。今年暑假我回恩施期间，兴福村镇银行的监事长朱朝晖先生为银行内部的年轻人推荐了本书,并邀请我去为他们"签名说书"。我的老朋友、老同事邱凌先生组织了"《唐诗的真相》恩施首发式暨读书交流活动",承办单位有恩施市文学艺术界联合会、湖北省新华书店(集团)有限公司恩施分公司,活动地点就在我自小熟悉的舞阳坝新华书店(书店所在的这座楼改建后叫做崇文广场)。参加活动的有恩施州、恩施市的文联负责人,州、市图书馆的负责人,多位文艺工作者和本土作家,湖北民族大学的几位学者,来自恩施读书会的多位读者代表,还有恩施市一中的部分师生。我的很多朋友、同学,还有建始师范的校友自发地来参加了活动。活动主要内容有捐赠(我为州、市图书馆和恩施市一中赠书,书法家朱思虎、姚启明、罗成明为新华书店及读者赠送墨宝)、座谈会、签名售书。这个系列活动举行得相当成功,恩施电视台对此作了报道。我从恩施回北京后,根据重庆出版集团的安排,先后在当当网和京东网上做了直播。前一场直播的观众达到了2万多人,大大出乎我的意料。在湖北荆门,在广州,《唐诗的真相》被几所高中列入推荐阅读书目,有不少学生读完之后撰写了精彩评论。《新京报》上发表了周依然的一篇书评,进一步扩大了该书的影响。所有这些,都让我一方面非常开心,另一方面也有些紧张。毕竟我素来不求名利,现在暴得浮名,我深恐自己得意忘形。

这次重印本的修订,吸收了史杰鹏先生的意见,删除了对《清明》一诗韵脚的讨论,使我在"严谨"上又进了一步。

我现在正在考虑下一本唐诗赏析著作,书名大约会叫《唐诗的假象》,不知朋友们是否喜欢这个名字?希望朋友们继续跟我一起在唐诗的百花园里流连忘返、多多采撷。

2020年10月30日
于北四环寓所

唐诗的真相

千年唐诗,遇到了一个新的解人

别册

重庆出版集团 重庆出版社

奥卡姆剃刀与唐诗解读

黄理兵

"奥卡姆剃刀"并不是一把真实存在的剃须刀。它是14世纪英国哲学家、神学家William of Occam提出的一个行事准则,或者说是在思考、处理问题时应该遵循的一个法则,其内容是:若非必要,勿增实体。连大哲学家维特根斯坦都接受这个法则,我当然也是。我说我解读唐诗有三个原则:有趣、严谨、新颖。如何才能做到第二条——严谨呢?有很多具体的操作技术,也有很多要遵循的操作规则。这些操作规则,不妨统一到"奥卡姆剃刀"的旗号下面来。

在解说唐诗的具体实践中,我从三方面来理解、执行奥卡姆剃刀法则。

第一,尽量给一首诗统一的解释。

我认为,好的诗人写的一首诗,通常只有一个中心思想,只有一种主导情绪。因此,解诗的时候应该尽量用上文解下文，用下文解上文，而不是对一首诗中不同的部分各自作出不同的解说。比如王昌龄《送柴侍御》第二句是"送君不觉有离伤"，那么王昌龄送别柴侍御的时候，到底是"情不自禁地有了离别的悲伤"，还是"没感觉到有离别的悲伤"？细读全诗，就能发现第一、三、四句都是轻松愉快、乐观向上的，把"不觉"解释为"没感觉到"更好，这样全诗的感情基调就是统一的，而不是分裂的。

第二，尽量按常识、常理来理解诗人和诗作。

比如人们说贾岛的《题诗后》是写在《送无可上人》后面的自注，前一诗中"二句三年得"指的是后一诗中"独行潭底影，数息树边身"两句。可是按照常识，送别诗都是现场交稿，不可能"三年得"；按照常理，贾岛尽管是一位"苦吟诗人"，劳动效率、创作水平、鉴赏水平不可能低到如此地步，以至于把两句很平常的诗句当成自己最辛苦、最得意的作品。这就促使我追根溯源，去查找《题诗后》这首诗的来源，最后得出了这样的推论：这首诗不太可能是贾岛的作品，而很可能是魏泰杜撰出来的。

第三，尽量在较大的背景中解释有争议的作家作品。

这指的是，如果我们对一首诗有疑问，无法确认哪种理解正确，那么我们最好考察一下诗人比较稳定的性格和心理特征，考察他的较长时期的生活经历，乃至于诗歌创作背后的历史、文化背景。一首诗通常是与这些背景相契合，而不是相冲突。在这些背景下来理解这首诗，有些结论就是水到渠成了。比如刘禹锡的《酬乐天扬州初逢席上见赠》，多年来人们争论不休，有人说他乐观豁达，虽然自比沉舟、病树，却不以为意，而是乐见千帆、万木，对它们真诚祝福；有人说他眼见千帆过、万木春，而自己已是沉舟、病树，因此伤心自怜，感觉已被时代抛弃。到底取哪一种解释更合理？我研究了刘禹锡的一生经历，并对比白乐天"席上见赠"的原作，以及刘禹锡在这次扬州初逢之前、之后的创作，还有白居易对他的评价，得到的结论是：前述两种解释都不对。诗人自比沉舟、病树，却并不悲观消沉，千帆、万木比喻自己的政治对手，作者却并不艳羡、认输;刘禹锡的风骨几十年没有变,他是"一粒铜豌豆",是"诗豪",他就跟《老人与海》里面的老人一样,可以被毁灭,却不可以被打败。

我解读王维的《酬张少府》时,是综合了以上三个方面来作出解释的,所以这一篇我特别满意。

当我提出解读唐诗中的奥卡姆剃刀法则之后,吉林的张百爽老师结合我在《千年不识好儿童》中的观点,提出了疑问。在《千年不识好儿童》中,我认为贺知章的《回乡偶书(之一)》以充满爱怜的笔墨,描写了一个资质非凡的儿童;写诗时的贺知章是荣归故里,诗中只有开心和满足,没有任何悲凉情绪。张百爽提出的疑问是:《回乡偶书(之二)》中,贺知章有些悲凉。那么,两首《回乡偶书》的情感基调是一致还是不一致?说它们一致吧,就应根据第二首推知第一首也悲凉,而不是快乐满足。说它们不一致吧,既然我承认在同一时间写出、放在同一题目之下的两首诗的情感基调可以不一致,那就与我在解读刘禹锡的《酬乐天扬州初逢席上见赠》时的做法相矛盾了。

要回答张百爽老师的疑问,我们可以先看看

《回乡偶书(之二)》:

> 离别家乡岁月多,
> 近来人事半消磨。
> 惟有门前镜湖水,
> 春风不改旧时波。

"消磨"是消失、消除的意思,这里指的是忘掉,想不起来了。整首诗是说:我离开家乡的年岁太久,最近的一些人和事大都忘掉了。只有我家门前镜湖的水,春风吹起的波浪,还跟我离开家乡之前一样。

对这首诗,我有三点看法。

一、它真实记录了老年人往事清楚、近事模糊的普遍心理特点。

二、贺知章回到阔别几十年的故乡,要好好表达一下对家乡风物的浓厚感情,这是人之常情。为了突出这种感情,就让其他人、物暂时淡化,退居为背景或参照,这是写作的正常手法。诗的表达重点在于对家乡风物的感情,这种感情温馨、甜蜜、令人陶醉,并不悲凉。如果悲凉,贺知章也不会用"春风"这个词。假设因为此时正是春天,不得不用这个词,又要表达悲凉的情绪,那么贺知章或许会这样来写后两句:"长恨门前镜湖水,春风空惹旧时波。"

三、诗中对于远离家乡这些年里遇到的"近来人事",并不是否定、排斥的态度。毕竟,贺知章大半辈子都与这些人、事纠缠在一起,他的人生是"彪悍的人生",这些人、事就是他彪悍人生的见证,不可能被他否定。他只说"消磨",这不是一个贬义词。如果要否定,有很多贬义词可以选用,比如:蹉跎、沉疴、偏颇、乖讹。而且,贺知章就连说"消磨"也是留有余地的,他说的是"半消磨",没说"尽消磨""总消磨"。由此更可以看出,他对近来人事,其实是恋恋不舍的。就算为了表示与故乡亲近,要委屈近来人事做一下牺牲,让出 C 位,他对它们也是轻拿轻放,小心破碎。

综上所述,在我看来,两首《回乡偶书》尽管主题有分工,情感基调却是一致的,至少不是相反的。两首诗里面都没有悲凉。人们读"少小离家老大回"这一首时,误以为里面有悲凉,然后用悲凉来读"离别家乡岁月多",导致对第二首也产生了误读。

不过,"误读"不一定不好,郢书燕悦也是一桩美事。按我的观点来解读,"少小离家"这一首恐怕只是别有情趣,却略嫌平淡;而按照一般人原来的理解,这首诗却不胜悲凉,催人泪下,充满了艺术感染力。我的解读虽然有着追寻真相的动机,得出的结论却颇有些煞风景。求真损美,罪莫大焉,我要对读者朋友们说声抱歉。

当我说《回乡偶书(之一)》中没有悲凉,只有开心和满足,这时候我说的是诗歌的情感基调。任何一个有着七情六欲的正常人,在不同的时候可能有不同的情感表现。同一个诗人,快乐的时候写出快乐的诗歌,悲伤的时候写出悲伤的诗歌,这都是正常的。比如杜甫,他可以写《春夜喜雨》,也可以写《哀江头》。就连号称"诗佛",常常物我两忘的王维,也有"独在异乡为异客,每逢佳节倍思亲"的凄惨时刻。一个好的诗人,不可能只有一张面孔,不可能只有一种情绪,相反,他的情感反应的空间可能比一般人更宽广。这是我们首先要承认的。

在解读刘禹锡《酬乐天扬州初逢席上见赠》

时，我重点关注的不是诗歌的情感基调，而是刘禹锡的性格特点、精神风貌。相对于喜怒哀乐等情绪反应来说，性格特点、精神风貌是比较稳定的。比如我说刘禹锡比较外向、豪放，敢爱敢恨，口无遮拦，控制欲强，不肯轻易认输，是一粒"铜豌豆"，这就属于比较稳定、不易改变的特点。

人们在解读《酬乐天扬州初逢席上见赠》时，单从这首诗本身很难确定刘禹锡到底是悲观还是乐观，因为两种说法似乎都说得通，都有一定的道理。这时候，我就以两首玄都观诗作为参考，来证明刘禹锡既不是悲观，也不是乐观，而是在向自己的政治对手表明不肯认输的立场和态度。奥卡姆剃刀的这种运用，是通过大的背景提供一种"佐证"。在我们单凭一首诗的文本本身解决不了问题时，可以用这种办法。如果文本本身明白如话，没有歧义，就不必使用这个办法。

在唐诗解读与鉴赏领域，我目前只是在实践经验方面有了一些积累，在理论思考方面还做得不多。唐诗解读中奥卡姆剃刀法则是否有其理论价值，在理论上如何论证、支持这个法则，是我下一阶段需要思考的一个问题。

师友鼓励

江佳慧　湖北民族大学副教授

看作者抽丝剥茧，旁征博引，解读诗文背后的秘密，随之或黯然神伤，或哑然失笑，顿生原来如此之叹。

邓志强　湖南工业大学教授

理兵兄的大作如期而至。首篇《千年不识好儿童》颠覆了我的认知，前两句抓住了"老大回"的背景材料，真实可信。后两句抓住了"相见"这个文眼，阐释了相见一词从《礼记·王制》到中古的变迁，贺知章科举及第，长年为京官，其诗文绝不至流于俚俗，相见一词的新义理应形成于中古，散见于变文等古白话文本中，格律诗中并不多见，当然从唐诗中也可窥见其词义变迁的过程，理兵兄的理解应该是得当的。正是基于这两处的解读使得《回乡偶书》的角度焕然一新，不再是久客伤老的悲凉，而是荣归故里时的乡梓情谊。理兵兄果然是一个满腹诗情的语言学家，回味谭老师对兄的肯定，"灵且厚"绝无偏颇。得嘞，已是凌晨，还有葡萄美酒夜光杯，今宵再饮何处醒，继续阅读！

卢雄飞　华中师范大学教授、诗人（笔名剑男）

同学黄理兵教授的《唐诗的真相》，不板脸孔，不伪高深，读起来轻松惬意，喜欢。

韩志刚　天津大学副教授

黄兄对唐诗的解读基于沉浸其中的玩味感悟，往往有独到的发现——新颖。思路清奇，平和幽默，没有架子。读诗本来就该是这个样子的。

浬鎏洋　著名大自然文学作家

这是一部富有感染力、震撼力的著作！作者从独特的视角，独特的切入点，以独特的思辩力，独特的构思，独特的笔触，书写出独特的著作！给读者以独特的感受，独特的思考！从而产生独特的影响力和独特的感召力！告诉我们：文学欣赏与艺术鉴评，不能用平庸的目光，必须处处体现独特！能标新立异者乃高手!

侯书议　文化史研究学者、专栏作者

《唐诗的真相》以"刁钻"(应用"独特",然唯"刁钻"一词能体现其精义)的视角,解析了唐诗及其作者背后的心理活动与命运,这是一种新的、适应当下文本阅读的"训诂"之法。董子言"诗无达诂",黄理兵教授却能把唐诗解读得细微处见真章、诙谐处知真情,不为颠覆,但却延展了唐诗,所谓"诗中之意,惟人所寓。吾所寓意,只为己设;他人异解,并行不悖"。

书评摘编

林辉 《一位恩施人这样解读唐诗》,《恩施日报》2020年7月21日

他善于从一个崭新的角度来再现诗歌所应有的场景,从而营造出一般的解析文章可能缺乏的生动性和趣味性。

他所秉持的"新颖"的原则,是他的作品集得名真正原因。

唐诗的绝大多数其意旨是可以把握的,像"诗家总爱西昆好,独恨无人作郑笺"那样的诗毕竟是少数,所以解析唐诗仍然不能忽视其至关重要的一个原则,即准确性。

周依然 《实证挖掘与情感体验的奇妙握手》,《新京报》2020年9月12日

本书的"真相",即"新的可能"(梁晓声语)有三。

第一,基于语言学事实的真相。

第二,"情理"的真相。

第三,基于人文和自然科学事实的真相。

在他笔下,古人像在跟你拉家常,你仿佛看到了他们的朋友圈,还可以点赞或拉黑。作者喜欢古典乐,甚至把《赠卫八处士》类比成了一首交响乐。这种"亲切有趣"的文风加上踏实有据的分析,让人在轻松愉悦中增添了新的知识体验,打开了另一种在多元解读中合理寻求真相的新颖思路,千年唐诗,遇到了一位新的解人。是为一次实证挖掘与情感体验的奇妙握手,给人以惊喜。值得文史爱好者和大中小学的语文学习者品读、学习、借鉴、思考。

学生读后

卜淑晶　让我感觉是从青年人角度出发的,采用的一些论据都是新一代所熟悉的东西,比方说TF-boys组合。还有一些对青年人来说比较常用的词语,如"真正的小资,细细地品一杯纯米酒,能找到波尔多的感觉。"

蔡梓宇　与其等待一个无趣的答案,拥有成千上万疑问的双眸才是世间最闪耀的东西。

徐可奕　诗的理解应该基于事实基础,服从逻辑。我们应该有的是探究精神,走进唐诗的真相,而不是为了应试而忽视了真理。找到诗人想要表达的情感,尽可能地还原诗人创作的背景,才更有利于我们走进文学,揭开文字的面纱。

胡心怡　我支持在研究唐诗中有不一样的声音,而不是拘泥于一种;看法是表面的,我们真正需要的是我们从看法中再次汲取了唐诗的能量。当然看法不是随意的、天马行空的，必须要对诗人和当时的背景有较准确的认识。

江心仪 若我们裹足不前，只知拾前人之牙慧，认为我们的前辈和创立者所做的一切都是正确的、不可丝毫背离的。那么，我可以毫不夸张地视诗歌为一潭死水，没有思维碰撞产生的涟漪与波光。常言道："一千个读者就有一千个哈姆雷特。"即使最终只有一个哈姆雷特最接近真相，但真相不就是在各种矛盾中不断更新、不断完善的吗？

陈林勋 无论是近代的小说，散文，还是古代的诗歌、文言文，他们都有一个共同点——作者永远不会去解释他的作品内部蕴含的深意。这里面的意思，是需要读者自己在未来探索与揣摩的。而《唐诗的真相》作者黄理兵，开创了一种全新的角度，读出了唐诗里的另一种味道。

区茵华 读完这本书后，我最大的收获就是不能只看他人的评价，要有自己独立的思考。无论是诗还是生活中其他的事都需要我们有独立的思考。在刨根问底和细细钻研后，我们或许能发现新的事物，新的道理。

陈泓希 最重要的一点，也是作者通过《唐诗的真相》最想传达出的一点就是希望我们能够跳出思维定式，大胆假设、小心求证。

温沐琪 这本书提出了许多异于众学者的观点，乍一看这些观点，先是惊讶，然后是不满，但读下去却都有理有据，所以你终会有所收获。

金　月 既有严谨的学术精神，又能从老生常谈的诗句中咀嚼出新意，颠覆了许多旧的解读并自圆其说，给解读唐诗带来了一种新的可能。

高千雅 在《唐诗的真相》一书中，作者阐述了自己对唐诗不同于常人甚至具有颠覆性的观点，为了证实这些观点，他搜寻大量证据，这些证据是多方面的,作者通过寻找语言学、人文和自然科学的证据,并通过合乎情理的逻辑推论,为读者还原了一个"唐诗的真相",讲述了唐诗背后的故事。

网友评点

当当、京东、淘宝等网站的读者评论精选

1.匿名用户

对于诗词鉴赏，我们都不陌生，高考习题中就曾多番揣摩诗人创作的中心思想，什么被贬之愤，思乡之情，韶华易逝等等等等，可也不禁发出这样的疑问，他们写的时候真的有如此用意吗？倘若有这样的疑问，那看这本书就再适合不过了。《唐诗的真相》作者从史料事实出发，不轻易定性诗句用意，而是多番考察，逻辑推理找到一条最适合解读唐诗的道路，有可能曾经所谓高大上的中心思想只是生活中的戏谑，有可能曾经的意象抒情是另一番或不确定的故事……

2.无昵称用户

一、诗歌也可以、应该追求真相吗？谭邦和教授的序言从历史和理论角度给了创新性的回答，颇值得细读！二、正文部分作者新见迭出，难能可贵的是不失严谨,让人不得不信服,原来唐诗也是有真相的。比如:少小离家老大回,乡音无改鬓毛衰。儿童相见不相识,笑问客从何处来。这首诗的真相可能不是久客伤老的悲凉,而是衣锦还乡的贺知章在其乐融融的故旧聚会相见场合的开心和满足:1被社交吹捧乡音无改、容颜依旧(只是鬓毛略有点白),2爱怜儿童称己为客忍俊不禁。读了《唐诗的真相》就信了。

3.无昵称用户

我是一名初中语文教师,曾在作者的公众号上读过《唐诗的真相》部分章节,每篇文章都给我很大的启发,期待了已久,这本有趣的书终于出版啦。《唐诗的真相》深入挖掘诗歌的内涵,作者用一种幽默有趣的方式为我们深入解读了《唐诗三百首》中的优秀诗篇。我常反思如果我的诗歌教学能如此新颖有趣,那孩子们会对诗歌以及中国传统文化有更大的兴趣,更深入的了解。诚挚地建议语文教育工作者读一读这本书,在诗歌教学设计、教学思维等方面都会给我们启发和灵感。我买了几本打算送给身边的同事和热爱诗歌的学生。奇文共欣赏，疑义相与析。诗歌爱好者们不要错过这本有趣的书呀！

4. 用户"当当天天看"

自央视举办诗词大会以来，全民的诗歌热情再度点燃，我们仿佛又回到了唐诗宋词时代。儿时读诗，不求甚解，中学读诗，课本怎么解释就怎么记，从来没想过这么解释到底合不合理。如今年龄渐长，知识面也更宽，才发现课本上的解释也有值得推敲之处。这本《唐诗的真相》用严谨考证提出了新的解释，令人信服！语言又诙谐幽默，极具趣味性可读性，适合所有热爱诗歌的人士。无论是大中小学生，还是教育工作者，抑或其他从业人员，都可从中获益。

5. 无昵称用户

《唐诗的真相》真是一本新颖有趣，引人入胜的解读唐诗的书。生活中我们都有这样的经历，在我们牙牙学语的儿提时代，父母热衷于教我们背诵一首又一首的唐诗,但是却没有细致的讲解。父母囫囵个地教,我们"不求甚解"地背。读到这本《唐诗的真相》,曾经埋在我们心里的诗意的种子,一下子像得到了阳光雨露的滋润,获得了生机,蓬勃生长。我学到了一种深入研读唐诗的方法,学到了一种打破常规的思维方式。通过作者的解读,一首简短的唐诗却比小说更引人入胜,作者帮我们构建了一条通向唐诗真相的桥梁,通过这座桥梁,我们更深入地走进唐诗,更有诗意地生活。

6. 用户"liu6688jin"

最好的一次阅读

7. 用户"ycj1998"

一口气读完,被作者风趣的文笔,渊博的知识折服。人人读唐诗,皆知唐诗好,但是本书的解读方式确实令人耳目一新。比如脍炙人口的《回乡偶书》竟然不是贺知章在回乡路上偶然为之;比如写下"会当凌绝顶,一览众山小"的杜甫,其实并没有登上泰山……细细想来,可不是吗,诗人已经明明白白告诉你了,人家是在"望岳",只是"望"而已。《唐诗的真相》,不仅颠覆了我们对于这些千古名篇的理解,更重要的是启发我们如何重新思考认识习以为常的事物。

8.无昵称用户

很赞,买了后给家里的妹妹作为暑假的课外读物,正好帮助更好的记忆理解唐诗,引人入胜,加深记忆,寓教于乐。

9.无昵称用户

作者对唐诗的理解不仅仅有语言学的坚实基础,更有对人情、常理的深刻领悟,从而能展现令人信服的生动的真相。

10.无昵称用户

首先说书的纸质很好,插画很漂亮,插页《凉州词》的字也很漂亮,整本书外观看起来古色古香。再说书的内容新颖,雅俗共赏,让人耳目一新。

11. 用户"店***R"

黄老师的这本书特别好，有趣而严谨，不同于一般泛泛的唐诗鉴赏解读。出身语言学来解读唐诗，扎根语言和史实，有很多严谨的考据，同时又读出了很多新意，有说服力又视角新颖！赞！很喜欢这种风格。

希望多一些这种亦雅亦俗的著作，好玩又涨知识。

12. 用户"虹***4（匿名）"

一本好书，从内容到形式都会给读者以惊喜。《唐诗的真相》让我们知道了唐诗的一些不为人知的真相。宋词的真相谁来写？

13. 用户"t***8（匿名）"

这本书编辑很用心，封面好，插图精美，内容有趣，严谨，观点新颖，我很喜欢，让我对一些唐诗有了更深入的理解，也有助于加深记忆，记住那些流传千古的名诗佳句。

14. 用户"毛***l（匿名）"

这本书非常好，非常喜欢书的封面和里面的插图。当然最喜欢的还是书中的内容，老师对唐诗的解读真的是让人眼前一亮，虽然刚拿到手，只读了几页，但是已经深切地感受到了书中的严谨和质疑态度。我觉得这本书不仅能带给我们耳目一新的唐诗解读，更多地是教会我们学会如何对待身边万物：严谨，打破思维牢笼。总之，推荐阅读！

学生读书札记选登

漫步在诗歌背后的世界

广州二中高一（18）班　易芷芸

这真的是我见过最有趣的诗歌解析！读这本书，就像在和作者一边聊天一边漫步在诗歌后面的世界。

他幽默风趣。一会与你探讨葡萄酒，一会向你介绍电影；一下聊李商隐的八卦，一下感叹青梅竹马的爱情；上一秒唱起TFBOYS的《宠爱》，下一秒就朗诵着崔颢的《黄鹤楼》。没有读一般诗歌解析的严肃压迫，更多的是一种轻松闲适。

他认真严谨。他对诗的解读，从字面到格式，从诗人的经历到诗人所处的社会背景，都让人佩服。在书中，他为你构建出了整个诗的世界。关于诗的一切，都在他的带领下，在你的眼前展开。学习过的诗都能给你一种豁然开朗的感觉。

他三观超正。直截了当地表达对孟郊歧视女性，漠视生命的鄙视。尊重李商隐的隐私，不为了解读而穿凿附会。

他润物细无声在品读诗人的作品的同时，也教你写作技巧，教你安排详略，教你渲染气氛。在看诗人的人生时，也教给你人生哲理，教你实事求是，教你奋发向上。

虽然只是短短一个星期，虽然我又回到了现实世界，但与他的聊天，令我终身受益。

除此之外，还有一点感想：中华文化博大精深，古诗真的好绝，短小精悍，意境深远，一时不知是感慨作者的绝妙解读还是诗人的绝美文笔。

全面的探究，真正的热爱
——读《唐诗的真相》有感

广州二中高一（17）班　朱梓明

《唐诗的真相》一书最特别之处在于其内容——本书并不是那些四处泛滥、缺乏文学素养、只为博人眼球而写出的胡乱臆测，而是在经过作者的多重调查和仔细研究后，有科学全面的依据支撑的全面解读，令人信服，更令人叹服。

诗词作为一种文字的组合产物，其语言文字必定是作者着手解读的首。比如在对《回乡偶书》的新解中，作者认为那一小童并非是贺知章在路上偶然遇见的。诗句中的"相见"一词出于《礼记·王制》，它指的一种重要的社交活动。在唐代的许多语料中，也有用例表示"互相见面"。同时作者认为"乡音无改"并不是贺的自我判断，他指出早在先秦时期便已有全国通用语言，贺在外为官多年必定会夹杂外地口音，但因对自己日常发音的习惯，他本人应该是很难意识到的，因此作者大胆推测此句为乡亲们迎接贺回乡时为表示他不忘本而说的客套话，先前的小孩也应是由大人引荐而与贺相见。像这样颠覆性地为读者构造经典唐诗的全新释义，正是本书的吸引力所在。

诗词表达情感，故情理也必是深层次解读诗词必不可少的维度。作者敢于质疑，在书中提出刘长卿的《听弹琴》中蕴含的意境其实不高。他联系现代举例：真正喜欢听古典音乐的人总会沉浸在自己的音乐世界里，不关注其他的一切，只专注于欣赏。作者基于对人心理的合理推断，得出了"隐士悖论"：真正的隐士永远不为人知，为人知道的隐士，其实都是官场不得志却仍想做官，渴望东山再起的人。这轻轻一点，又再次彻底地震撼了读者，我们平时拼命记忆的那些"思想感情"，又是否真的准确呢？

作为文学作品的解读，科学一角度着实在我的意料之外，却又让本书锦上添花。为了解释《次北固山下》中"海日生残夜，江春入旧年"的奇特景象，作者查阅有关江河风潮的资料，推算王湾出发时的大致时辰,并通过了解镇江的潮汐情况、风力和地理位置,结合王湾行船的速度,精确地推算出了奇景出现的时间点,依据科学的考证完整还原了王湾的行船之旅。文学的丰富意蕴和科学的严谨求实在作者的笔下摩擦出了别样的火花。

为了深入挖掘诗词的内涵,作者毫不疲倦地翻阅各领域、各时期的典籍文献,花上几个月时间来还原一首诗词的创作情境。这种全面探究的毅力,这种对真相的执着,可能就是对文学的真正热爱吧。也正是因为作者的毅力与坚持,让《唐诗的真相》拥有了"揭开文字的面纱,叩问诗人的心灵"的惊人力量。

未登青云巅,已览众山小
——读《望岳》的"真相"

广州二中高一(14)班 林睿可

杜甫的漫漫人生旅途给中华诗歌文化留下了多如繁星的遗产。这当中,他曾创作过三首《望岳》。描写东岳泰山的这一首负有"千古佳作"的美名:观雄奇山景,抒壮志豪情。它使读者在为诗圣千钧笔力拍案称奇的同时,也神游在泰山的"神秀"当中——初读此诗,我曾是多么向往登临泰山之巅,希望借这片杜甫曾眺望的景观来启迪自己的心神!

但黄理兵先生的品评却引领我体味到了诗作另一种妙不可言的韵味——诗成之际,杜甫或许不曾亲身登山。尤擅以地理、字词等综合知识考据诗歌的黄先生这次由诗作写景的视角到山的物理距离推知:"诗人压根就没有登山的行动。"

这个"真相"的披露完全颠覆了我对《望岳》一诗的想象和认知。我渴望重温杜甫经过的旅途,可原来，千年以前他只是面临东岳，环游仰望，旋即摇笔成章，唯留清风拂袖，潇洒而去。原来并非"一览众山小"的胜景激发了这字里行间的鸿志，恰相反，博大心胸与远大抱负使诗人看一切都渺小，在哪里都骄傲。无疑，这种境界更为让人惊异叹服。

　　此刻我正身临苏元山撰写这篇评论。这片山丘不险峻，只是蕴含清秋几缕微风，晕染学校半野碧绿。登上它或称不上对"大自然的伟大征服"，却对我很有吸引力：我很想站在它的视角用视野环抱我的新校园。可是我不着急。随着校园生活的推进，有一天我会比苏元山跟学校更亲密，那时我不再需要依山而望——毕竟校园的全貌早已刻录心间。我想杜甫对仕途、人生的理解便是这样一种形式。黄理兵先生在书中引了登山家马洛里一句著名的回答："为什么登山？因为山在那里。"他还猜想，如果问杜甫为什么不登山，诗圣会答曰："因为山在我这里。"

　　那么，是否有了这样的眼界，便不再需要"登高""行路"，也能致以千里呢？至少杜甫不是这样想的。他写道自己"终将"要登上泰山之巅，再俯首鸟瞰群山。在此，我有一个不属"真相"的猜想：说不定诗圣本人登山的目的不在挑战自然，恰在于遍览群山呢！"众山小"或好比人生百味，而这"览"也并非蔑视或藐视，而是杜甫为以更高境界超脱于"众山"做的尝试。他是否想用一种"不以物喜，不以己悲"的态度整体而客观地审视、回味、反思自己的所见所感呢？而"登山"的过程就是对这种理性智慧的追逐。

背负成长的任务，我和我的同龄人仍蜗行在柔和矮小的丘陵间。"人生百味"我们远不及"回顾"，而正一种一种亲身品尝。我接受、学习、体验、经受磨砺，是因为我向往有一天可以站在泰山——杜甫的高度，把来时的路尽收眼底，把长长的生命握在自己手里。那么对于这一个属于自己的伟大时刻，我是否真正身处一座山的顶峰，当然已经没那么重要了。

人人皆知唐诗好,
唐诗读法各不同